# In den Kriegen

Evelyn Schlag

# In den Kriegen

Roman

HOLLITZER

Gedruckt mit freundlicher Unterstützung

Stadt Wien | Kultur

KULTUR NIEDERÖSTERREICH

Evelyn Schlag: *In den Kriegen*
Roman
Hollitzer Verlag, Wien 2022

Umschlaggestaltung: Nikola Stevanović
Foto: *Black Sea* © Emil Gataullin
Satz: Daniela Seiler
Hergestellt in der EU



HOLLITZER

ISBN 978-3-99012-969-2

# 1

Wir hatten nicht wissen können, dass Andrij so auf das Pfötchen reagieren würde, sagte Iwo. Einerseits ist es gut, wenn du ein Mädel zuhause hast. Du weißt, wohin du heimkommen kannst.

Wenn du das überhaupt willst. Es gibt welche, die ziehen von Krieg zu Krieg, die können nicht mehr anders. Denen gibt sonst nichts mehr einen Kick.

Schau dir die da drüben an! Was wirft die dauernd über ihre Schulter?

Ich lehnte mich vor. – Ich glaube, die skypt. Auf ihrem Bildschirm ist eine Frau.

Wieso hört man sie nicht reden? fragte Iwo.

Frag mich.

Die ist taubstumm! Klar, die ist taubstumm und skypt mit einer Taubstummen.

Ich bekam einen Lachkrampf. – Woher weißt du, dass die andere auch taubstumm ist?

Hör auf so blöd zu lachen, das sind arme Leute. Erinnerst du dich noch? Nahkampfsprache? – Er legte sich die Hand um den Hals.

Geisel, sagte ich. Manchmal werden Taubstumme zur Entschlüsselung von Gesprächen herangezogen, von denen kein Ton existiert. Oder letzte Worte eines Mordopfers. Ich frage mich nur, wenn der Halbtote einen

Namen sagt, mit letzter Kraft, wie soll ein Taubstummer das erkennen?

Ganz einfach, Jensi. Die reihen die Buchstaben aneinander. Meistens gibt es einen Verdächtigen, auf den der Name passt. Denk an Sergio.

Nein, danke.

Wie seine Lippen blubberten unter dem Blutschaum, fuhr Iwo fort. Diese Bläschen, wie bei einem Frosch, und in den Bläschen war eine Nachricht und wir Schweine haben sie nicht entziffern können. Du solltest dich dran erinnern, Jens, sonst bleibt da etwas hängen.

So ein Schwachsinn. Merkst du, was für einen Schwachsinn du redest? Wenn man sich zwanghaft erinnert, bleibt natürlich etwas hängen.

Hab ich anders gemeint, Jens.

Die Amis nennen das PTSD.

Ich hab genug von den Abkürzungen. Das ganze Land ist voll von Abkürzungen, ist dir das nicht aufgefallen? Lieber richtige Worte, meinetwegen auch Sätze. – Ich griff mir an den Kopf. – Fremdsprachen schaden nie. Sieht man ja bei uns. Wenn wir die Landessprache nicht wenigstens in ihren Grundzügen verstünden, hätten wir hier nichts zu melden gehabt.

Hast du dir die neue Nighthunter angesehen?

Wann denn?

Iwo zog ein paar Blätter aus seinem Rucksack und glättete die Ränder.

Du weißt immer noch nicht, wie man mit Papier umgeht, sagte ich.

Na und, Oberlehrer Krüger? Sieh mal dieses Gewinde am Zielfernrohr.

Ah ja, sagte ich. Das spüre ich in den Fingern, wie ich diese Räder einstelle, das leise Einrasten. Das machst du –

Mit Zeigefinger und Daumen. – Iwo drehte an dem unsichtbaren Gewinde.

Hab ich mir gedacht. Die elegante Art ist nämlich die andere. Mit Daumen und Mittelfinger. Und was kann das, was unsere nicht konnten?

Das lässt sich so nicht sagen, Jensi. Ich denke eben an Sergio. Das Zielfernrohr hat ihm zunächst einmal das Leben gerettet.

Leider hat es ihm nichts genützt. Der gute Sergio wird von seinem Zielfernrohr gerettet, das die Kugel ablenkt, nur um eine Viertelstunde später einen Treffer abzukriegen. – Iwo schaute so erstaunt, als habe er die Geschichte zum ersten Mal gehört.

Das ist mehr als Pech. Das ist ein schlechtes Schicksal, sagte ich. – Mein Mund zuckte, ich wischte mir die Ecken mit der dünnen Kaffeeserviette ab.

Mit denen kann man sich nicht einmal den Arsch auswischen, sagte Iwo. Das schafft solchen Frust.

Diese Spende damals, die feuchten Babytücher. Zehn große Schachteln.

Die waren nicht schlecht, oder? Oder? Die habe ich in angenehmer Erinnerung. – Iwo schlug mit der Faust auf den Tisch.

Erinnerst du dich, der Separatist, der hinter einem Haus hervorsprang wie ein Indianer mit einem Fransenhemd, diese zotteligen Fransen?

Ja. Ich dachte, ein Bär springt uns an.

Ich nickte. Später an jenem Nachmittag hatte der Feind unserem kleinen Bataillon ein fünfstündiges Gefecht geliefert, schwere Artillerie, wir hatten die Panzer über die

Wiesen laufen gesehen. Wir hatten es knapp in einen halb abgebrannten Stall geschafft, eine Eisenplatte im Boden führte in einen Raum. Der Lärm der Panzer war nähergekommen, danach die Einschüsse der Raketenwerfer. Einige Kameraden hatten sich draußen verschanzt. Alle vier wurden von den Militärschützen getötet. Präzise. Kein Fehlschuss. Profis.

Wir hatten über die Kampfnamen gesprochen. Es gab zu viele, die Ivan hießen. – So einer nennt sich dann Molotow oder Motorola, hatte Iwo gesagt. Weil er ein Handy von Motorola hat.

Was hatte man von uns verlangt in der Ausbildung? Das Wort Stressmanagement war nicht vorgekommen, keiner hatte auch nur daran gedacht, es zu erwähnen. Wer hierher kämpfen kam, hatte das alles längst hinter sich, selbst wenn er zum ersten Mal in seinem Leben eine Waffe in der Hand hielt. Solche hatte es tatsächlich gegeben. Ein paar waren Kleinkriminelle gewesen, die endlich das tun konnten, was sie immer schon gewollt hatten.

Kannst du dich erinnern, wie er mit der rechten Hand deinen Unterarm fest umfasste als Begrüßung? Das war ein Zeichen seiner Bewegung, sagte Iwo.

Wer?

Sergio.

Nee, ist mir nicht aufgefallen.

Ich sag's dir, das war ein Erkennungszeichen.

Das passiert schnell einmal.

Aber nicht mit der rechten Hand am Unterarm, beharrte Iwo. Soll ich dir etwas verraten?

Ja?

Am liebsten würde ich meiner Schwester eine bestickte Bluse mitnehmen, wie sie hier in Mode sind.

Dass du so romantisch bist, Iwo.

Nicht romantisch. Ich meine echte Tradition. Das ist uns ganz verloren gegangen.

Hättest du als Kind gern eine Lederhose getragen? Wie euer Franz Josef Strauß?

Ich habe eine Lederhose getragen.

Du weißt, dass euer Franz Josef Strauß 1941 hier war, genau hier, nicht in diesem Café, aber in der Stadt.

Du verarschst mich, Mann.

Überhaupt nicht, Iwo. Es kann gut sein, dass er 1941 von den Mädchen mit den bestickten Blusen begrüßt worden ist. Die sind den Deutschen zu Ehren durch die Stadt marschiert.

Was du alles weißt, Jensi. – Iwo lehnte sich zurück.

Neben der skypenden Frau hatten zwei alte Männer Platz genommen. Sie sanken einander beim Zuhören langsam zu wie Grabsteine.

Wie lange bleibst du? fragte Iwo.

Keine Ahnung, sagte ich. Du?

Zurückgehen ins Gefecht kommt nicht in Frage. Das war ein sogenannter Lebensabschnitt und der ist jetzt vorbei. Ich möchte mich reformieren, sagt man so?

Kalter Entzug?

Ich muss wissen, ob ich das schaffe, kapiert? Ich war weg von dem Zeug, und dann finde ich in dem Depot hinter dem versifften Spülkasten dieses weiße Päckchen. Was hätte ich tun sollen? Das war für mich bestimmt. Wenn ich es nicht an mich genommen hätte, hätte es laut zu schreien begonnen und uns alle verraten. Am nächsten Tag bist du zu uns gekommen. Da war es zu spät, da war ich bereits …

Ich hatte mir gleich gedacht, der sieht aus, als nähme er etwas, sagte ich.

Iwo stieß ein paar Flüche in seinem bairischen Dialekt aus.

Schon gut. Du warst immer verlässlich.

Wo bist du untergebracht? fragte Iwo.

Bei Tanja.

Ist nicht wahr. Bei der zarten Tanja mit dem Pfötchen? Armer Andrij. Diese krankhafte Eifersucht. Der ist ja durchgedreht! Ah, du hast ein schlechtes Gewissen, weil du anfangs mitgemacht hast bei dem Gerede.

So wie ihr anderen habe ich nicht geredet. Das mit dem Pfötchen habe ich nicht mehr zu Ende führen können, da hat das Wichtigste noch gefehlt, und das wäre nicht gemein gewesen, sondern sehr sensibel, da hätte er sofort seine Wut vergessen.

Sicher, Jens.

Nachher drehte ich noch ein paar Runden durch die Stadt und kam an einem Bücherflohmarkt vorbei. Die Verkäufer warteten mit den Händen in ihren gefütterten Winterjacken und stiegen von einem Fuß auf den anderen, rauchten, lachten, fluchten. Auf einem Schneesockel hockte ein aufgerollter Plastiksack mit Schachfiguren aus verschiedenen Spielen, schwarze, braune, helles Holz, weiße Damen und Bauern, Türme und Könige. Eine Ausgabe von *Mein Kampf*. Unter dem deutschsprachigen Cover verbarg sich eine Übersetzung in der Landessprache. Nicht mit mir, dachte ich.

Aus einer dicht mit Postkarten bepackten Schuhschachtel zog ich einige Karten heraus. Ostergrüße. Städte. Bunte Sommerferienorte. Schwarzweißaufnahmen mit gezacktem Rand. Ein Briefumschlag, keine Anschrift, den holte ich mir. Ich erwartete abgelaufene Lotteriescheine, ein paar Sätze Sondermarken von einer Olympiade, Jahreszeit egal, meinetwegen ruhig Nachwuchshoffnungen mit blondem Haar, etwas Erbauliches eben. Es waren ein paar handbeschriebene Blätter.

*Ich bin froh, Willi zu haben. Er ist mir in den letzten Wochen zu einem richtigen Freund geworden, dem ich meine Zweifel anvertrauen kann. Das Misstrauen ist groß, und ich bin von Haus aus nicht jemand, der sich schnell anderen öffnet. Mit Willi ist es anders. Ihn könnte ich mir auch in der Heimat als guten, ja besten Freund vorstellen. Was uns hier zusammengebracht hat, hat ausgereicht, ihn mir ans Herz wachsen zu lassen.*

Das könnte ich über Iwo sagen. Ich steckte die Blätter zurück und gab dem Verkäufer etwas mehr als die lächerliche Summe, die er verlangte, verstaute das schmächtige Päckchen in einer meiner Brusttaschen. Fensterscheiben, auf die ein Sonnenstrahl traf, blinkten fiebrigkalt. Der braune Hund, der auf dem bloßen Boden lag, tat mir leid. Er hatte Knoten im Haar, eine Rasterfrisur, ab und zu rannte ein Schauer über sein Fell.

Auf dem Weg zu Tanjas Wohnung kam ich an einem erleuchteten Laden vorbei. Kleine Mädchen mit weißen Schürzen und hohen Bäckermützen saßen todernst um einen Tisch. Zwei schauten zu mir. Sie erlernten die Kunst der Marzipanherstellung.

# 2

Ich wartete vor der roten Hauswand in einem offenen Hof. Spät am Morgen, nach einem langen Schlaf, hatte ich diese Wand zum ersten Mal bei Tageslicht gesehen. Ein Wunder, dass ich es die Nacht davor hierher geschafft hatte. Andrij hatte, als er noch bei Bewusstsein war, nach seinem Smartphone verlangt. Die Fotos von Tanja alleine und Tanja mit ihm, die er uns gezeigt hatte, vor allem das eine, auf dem Tanja die Hand wie ein Pfötchen hängenließ – visit, hatte er gestammelt. Visit. Und den Namen der Gasse. Und mir das Smartphone mitgegeben.

Tanja sah zart und elegant aus auf dem Foto vor dem roten Haus. Fast gleich groß wie Andrij stand sie kokett neben ihm, in einem kurzen Kleid mit tiefem Ausschnitt und Rüschen an der Seite. Ihr langes Haar war in der Mitte gescheitelt. Andrij in dunkelblauer Hose und hellem Hemd, das Falten schlug über seinem schlanken Bauch, aus dem das Blut herausgeschossen war. Ich hatte mit beiden Händen darauf gedrückt.

Jemand hatte Alco-Family auf die Wand gesprayt. Das musste ganz frisch sein. Weiße Spitzenvorhänge in allen Fenstern. Verdunkeln, sonst trifft es dich.

Ich stieg über die hölzerne Außentreppe zur Wohnung im ersten Stock hinauf, die mit einem Sicherheitsschloss versehen war. Drinnen schnürte ich meine Stiefel auf. Meine Füße in den Wollsocken hinterließen feuchte Abdrücke auf dem Boden. Im Bad drückte ich die Socken in Seifenschaum durch und legte sie über den Heizkörper. Danach fühlte ich mich wohler. In der Küche ihr Frühstücksgeschirr im Abwaschbecken, wie ich es am Morgen gesehen hatte. Das heiße Wasser kam mit einem Fauchen aus dem Hahn, jagte den Rest von Kaffee aus den Tassen.

Neben der Küche war das Schlafzimmer des Paars.

Andrij hatte wie ein Stein schlafen können. Er schloss die Lider, im nächsten Augenblick kam ein leises Schnarchen. Polypen, hatte er gesagt und gelacht, wenn wir ihn morgens darauf ansprachen. So viel wurde nebensächlich. Die große Müdigkeit. Ich setzte mich auf die Couch im Wohnzimmer, das Bettzeug hatte ich am späten Vormittag zusammengelegt. Wir hatten nicht darüber geredet, wie lange ich bleiben würde. Ich wusste es selbst nicht.

Bilder von einem Traktor, der versucht, einen Panzer aus einer Schneewehe zu befreien. Mit ein paar Kameraden ziehe ich den Traktor an starken Seilen. Nichts gelingt, der Traktor wäre selbst ohne den Panzer zu schwer, das weiß ich, aber ich traue mich nicht, mein Wissen mit den Kameraden zu teilen, weil ich kein Schwein sein möchte. Ich muss ihnen Mut signalisieren, indem ich selbst stärker an meinem Seil ziehe. Es liegt über meiner Brust. Ich stemme meinen Fuß so fest ich kann in den Schnee, um den anderen Fuß nach vorn setzen zu können. Was für eine Anstrengung.

Ich schreckte aus dem Schlaf.

Jens, sagte Tanja.

Sofort sprang ich auf. Ehe ich ihr die Hand geben konnte, hatte sie sich an mich gelehnt und mich umfasst. Sie sagte nichts, ihr Körper zuckte in kurzen Abständen. Stumme Detonationen, wie in weiter Entfernung, weit in ihrem Innersten. Ihren Kopf hatte sie an meine Brust gelegt, sie rollte ihn ungläubig hin und her, sie verstand etwas nicht, etwas viel zu Großes.

Du bleibst, solange du willst, ja? – Tanjas Deutsch war nahezu akzentfrei.

Sie verschwand im Bad.

Ich habe meine Socken gewaschen, rief ich ihr nach.

Hast du ein zweites Paar?

Ja! – Hätte sie mir ein Paar von Andrijs Socken angeboten? Draußen hatten wir selten etwas untereinander getauscht. Bis zur Ausbildung hatten manche ihre mitgebrachte Kampfkleidung getragen, in Surplus Stores online gekauft. Dann kam eine große Anzahl von US MultiCam-Kampfanzügen, eine Spende aus Dänemark. Die Scharfschützenabzeichen der nationalen Armee waren bereits aufgenäht. Ein merkwürdiges Gefühl war das gewesen. Als lebte man in einem anderen Leben. Was ja stimmte.

Ich war froh, meine Lederjacke wieder tragen zu können. Die richtige Camouflage für das zivile Leben.

Ist es dir recht, wenn wir jetzt auf den Friedhof fahren?

Tanja hatte einen alten Škoda. Ich wartete darauf, dass sie zu reden begann, ich wollte ihre Konzentration nicht stören. Sie fuhr so schnell, wie sie bei diesem Schnee konnte. Viele Autos waren ohnehin nicht unterwegs. Selten rumpelte eine alte Straßenbahn in eine Kurve.

Dort unten habe ich mein Büro, sagte sie. Ich arbeite für eine große polnische Firma und zwei deutsche. Mit

Teilzeit schaffe ich das gerade. Ich verhandle alles für die Kunden.

Verträge?

Nicht nur. Ich erledige auch ihre anderen Kontakte. Ich betreue Besucher, veranstalte kleinere Events, bereite Auftritte vor, schreibe eine Rede, wenn es nötig ist.

Dein Deutsch ist hervorragend, lobte ich sie.

Wieso hast du dich hier freiwillig gemeldet, in einem fremden Land, das dich im Grunde nicht betrifft? – Es klang leichthin gesagt.

Ich hatte in Deutschland Mist gebaut. Bin aus verschiedenen Jobs geflogen. Vor allem aus der Bundeswehr.

Aha. Hast du dort deine Ehre verloren?

Das kann man so sagen. – Ich lachte. Ehrlos entlassen.

Was war der Grund?

Du fragst sehr direkt, Tanja.

Wie soll man sonst fragen? Du bist kein Geschäftskunde, bei dem ich diplomatisch sein muss. Du bist Andrijs letzter Freund.

Wenn ich an Andrij dachte, sah ich ihn in seinem Kampfanzug durch die Stadt gehen. Wie eine Figur in einem Videospiel.

Ich habe ein paar Mal die falschen Lieder gesungen, sagte ich. Besoffen. Bescheuert. Würde ich heute nicht mehr tun.

Tanja schaute in den Seitenspiegel. Ich hatte das Gefühl, er sei nicht richtig eingestellt, weil sie sich zu weit vorbeugen musste.

Draußen haben wir ein paar Mal in leerstehenden Häusern übernachtet. Die Bewohner waren vor den Separatisten geflüchtet. Muss schwer sein, solche protzigen Villen zurückzulassen. Die geschmacklosen Möbel. Nicht zu wissen, ob sie sie jemals wiedersehen.

Hat Andrij sich in deren Betten gelegt?

Hätte er auf dem Boden schlafen sollen? Beruhige dich, Tanja. Andrij hat nie etwas Gemeines getan in diesen Villen. Außer ein paar Gläsern Wein haben wir nichts genommen. Andere schon. Als Souvenirs. Die Besitzer waren korrupte Geschäftsleute. Mit ehrlicher Arbeit hätten sie es nie so weit gebracht.

Zuhause hat er nur Bier getrunken.

Ich dachte an das Kristallglas, das Iwo fallengelassen hatte.

Die alten Grabdenkmäler sind berühmt, sagte Tanja, als wir nach kurzer Zeit auf den Parkplatz einbogen. Man kann Stunden hier verbringen. Im Sommer gehen die Einsamen auf diesen Wegen und verlieben sich in Porträts, stellen sich vor, dieser Mann oder diese Frau könnte eines Tages auferstehen und mit ihnen ein neues Leben beginnen. – Sie schlug die Wagentür mit einem lauten Knall zu.

Über den Friedhof wehte ein eisiger Wind. Tanja zog die Kapuze über den Kopf und umarmte ihren Körper, die umgehängte Handtasche vor sich gepresst. Sie sah weder nach links noch nach rechts, während sie die Straße überquerte. Ein breiter Platz tat sich innerhalb der Mauer auf, teils verweht und zugeschneit, nach allen Richtungen breite Pfade ausgefräst. Der Weg zum Ehrenhain war festgetreten. Wir stiegen die schmalen Stufen hinauf, neben uns andere Besucher. Oben angelangt überblickten wir eine große Fläche, Reihen von Grabsteinen aus grauem Marmor, in Form eines Kreuzes, eines wie das andere marschierten sie auf der Stelle, ein Bataillon, das nicht mehr vom Fleck kam.

Tanja gab mir Zeit, mich an den Anblick zu gewöhnen. Da und dort wischte eine Frau den Schnee vom Farbfoto eines Gefallenen, durchwegs junge Männer, zupfte einen Strauß Plastikblumen zurecht.

Wo liegt er?

Dort drüben, bei den ganz neuen Gräbern. Sagt ihr nicht „frische Gräber"?

Das stimmt.

Auf dem Weg blieb ich bei einem Grab stehen. Auf dessen Holzkreuz prangte ein großes Farbbild, ein fröhlicher Kerl mit einer schwarzen Wollmütze, er lächelte zufrieden, in der rechten Hand hielt er eine senkrecht in die Höhe weisende AK-47. Hinter ihm ein Weizenfeld. Ich las die Buchstaben, Andrij, ein anderer Andrij. Über den Querbalken des Kreuzes war die zweifarbige Landesflagge geschlungen, flott geknüpft. Er war vor zwei Wochen bestattet worden. Die Kränze bildeten einen Zaun um das Grab.

Kanntest du den? fragte Tanja.

Nein.

Ein paar Meter weiter lag der richtige Andrij. Das Gesicht auf dem Bild sah jünger aus. Andrij war sechsundzwanzig gewesen.

Wir wollten bald heiraten.

Nach dem Krieg?

Nein, in zwei Monaten.

Ich nahm die Gegenstände auf dem Grab nicht wahr. Du bist nur eingefroren, du bist nicht tot. Du kommst zurück, spätestens zu deiner Hochzeit. So ein Arsch wirst du nicht sein, deine eigene Hochzeit zu verschlafen. Du mit deinem Schlaf von einer Sekunde auf die andere.

Erzähl mir, wie er gestorben ist.

Beinahe hätte ich gesagt, hat er dir das nicht erzählt?

Ich weiß so wenig von seinem Einsatz.

Er wollte dich schonen.

Wenn er mich hätte schonen wollen, hätte er sich nicht gemeldet. Ich bin keine von diesen jungen Weibern, die stolz sind auf ihre Soldatenfreunde. Mit zwei meiner Freundinnen rede ich aus diesem Grund nicht mehr. Das Höchste wäre ein Pilot.

Die Piloten haben immer und überall das größte Prestige. Gelten als die Mutigsten, sagte ich.

Hat er lange leiden müssen?

Ich griff mir an die Stirn. Ich musste blitzschnell auswählen.

Sie hatten uns verfolgt, schossen unaufhörlich. Wenn wir dachten, wir hätten sie abgehängt, hörten wir das Pfeifen, eine Granate landete und explodierte. So ging das eine Weile dahin. Überall nackte Bäume mit weggesprengten Ästen. Wie Pferde, die sich aufbäumten. Plötzlich war Ruhe. Wir waren am Rand eines Dorfes. Zwei Hunde rannten uns entgegen. Als wollten sie uns warnen. Ich dachte mir, wenn ich gut zurückkomme, möchte ich einen Hund haben. Wolltet ihr nicht auch einen Hund?

Nicht dass ich wüsste. Hat er das gesagt?

Ich kann mich irren. Wir haben so viel verrücktes Zeugs geredet.

Andrij mochte Hunde nicht, sagte Tanja. Als Kind musste er auf dem Schulweg an einem Garten vorbeigehen, in dem ein Schäferhund auf jeden Passanten losstürmte und mörderisch bellte.

Hier in der Stadt?

Er ist weiter draußen aufgewachsen, dort hatten seine Eltern einen kleinen Hof. Das hat er dir sicher erzählt. Oder redet man nicht darüber, woher man kommt, wo man zuhause war?

Doch, klar. – Seit ich mit den Hunden angefangen hatte, bekam ich das Wort „Pfötchen“ nicht aus dem Kopf.

Was verschweigst du mir? Wieso willst du mir nicht endlich sagen, wie Andrij gestorben ist?

Es ging sehr schnell. Er hat nicht gelitten.

Hast du ihm erste Hilfe geleistet?

Ja. Ja, das habe ich.

Was genau hast du gemacht?

Ich habe seine Wunde zugehalten. Es war nichts mehr –.

Das heißt, er ist verblutet? – Tanja hielt sich die Hand vor den Mund.

Er hat gesagt, ich soll dich besuchen. Visit. Und mir sein Smartphone gegeben, sagte ich.

Und dann ist er gestorben?

Ja.

Sie nickte. Wie zur Bestätigung.

Habt ihr euch die Fotos alle angesehen? Wart ihr betrunken dabei und habt obszöne Bemerkungen gemacht?

Überhaupt nicht, Tanja. Es ist ganz anders, als du denkst. Er war so stolz auf dich, so voll Liebe, das haben wir alle gespürt und ihn beneidet. Und –

Und?

Und aus diesem Neid ist es passiert, dass wir dich „Pfötchen“ genannt haben. Weil du auf dem Foto vor eurem Haus die Hand wie eine Pfote hältst.

Tanja starrte mich an.

Wie bei da Vinci, diese Dame mit dem Hermelin, kennst du das?

Ja.

Das Hermelin lässt seine Pfote über die Hand der Frau hängen. So kam ich drauf, dich „Pfötchen“ zu nennen.

Tanja nahm ihr Smartphone. – Meinst du dieses? – Sie versuchte, ihre Hand größer zu ziehen. – Wusste er überhaupt, was das Wort bedeutet?

Wir haben es gemeinsam übersetzt für ihn.

Welches Wort kam da raus?

Ich habe es vergessen.

Ich drehte mich weg von Tanja. In meinen Ohren stieg ein Druck hoch, der mir fast den Mund aufriss.

Meine größte Angst ist, dass ich eines Tages nicht mehr weiß, wie er roch, sagte sie. Dass meine Sinne versagen, weil sie sich so schlecht erinnern.

Als wir ihm den Helm abgenommen haben, war sein Haar nicht verschwitzt. Gar nicht. Ich habe ihm über die Stirn gestrichen –

Hattest du deine Handschuhe ausgezogen? Konntest du seine Haut spüren?

Ich hatte meine taktischen Handschuhe an, die gehen nur bis zum halben Finger.

Aha, sehr klug. Jetzt weiß ich, warum die keine Fingerspitzen haben. Diese Handschuhe, die waren bei seinen Sachen, die sie mir geschickt haben. Ich habe etliche Mädchen mit solchen Handschuhen gesehen, ob die alle aus einem Nachlass sind?

Anzunehmen, sagte ich.

Wir nahmen Abschied. Ich schaute Andrij in die Augen. Es kam mir vor, als richte Andrij seine blauen Augen nach Tanjas Seite.

Wollen wir noch eine Runde gehen, sofern es möglich ist? – Tanja marschierte einen leicht geschwungenen Weg entlang, ziemlich schnell. Ich rutschte mit hohlem Rücken ein paar Schritte dahin, bis die Sohlen griffen.

Dort oben, nach der ersten Kurve. Danach ist es nicht mehr weit.

Ich hatte kaum Zeit, mir die Gräber anzusehen, die mit dem Ansteigen des Geländes kleiner und dichter wurden. Dann, an einer Kreuzung, ein junger Mann aus schwarzem Marmor, langärmeliges Hemd in eine elegante Hose gesteckt, den Kopf zur Seite gewandt. Mit einem Arm stützte er sich auf ein Klavier mit einer Marmordecke, die gleich hinunterrutschen würde.

Der berühmteste Musiker des Landes. Volksmusik, Popmusik, sagte Tanja. Er kam nach einem Konzert im Osten in einen Hinterhalt.

Sie nahm eine Abkürzung den rutschigen Anstieg hoch, blieb vor einem Steinblock stehen, aus dem ein Mann mit kühnem Blick herauswuchs. Sein muskulöser Arm ruhte über einem starken Rohr. Er trug ein geripptes Unterhemd.

Wer war das? fragte ich. Ein berühmter Installateur?

Das könnte von Andrij sein, sagte Tanja. Er war Olympiasieger im Kunstturnen. In den Fünfzigerjahren.

# 3

Der Lärm war gut, fröhliche Stimmung, Salven von Gelächter. Ein paar Mädels mit pelzigen Pullovern, hochgetürmte Haare in Neonfarben, überschminkt. Alles dampfte in dem Pub. Es gab keinen freien Platz.

Hätten wir reservieren sollen? fragte Iwo.

Gepolsterte Jacken lagen am Boden. Direkt vor dem Fernseher über der Theke standen ein paar Typen um die Barhocker herum. Niemand saß.

Mann, trinkt aus. Das dauert ewig. In einer Viertelstunde fängt das Match an.

Hör auf, Iwo. Wir stehen da jetzt und warten völlig entspannt.

Willst du das Match nicht sehen? Willst du Poldi nicht sehen?

Ich nahm einen tiefen Zug von meinem Budweiser. – Nichts lieber als das, sagte ich mit einer Stimme, die klang, als sei ich am Ertrinken. Ich hustete, konnte nicht aufhören, Iwo klopfte mir auf die Schulter. Einer der Typen drehte sich um und hob die Hand.

He, Finger weg! schrie Iwo. Das kann ich allein.

Mein Gesicht war rot angelaufen. Ich versuchte meine Jacke auszuziehen, blieb mit dem Arm hängen.

So, mein Kleiner, sagte Iwo und nahm mir die Jacke ab. Als er sie auf den Boden legen wollte, bückte ich mich rasch.

Du bist ein richtiger Schnösel geworden.

Die Männer leerten ihre Gläser. – Na endlich! Wenn die noch einmal bestellen ...

Das sind Engländer, hörst du das nicht?

Nein. Hatten wir nicht in Garmisch. Ah, sie zahlen. Drei Kreditkarten. Das dauert! Wieso lädt keiner die anderen ein?

Die Männer waren noch nicht weggegangen, griff Iwo sich einen Hocker. Der Schweiß rann ihm über das Gesicht. Er wischte sich mit dem Ärmel seiner Jacke ab.

Von einer Großaufnahme aus der Luft zoomte sich die Kamera in das Stadion hinunter. Eine rote Fahne der Türkei wehte lange über einen großen Teil des Platzes.

Die Kamera schwenkte über das Stadion mit den tobenden Galatasaray-Fans.

Ah, da kommen sie. Prinz Poldi hat Nummer neun. – Iwo strahlte.

Die Klänge der Champions-League-Musik ertönten.

Das ist gottvoll, sagte Iwo. Das mag ich, diese Musik ist so feierlich. Da weiß man gleich, dass das ein edler Sport ist. Das muss man den Engländern lassen, sie haben ein gutes Händchen gehabt, als sie den Fußball erfunden haben.

Ich blickte mich um. Ein paar Girlies mit ihren Freunden, kaum ältere Typen. Wen würde das Publikum unterstützen? Das Lokal war das einzige mit SKY in der Stadt. Vermutlich waren nicht wenige Touristen hier.

Jawoll, brüllte Iwo.

Ich sah, wie Lukas Podolski mit weit ausgebreiteten Armen über den Platz lief.

Dritte Minute, jawoll!

Aus dem Hintergrund kamen einige Pfiffe.

Shut up, sagte Iwo.

Du reißt dich zusammen, okay? Ich will hier keinen Zoff. Wir sind hier zu Gast, verflucht.

Wir haben uns den Arsch aufgerissen für die, wir haben freiwillig für ihr Land gekämpft, und ich darf mich nicht über Poldi freuen? Wie gestört ist das denn? Ich freue mich hier über alles und jeden, wie es mir passt, weil ich ein Recht darauf habe. Ich bin ein Veteran ihres Kriegs, mir fehlen nur die Medaillen. Die kauf ich mir auf dem Flohmarkt, wenn das wichtig ist. Von uns hat sich keiner gedrückt, als damals der Marschbefehl kam. Wir hätten Urlaubsanträge stellen können. Freiwillige dürfen das.

Du meinst, von uns Deutschen hat sich keiner gedrückt, sagte ich.

Iwo nahm einen Zug. – Noch ein Heineken, sagte er. Wir waren ja nur zwei Deutsche.

Du vergisst den aus Sibirien, weiß der Teufel wie der dazu kam, der hatte deutsche Wurzeln.

Richtig. Darum nannte er sich Nemetz, das heißt Deutsch in allen slawischen Sprachen.

So ungefähr, Iwo.

Aber ihre eigenen Leute und genauso diese Kerle aus Kroatien, plötzlich war der ganze Mut weg. Wie sie sich an dem Tisch drängten, wo man den Antrag auf Kampfbefreiung stellen konnte. Ich dachte mir, in eurer Haut möchte ich nicht stecken. Und gleich darauf: In meiner ebenso wenig.

Mir ging es ähnlich, Iwo.

Du hast dir nicht überlegt, umzudrehen und auszusteigen?

Das kam nicht in Frage. Es ging alles so schnell, mit dem Marschbefehl hatten wir nicht gerechnet. Merkwürdige Situation, wie die tatsächlich kniffen. Erst überall dabei in der Ausbildung, wenn man das überhaupt so nennen kann, große Schnauze und so, und puff, weg.

Das kriegen die nicht mehr los. Wenn die wiedererkannt werden, dann bravo. Ah, Corner, das könnte gefährlich werden, yesss, Ramsey, linker Fuß und drin ist er! Zwei zu null! In der elften Minute! Aaron Ramsey, du Gunner, du bist einer von uns. Das wäre ein Name für mich gewesen, Aaron, der Gunner.

Iwo zog am Schaum seines neuen Heineken. – Aaahhhh, großartig. Mann, ist das Leben schön.

Ich drückte ihm den Arm. In meiner Kehle zupfte von neuem der Juckreiz. Ich wollte die Lippen aufeinanderpressen, mein Mund zitterte wie der einer weinenden alten Frau. Vor Anstrengung runzelte ich die Stirn. Meine Augen tränten, eine Hustenkaskade drängte aus mir heraus.

Mensch, Jensi, hast du dich erkältet? Wo warst du?

Mit Ta-ta-

Mit Tanja? Hast du sie getroffen? – Iwo machte die Pfötchenhand nach. – Ist sie hübsch? Wasser!

Langsam flößte er mir das Wasser ein, wischte mit seinem Ärmel über die Spritzer, die ich hinaushustete. – Brav, Jensi. Wird schon besser. Noch einen Schluck. Wird schon besser.

Hör auf, mich Jensi zu nennen, brachte ich mühsam heraus. Danke, Iwo. Du wärst eine perfekte Mutter.

Was habt ihr unternommen?

Wir sind zu Andrijs Grab gefahren.

Echt jetzt?

Komischer Friedhof. Würde dir nicht gefallen.

Ich möchte da auch nicht wohnen.

Ich griff in die Schüssel mit Erdnüssen, stopfte sie mir mit allen fünf Fingern in den Mund.

Küss die Hand, Madam, sagte Iwo. Eine Torchance nach der anderen.

Es war bedrückend, diese Ehrengräber zu sehen. Die Farbfotos der Soldaten, meistens mit ihren Waffen.

Ob die Waffen mit drin im Sarg sind? Soll ich sein Grab besuchen?

Das musst du selbst wissen.

Ich bin mir nicht sicher, ob ich das aushalten würde, Jens. Wahrscheinlich würde ich drauf losplärren. Der Gedanke, dass er da unten liegt und sich nicht rühren kann. Rührt euch! Und er kann nicht aufstehen, und wie er da unten friert zum Erbarmen. Was habt ihr den ganzen Nachmittag geredet?

Mensch, Iwo, du gehst mir sowas von auf die Nerven. Konzentriere dich auf dein Match. Von Poldi haben wir lange keine Aktion mehr gesehen.

Ein großer Mann stellte sich neben Iwo an die Bar. Seine langen grauen Haare hatte er zu einem Pferdeschwanz gebunden, ein krasser Gegensatz zu Iwos dünnem Schwänzchen. Iwo musterte den Neuen.

Prost! sagte der Mann, nachdem er sein Bier bekommen hatte.

Prost! Von wo kommst du? fragte Iwo.

Aus Stuttgart, sagte der Mann. Wilfried.

Jens.

Iwo. Ich bin aus Garmisch. Wahnsinn, die vergeben eine Chance nach der anderen.

Was tust du in der Stadt? erkundigte ich mich.

Geschäfte, grinste Wilfried. Was sonst?

In der Zigarettenbranche?

Nein, sagte Wilfried. Kein Krieg ohne Zigaretten, was?

Ich habe nie geraucht, sagte Iwo. Auch nicht im ärgsten –

Ach, Iwo, nein, du hast nie geraucht, auch nicht im ärgsten Stau. Wir sind von einem Reiseunternehmen, mein Kollege und ich. Wir veranstalten geführte Reisen hier im Westen des Landes für Leute, die ihre Vorfahren suchen.

Moment, sagte Iwo.

Jewish Heritage, in die Richtung? fragte Wilfried.

So ähnlich. Keine Organisation, privat. Schlimmer Job, einerseits. Andrerseits sind die Leute froh, wenn sie Klarheit bekommen.

Klarheit worüber, sagte Iwo ziemlich laut.

Mein Kollege ist der Fahrer, erklärte ich. Ein perfekter Fahrer. Den kann nichts aus der Ruhe bringen.

Das ist Goldes wert. Ich war einmal mit einem unterwegs, der ständig E-Mails checkte. Sein Handy hatte er auf dem Lenkrad liegen, ich glaube, er hatte sich sogar eine Halteschale dafür gebastelt.

Da! Poldi, auf Ramsey und Tor! Drei zu Null! Habt ihr die Vorbereitung von Poldi gesehen? – Iwo zog mich am Hals zu sich und drückte mich, schüttelte an meinen Schultern.

Wilfried verschwand, ohne seine Jacke mitzunehmen. Ich fasste Iwo scharf am Arm.

Iwo, du Vollidiot, schrei nicht herum hier, dass wir im Osten gekämpft haben. Und wie vertrauensselig du bist. Man kann doch nicht jedem X-Beliebigen auf die Nase binden, dass wir Freiwillige waren!

Wieso sollen die das nicht wissen hier? Die verehren uns ja.

Dieser Wilfried mit seinen Geschäften, wie er gegrinst hat dabei. Er könnte vom Geheimdienst sein.

Ein Deutscher beim Geheimdienst? Du meinst, bei irgendeiner anderen Seite? Das wird ja immer abenteuerlicher. Kann es sein, dass du eine Spur paranoid bist? Überhaupt deine Geschichte, dass wir für – wie heißt das, gibt es die wirklich?

Nicht für, sondern *wie* Jewish Heritage. Die gibt es, verflucht.

Das glaube ich dir, aber uns gibt es nicht! Wir sind kein Reiseunternehmen.

Mir ist in der Eile nichts anderes eingefallen.

Gut, von mir aus. Ich möchte nur gefragt werden. In der Pause zeige ich dir etwas Interessantes. Wenn wir ungestört sind. Deine Heimlichtuerei kann einem den Abend vermiesen. Ich habe wegen Kniepolstern geschaut, wollte ich mir schon lange gönnen.– Iwo zog ein paar kopierte Blätter aus seiner Tasche. – Was sagst du zu denen? Da spürst du keine Steine mehr.

Ich ließ die Tür zur Toilette nicht aus den Augen, während ich ein paar Blicke auf die Abbildungen warf. – Sind das Thais, diese dünnen Männer? Und die Posen, in die sie sich werfen. Die gestylten Sonnenbrillen, wie der seine Brille lässig an einem Bügel hält. Weg damit. Unser Geschäftsmann kehrt zurück.

Die nächste Runde geht auf mich, sagte Wilfried. Whiskey oder Bier?

Nee, lass mal.

In welchem Bereich bist du als Geschäftsmann tätig, wenn ich fragen darf, hakte Iwo nach.

Wilfried zog seinen Barhocker näher an uns heran. – Muss nicht jeder hören, sagte er gedämpft. Genaugenommen bin ich Berater in einem Segment der Rüstungsindustrie.

Iwo hustete. Ich fixierte ihn, als wollte ich ihn hypnotisieren. Er schloss beruhigend die Augen und nickte.

Interessant, meinte ich.

Dagegen sind wir ja echte Traummännlein, schob Iwo nach. Wir kennen niemanden, der in der Rüstungsindustrie arbeitet, nicht wahr, Jens?

Ah-ah, machte ich.

Es ist kein Geheimnis, dass das Land taugliche Aufklärungsgeräte braucht. Die nationale Armee musste viele Niederlagen einstecken, weil der Gegner mit seiner Artillerie und den Raketenwerfern zielgenau arbeiten konnte. Die Daten kamen von Drohnen.

Und du berätst die Armee bei der Entwicklung, sagte ich.

So ist es. Die Universität tut mit, es gibt Crowdfunding dafür. Importe kann sich die Armee nicht leisten. Ihr gefällt mir, ihr beiden. Es muss herrlich sein, so einen friedlichen Beruf zu haben wie ihr.

Poldi! Habt ihr das gesehen, wie der Türke zu ihm gesprungen ist, voll mit dem Kopf gegen Poldis Kopf, sofort eine rote Karte gegen diesen Bulut! Ja, der ist benommen, schaut euch das an, der ist weggetreten, das kann eine Gehirnerschütterung sein, eine Rote, pronto, was denn, da wird nicht verhandelt, da gibt es nichts zu verhandeln, das hat jeder gesehen, der Augen im Kopf hat.

Endlich, ein Arzt, sagte Wilfried.

Im Lokal war es etwas ruhiger geworden. Iwo brachte kein Wort mehr heraus, während der Arzt Podolski checkte. Der hielt sich den Kopf. Nach kurzer Zeit richtete er sich auf und trippelte auf der Stelle. Der Arzt zog ab. Iwo schlug mit der flachen Hand auf die Theke.

Es gab zwei Minuten Nachspielzeit, in denen nichts mehr gelang. Beim Pausenpfiff erhob sich Iwo und ging zur Toilette.

Echte Liebe, sagte Wilfried.

Er hat einen Narren an Poldi gefressen. Gibt es schon genauere Vorstellungen von eurer Drohne? Wie groß ist die?

Spannweite circa drei Meter, Operationsradius soll zwanzig Kilometer sein, wir stehen bei fünf. Die Frage ist, wie viel Gewicht darf sie haben. Fünf, fünfeinhalb Kilo dürfen wir nicht überschreiten.

Und wie lange kann das Ding fliegen?

Derzeit schaffen wir 45 Minuten. Du bist kein Reiseführer, sagte Wilfried. Du interessierst dich für militärische Details. Ich habe eine Vermutung. – Seine Züge hatten sich verhärtet.

Man könnte direkt Angst bekommen, scherzte ich. Entspann dich.

Wie lange wirst du in der Stadt bleiben?

Ich habe keine Pläne.

Vielleicht gehen wir nochmal auf ein Bier, oder endlich auf einen Bourbon. – Wilfried streckte mir seine Visitenkarte hin, die ich nach kurzem Zögern nahm und in meiner Jacke verstaute.

Im Gehen winkte er Iwo zu, der gerade zurückkam. – Merkwürdiger Typ, sagte Iwo. Bist du aus dem schlau geworden?

# 4

Warst du einmal auf der Halbinsel?

Mehrere Sommer lang, mit meinen Eltern. Das Meer – ich liebte es. Wenn mein Vater auf den nackten Strand ging, tobte meine Mutter.

Und du?

Ich schämte mich. Mein Vater ging vor dem Mittagessen hin. Bei uns hatte er die Badehose wieder an. Zweimal waren wir an der Westküste. Da gab es Sandstrand und meine Mutter achtete darauf, dass kein nackter Strand in der Nähe war. Als ich Andrij davon erzählte, fand er meinen Vater eklig. Die hatten kein gutes Verhältnis. Ich begann meinen Vater mit anderem Blick zu sehen. Er hat keine politische Gesinnung. Er will nur seine Ruhe haben. – Tanja zog an ihrer Zigarette.

Wo arbeitet er?

In der Stadtverwaltung. Er ist bei der Partei, aber es bedeutet für ihn nichts. Es ist nur eine Formalität. Er würde für nichts kämpfen oder sein Leben einsetzen.

Andrij hat deinen Vater wohl verachtet.

Und wie! Ein Video noch. Dann mache ich etwas zu essen.

Ich griff nach meiner Bierdose, die war leer. Tanja hatte den nächsten YouTube-Clip angeklickt. Ich schaute aufs Datum. 30. Oktober. Einen Moment nicht aufgepasst.

Soldaten eines Freiwilligenbataillons auf einem Feld. Ein strahlender Herbsttag. Neue Rekruten werden eingeführt. Die Auszubildenden laufen einzeln in unregelmäßigen Abständen über das Gelände, vor und hinter jedem schlagen Schüsse ein, kleine Wölkchen punktieren ihre gefährliche Route, sie springen, laufen schneller oder langsamer.

Stolpern verboten, bemerkte Tanja. Hast du so etwas auch getan? Und Andrij?

Nein, nein. Ich weiß nicht. Andrij ist erst später zu uns gekommen. Oder wir zu ihm. – Worauf habe ich mich da eingelassen, dachte ich.

Im nächsten Videoclip war es Nacht.

Und das?

Offenbar ein Kontrollposten.

War das gefährlich?

Das meiste war gefährlich, wollte ich sagen. – Wir kontrollierten eine Zeit lang die Umgebung einer Siedlung. Als Außenposten.

Wart ihr hier dabei? In diesem Bericht?

Nein, sagte ich. Wir wurden nie gefilmt, glaub mir. Das sind andere. Geparkte Autos wurden gecheckt. Meistens waren es Männer mit ihren Freundinnen.

Welches Paar sitzt in dieser gefährlichen Gegend nachts in seinem Auto?

Wir hielten auch fahrende Autos an. Es konnten Waffen im Kofferraum transportiert werden.

Andrij hat zu einem Fremden gesagt, steig aus, Kofferraum auf?

Ja.

Und die Frauen?

Blieben sitzen. Man sah gleich, dass es schnelle Mädchen waren, das hat uns nicht interessiert. Was ein Mann mit einer Frau im Auto trieb, war uns egal. Einmal saßen zwei junge Frauen drin.

Und die Separatisten?

Wir bekamen Meldung, wenn sich welche in unsere Richtung in Bewegung gesetzt hatten.

Seid ihr geblieben oder abgehauen?

Ich biss mir auf die Zunge. Was wäre dir denn lieber, wollte ich sagen. – Es waren Falschmeldungen darunter, um uns in Panik zu bringen. Das hatte in letzter Zeit stark zugenommen.

War Andrij panisch?

Nein. Er war ruhig und besonnen.

Es wäre besser gewesen, er hätte Angst gehabt und sich nicht in Gefahr begeben.

Wenn du Angst hast, bist du verloren. Er hatte sich entschieden, für sein Vaterland zu kämpfen, das zog er durch.

Tanja drückte den Zeigefinger auf ihre Stirn und ließ ihn dort. – Eins verstehe ich nicht. Warum hast du wirklich in diesem Krieg gekämpft? Nur als Trotzreaktion auf deine Entlassung aus eurer Bundeswehr?

Nennen wir es so: ich habe noch eine Rechnung offen mit einem Vorfahren.

Ein Kriegsverbrecher?

Wenn ich das wüsste. Lass uns aufhören mit den Videoclips, man wird nur kirre davon.

Ich möchte das zu Ende ansehen.

Ach was, Tanja. Es tut mir selbst nicht gut, es macht mich nervös, ich habe Angst, dass in mir Aggressionen hochsteigen, ich will nicht, dass –

Moment. Stopp. – Sie fuhr ein paar Sekunden zurück. – Das ist Andrij, da, hinter dem Mann mit dem Funkgerät, der verdeckt ihn! – Sie ließ den Film zurücklaufen. – Sag etwas, Jens, das ist mein Andrij! Was kommt als nächstes? Was wird er tun?

Ich hielt sie leicht an den Oberarmen fest. – Du irrst dich, das ist nicht Andrij. Sieh dir seine Körperhaltung an, das ist nicht Andrij, das kann man trotz der grünen Dunkelheit erkennen. Tanja! Andrij ist bei Tag gestorben! Hörst du? Bei Tag. Hier ist es Nacht!

Tanja wehrte meinen Griff ab. Ihr Andrij kehrte der Kamera den Rücken. Als er sich umdrehte, zog er seine Gesichtsmaske gerade hinauf.

Hat er gewusst, dass ich das sehen werde? Was geschieht da? – Sie boxte mich in die Seite. – Sag mir endlich, was da passiert. Wird er da schon umgebracht? Du hast mir erzählt, wie es war. Wird man das hier sehen? Ich werde es mir auf jeden Fall zu Ende ansehen. Wenn es nötig ist, laufe ich mit ihm in den Tod.

Sie hatte zu weinen begonnen.

Ich kenne diesen Clip nicht, sagte ich hilflos.

Du warst dabei!

Nein, das sind andere. Wir haben ähnliche Aufgaben gehabt, die Gegend kontrollieren. Andrij ist bei Tag gestorben, bei Tag!

Jetzt geht er weg. Bleib! Bleib! Wieso geht er weg, wohin?

Tanja, bitte. Es ist nicht Andrij. – Ich wischte mir die feuchte Stirn mit dem Ärmel meines Hemds ab. Ich konnte den Schweiß unter meinen Achseln riechen.

Warum gibst du es nicht zu? Dann habe ich Ruhe. Ich erinnere mich an ihn wie in dem letzten Bild.

Es ist nicht das letzte Bild. – In diesem Augenblick wurde mir klar, dass sie genau das benötigte. Ein letztes

Bild von ihm, als er noch lebte, sich bewegte. Besser, sie im Glauben zu lassen, dass dieses Phantom im Clip Andrij war.

Sie klickte YouTube weg, schloss die Seite. Eine Weile sagte sie gar nichts, wiegte nur den Kopf hin und her, als bedeutete es kein Nein, nur eine automatische Kopfbewegung, während sie nachdachte. Sie musste innerlich mit jemandem argumentieren, mit Andrij, oder mit sich selbst, oder mit Freundinnen, klugen, nicht diesen dummen Weibern, die auf einen Piloten stolz sein wollten, sondern mit Freundinnen, die sie gewarnt hatten, was auf sie zukommen könnte. Ihre Eltern, der prinzipienlose Vater, das Gegenbild zu Andrij. Die würden nun Recht behalten. Ich stellte mir den Triumph ihres Vaters vor.

Sie ging in die Küche.

Ich steckte mein Smartphone ab, das auf dem Boden am Ladegerät hing, rief die letzten Nachrichten auf meiner Facebookseite ab. Iwo hatte ein Foto von einer gelben Spritzpistole gepostet. Wie unter Zwang spielte ich im Kopf die Entscheidungen ab. Die fristlose Entlassung aus der Bundeswehr. Ihr könnt mich mal. Über Facebook wurden die Details zur Verfügung gestellt, die Route, sogar Teile meiner Ausrüstung bekam ich auf diesem Weg, weil die Diaspora in Deutschland eifrig spendete. Die Sprache hatte ich in einem Schnellsiederkurs erlernt. Ob sich der olle Krüger so weit herabgelassen hatte, als er vor siebzig Jahren mit seinen Nazis den Überfall durchführte? Eine Bibliothek des Bösen hatte ich darüber gelesen und ihn mir viele Male als einen Akteur dabei vorgestellt.

Magst du jetzt Rotwein? rief Tanja aus der Küche.

Ich stand auf. – Gern, sagte ich. Wenn du auch ein Glas trinkst. Musst du heute Abend nicht mehr arbeiten?

Tanja bat mich, die Flasche zu öffnen.

Hat Andrij Rotwein getrunken? fragte ich.

Nur für meine Liebe, ja, ein paar Mal.

„Mir zuliebe" musst du sagen, Tanja.

Sie schöpfte ein Fleischgericht auf die Teller, Eintopf mit Tomatensauce, den üblichen Roten Rübensalat. Dazu gab es Brot. – Hat er dir eine Nachricht für mich mitgegeben? Ich wollte dich das schon letztes Mal fragen. Ich hatte Angst vor deiner Antwort.

Er hat mir das Smartphone gegeben, Tanja. Er wollte, dass ich dich besuche.

Er hat nichts gesagt?

Ich legte mein Besteck an den Teller und schloss die Augen. – Es ist ihm gewiss etwas durch den Kopf gegangen, Tanja. Dass er dich immer –

Dass er mich imm – ?

Ja.

# 5

Morgen ist internationaler Anti-Korruptionstag, sagte Wilfried und hob seine Bierdose. – Ihr blechernes Geräusch übertönte beim Anstoßen das Whiskeyglas.

Da sind wir am richtigen Ort.

Das Land liegt knapp vor Angola und Papua-Neuguinea. Punkt eins: Bessere Gesetze für die Anmeldung von Unternehmen. Punkt zwei: Ein Ausschreibungsregister. Öffentlich einsehbar. Punkt drei: Schaffung eines Bewusstseins, dass Korruption aufgedeckt wird. Vorher ändert sich da nichts, konstatierte Wilfried.

Man könnte meinen, du arbeitest für diese Anti-Korruptionsbehörde. Wie heißt die? fragte ich.

OLAF.

Das klingt nach einem Rentierverein, du Spaßvogel. Olafist, Salafist.

In diesem Augenblick betrat ein junger Mann das Lokal. Er wurde von mehreren Tischen aus begrüßt, aufgefordert, Platz zu nehmen. Lässig ließ er seinen Blick durch das Lokal schweifen und blieb schließlich bei uns hängen. Seine Augenbrauen stellten die Frage, sonst kein Wort. Ich rückte ein wenig zur Seite, der Junge zwängte seinen Holzstuhl zwischen uns. Hinter ihm war ein Geschiebe entstanden, niemand murrte. Hier war die Welt in Frieden mit allen. Er zeigte dem

Kellner mit dem Zeigefinger die nächste Runde, auf seine Rechnung. Er sah nicht nach genug Geld aus. Wilfried beobachtete ihn amüsiert.

Wer bist *du* denn? fragte er, als frage er einen zugelaufenen Hund. Freundlich.

Deutsche? sagte der Junge auf Deutsch.

Ja. Du auch?

Eine meiner drei Großmütter war die Tochter eines Deutschen. Tolle Sprache. Ich heiße Vitalij. Ein östlicher Name, der zu vielen Orten östlich von dieser Bar passen würde. Und ihr?

Wilfried.

Jens.

Habt ihr schon gehört, dass die Separatisten Arbeitslager eingerichtet haben? sagte Vitalij.

Für wen? fragte Wilfried.

Kriegsgefangene. Dissidenten, die gegen den Anschluss der Halbinsel sind. Wer sich zu den bewaffneten Aufständischen meldet, kann von der Zwangsarbeit befreit werden.

Vitalij zog ein kleines Notizbuch aus seiner Jacke. – Moment, ich übersetze. Keine Dämmerung ist wie die andere. Manchmal kommt eine Frau, manchmal die Nacht. Sterne ziehen ihre Bahnen, böse oder nachlässige Bahnen, funkelnde Wege wie der Weg zu einer Hochzeitskirche. Es gibt ein Sakrament der Weite.

Lies mir nochmal den Schluss vor, da konnte ich mich nicht mehr konzentrieren, sagte Wilfried. Was bist du, ein Dichter oder gar ein Po-eet?

I'm a poet and you know it, krächzte Vitalij.

Sind deine Texte veröffentlicht? fragte ich.

Ja, sagte Vitalij. Meine Freunde malen sie auf Hauswände. Derzeit sehen sie aus wie beschädigte Pergamente aus der Antike, weiße Flecken drin, über deren verlorene Bedeutung man Arbeiten schreiben könnte. In fünf Jahren, wenn wir alle gesiegt haben, wird es in der Hauptstadt einen Lehrstuhl für analoge Lyrik aus den Borderlines geben. Bourbon? Wodka? – Er drehte sich zum Kellner an der Bar und zog einen Kreis mit seinem Zeigefinger.

Wodka, sagte ich.

Bourbon, sagte Wilfried.

Nun erzählt mal ein bisschen mehr über euch. Was trennt euch, was verbindet euch? Solche Sachen. Wie war es in der Kindheit?

Der Barmann brachte die Getränke, begrüßte Vitalij wie einen Fußballstar. Sie unterhielten sich schnell und vertraut miteinander. Eine größere Tournee im Westen. Berlin, Frankfurt, Zürich.

Sie stießen an, Vitalij ließ seinen Wodka im Mund kreisen, als müsse er Schlangengift neutralisieren.

Hast du Bekannte oder Freunde an der Front? fragte Wilfried.

Zwei ehemalige Schulfreunde, denen ich nie zugetraut hätte, dass sie sich für etwas anderes als ihre Schwänze interessieren. Vor kurzem habe ich auf Facebook einen erkannt, in voller Montur mit einem Raketenwerfer in der Hand, sein Gesicht von einem Katzenfoto verdeckt. Der Kopf einer Tigerkatze. Unheimlich.

Woran hast du ihn erkannt? fragte Wilfried.

An seinem Tattoo. Diesen Drachen auf dem Unterarm kann man nicht verwechseln.

Haben deine Freunde bei den Freiwilligen einmal Drohnen erwähnt? fragte Wilfried.

Ist ja kein Geheimnis, dass die Armee versucht, an Drohnen heranzukommen. Das Zeug ist verdammt teuer. Es ist tatsächlich so, dass Tigerkatze bei einem Angriff der Separatisten beinahe umgekommen wäre, weil deren Spähdrohnen das Feuer genau auf Tigerkatzes Gruppe gelenkt hatten. Er hat knapp überlebt, seine Barthaare sind versengt worden, so ein Pech.

Wilfried schnitt eine Grimasse wie bei einem schlechten Witz. Er verschwand Richtung Toilette.

Der nervt, sagte ich.

Von einem Tisch beim Fenster kamen Rufe nach Vitalij.

– Bin gleich wieder da, sagte er.

Ich lehnte mich zurück, fischte meinen Taschenkalender aus der Jacke, schlug ihn auf.

14. August. Heute mittag stand Andrij mit der Fahne des Regiments hinter der Fabrik, breitete sie mit beiden Armen aus, das erinnerte mich an Großmutter in Eppendorf, wenn sie die Laken von der Leine nahm, die Laken rochen so gut, alles frisch, sie achtete darauf, dass die Enden genau aufeinanderpassten.

Zwischen den Panzern bei der Straßensperre geht eine junge Frau durch, Handy in der Hand. Mit ihren schnellen Daumen schreibt sie eine Nachricht.

17. August. Ein vermummter Soldat hält seine Finger an die Nase, im gleichen Moment ertönt das Knattern, ist sein Kokain in der Nase explodiert oder was.

Frauen helfen Barrikaden aus Baumstämmen und Autoreifen zu bauen, dabei tragen sie Gartenhandschuhe.

Die strahlenförmig von einer Ecke ausgehenden Stäbe der Fenstergitter, in den Winkeln geht die Sonne auf.

18. August. Wenn Andrij seine Mütze hochschiebt, um eine zu rauchen oder von einem Gemüseriegel abzubeißen, könnte ich mich anscheißen vor Lachen.

Die Uniformierten stehen mit der Waffe in der Stadt, mitten im Fußgängerverkehr, eine Frau wühlt neben einem Kämpfer in ihrem Max Mara Sack, mich würde interessieren, was sie da sucht, leider muss ich weiter.

An den Birken am Straßenrand Fotos in Bilderrahmen, Stacheldraht oder Tesaband darum. Auf einem Stacheldraht, der zwischendrin gespannt ist, sah ich ein paar rote Wäscheklammern.

24. August. Die Barrikaden brennen, dunkelgrauer Rauch steigt in großen Wolken auf. Ein ausgebrannter Bus liegt am Straßenrand. Ein Arbeiter mit seinem Fahrrad wird durchgewunken.

20. September. Auf der Anhöhe. Nebelschwaden ziehen träge umher, richten sich für die Nacht ein. Ich wünschte, ich könnte das auch. Kondensstreifen wandern über die Hügel gegenüber, stolpern über die Wölbungen, verzittert. Die verschobenen kürzeren Streifen sehen aus wie die verkorksten Buchstaben, die man als Code beim Versenden von Zeitungsartikeln nachtippen muss. Was ist der Code für diese Nacht?

Was ist der Code für diese Nacht? Da war so viel gekommen nach dieser Nacht, deren Code ich gesucht hatte.

Die Tarnanzüge der Armee imitierten die Farben der Landschaft nicht richtig. Die Anzüge der Separatisten mit ihren meerblauen Flecken ergaben nur im Süden einen Sinn.

Ein schwerer Schlag auf die Schulter riss mich aus der Vergangenheit.

Dacht ich mir, sagte Iwo zufrieden. Aah, da ist ja auch unser Rüstungsspezialist, alles okay?

Wilfrieds Gesicht sank bis ans Kinn. – Was soll nicht okay sein.

Ich grinste. – Vitalij ist nur kurz bei seinen Freunden zu Gast.

Aha, sagte Wilfried und suchte, welches sein Glas war.

Ein Schiff wird kommen. – Iwo deutete dem Kellner. – Zwei Whiskey. Du?

Für mich nichts mehr, sagte Wilfried.

Ich starrte auf mein leeres Glas. – Auf YouTube habe ich einmal gesehen, wie sich die Mädchen von den Freiwilligen verabschiedeten, da wurde mir echt mulmig. Eine schmiegte sich eng an ihren Freund und schob ihre Hand unter seine schwarze Sturmhaube, um seinen Mund zu ertasten. Oder zu versiegeln, dass er keine andere küssen sollte.

Iwo legte ehrfürchtig einen Finger an seine Lippen.

Hör auf mit dem Scheiß. Du begreifst wieder einmal null, sagte ich.

Darf ich dich etwas fragen, sagte Iwo leise. Etwas Ernstes.

Ja!

Wieso sagst du Sturmhaube?

Wieso sage ich was?

Sturm-haube.

Weil es eine Sturmhaube ist.

Im Internet heißt es *Balaklava*. Das andere ist altmodisch.

Wenn mich nicht alles täuscht, unterbrach Wilfried uns, gibt es diese Stadt auf der Halbinsel. Balaklava. Da fand eine berühmte Schlacht statt.

Und du meinst, die Sturmhaube ist nach dieser Stadt benannt? – Iwo sah ihn ungläubig an.

Warum nicht?

In diesem Augenblick kehrte Vitalij an den Tisch zurück. – Gibt es Fortschritte? Habe ich etwas versäumt?

Wir treten auf der Stelle, sagte Wilfried. Die wollen mir nicht glauben, dass die Balaklavas so heißen, weil in der Stadt auf der Halbinsel ein berühmter Krieg stattgefunden hat.

Wann, jetzt?

Nein, im 19. Jahrhundert.

Das mit dem 19. Jahrhundert hast du uns verschwiegen, sagte Iwo zornig.

Drüben sitzt ein Musiker, berichtete Vitalij. Der hat gerade seinen Bruder verloren. Der Arzt erzählte ihm, dass sein Bruder auf dem OP-Tisch in Panik geriet, weil er die chirurgischen Instrumente für Waffen hielt. So arg im Schock war der.

Ein paar Männer drängten ins Lokal. Die kalte Luft war eine Überraschung. Sie schrien etwas, das nicht zu verstehen war. Iwo zeigte panisch auf sein Ohr, man versteht euch nicht. Die redeten in die Wolle. Eine Flasche fiel auf die Theke. Ein Likör hatte die himmelblaue Farbe der Landesflagge.

# 6

Wenig später saßen Iwo, Vitalij und ich bei Tanja zusammen. Sie hielt es in der leeren Wohnung, in die Andrij nicht zurückkehren würde, nicht mehr aus. Sie sagte, sie müsse ihre Trauer so weit weg wie möglich tragen, durch dieses unglückliche Land. Wie sollte sie sonst begreifen, dass Andrij für immer aus der Welt war. Das war er doch, oder etwa nicht? So redete sie, und wenn sie Gedankenpausen machte, waren diese lippenstiftrot.

Du meinst eine Wallfahrt? fragte Iwo vorsichtig.

Tanja schaute ihn an, nickte in Zeitlupe. – Genau das. Ich glaube, so könnte man es nennen.

Von wo bis wohin? fragte Vitalij.

Wie ich es sehe, läuft alles auf die Halbinsel zu, sagte ich.

Tanja schloss die Augen. Ich vermutete, sie zeichnete eine Landkarte auf, und rechnete im Stillen damit, dass ihr das Ausmaß dieser Wallfahrt erst jetzt zu Bewusstsein kam.

Es muss sein, sagte sie schließlich. Werdet ihr mir helfen?

Allein darfst du auf keinen Fall losziehen. Es ist nach wie vor brandgefährlich in dieser Region. Wir müssen mit Rückzugsgefechten rechnen, mit marodierenden Gruppen, Nestern der Separatisten.

Waffenarsenale, ergänzte Iwo.

Eine Wallfahrt für Andrij und gegen die Kriege, sagte ich. Die Römer hatten das auch. Mir fällt der Ausdruck nicht ein. Kann sein, es waren die Griechen.

Für Andrij und gegen die Kriege, bestätigte Iwo.

Es kann apokalyptisch werden, sagte Vitalij. Ich würde dieses Abenteuer gern mit euch teilen. Nehmt ihr mich mit?

Ich hasste dieses Teilen. Bei Facebook konnte ich nicht mal eine Meinung teilen, weil es mir durch den Bauch schnitt. – Meinetwegen, sagte ich.

Die beiden anderen stimmten zu.

Am übernächsten Tag brachen wir auf. Wir waren auf alles gefasst. Zunächst mochte es wie ein kleiner Schulausflug ausgesehen haben, ohne Lehrer. Wir kamen zu einem geplünderten Supermarkt, die Scheiben zerbrochen, Einkaufswägen waren die Straße hinuntergerollt und an Zäunen und Wänden zum Stehen gekommen. Aufgerissene Plastiksäcke mit Zement, vom Schmelzwasser versteinert. Wir gingen trotzdem hinein. Was Plünderer zurücklassen, kann interessant sein. Vitalij blieb gleich beim Spielzeug stehen. Man hätte meinen können, dort müssten die Regale leer sein. Weit gefehlt. Sogar ein paar schäbige Kleinbusse, rot, grün, warteten auf die Abfahrt.

*Marschrutkas*, sagte er glücklich.

Gibt's hier nichts zu essen? fragte Iwo.

Vitalij warf mir eine Packung Schokoladenkekse zu. Ich fing sie gerade noch mit den Handballen und schlug sie zu Iwo hinüber. Der schoss die Kekse zurück, ich kam dazwischen. Die Packung platzte, und die Kekse rauschten in einem Schwall aus dem aufgerissenen Cellophan zu Boden.

Iwo lehnte sich an ein leeres Regal und fiel damit nach hinten. Es krachte gehörig, er versuchte sich hochzurappeln. Ein paar Bretter hatten sich gelöst, billigstes Pressspan unter der grauen Oberfläche.

Fordert mich jemand zum Tanz auf? rief er wütend.

Vitalij kniete sich auf einem Bein vor ihn hin und hielt ihm eine elegante Hand entgegen.

Es tut höllisch weh, sagte Iwo. Gut möglich, dass ich mir eine Bandscheibe ruiniert habe.

Das wäre ein ziviler Unfall, dafür haftet unsere Versicherung nicht, sagte ich.

Tanja, die draußen geblieben war, kam auf den Lärm hin in den Supermarkt.

Ihr seid so dumm, so dumm können nur Männer sein, schimpfte sie. Los, Iwo, steh auf.

Wir zogen an seinen Armen.

Wie viel wiegst du, Iwo? fragte Vitalij.

Ich wiege so viel, wie es mir Spaß macht.

Wie viel, Iwo, schloss sich zu meiner Verwunderung nun Tanja dem Verhör an.

Um die neunzig.

Vitalij räusperte sich. – Entschuldige, Iwo. Das grüne Wetter, die *marschrutkas*. Setz dich mal hin, da, auf den Stuhl der Kassiererin. – Er führte Iwo zu dem Drehstuhl, dessen Rückenlehne dunkelrote Flecken aufwies. Iwo sank hin.

Und? fragte Tanja.

Iwo bewegte vorsichtig seinen Rücken, tarierte die Wirbelsäule aus. Tanja tastete jeden einzelnen Wirbel ab.

Hast du das gelernt?

Nein, sagte Tanja.

Iwo schloss die Augen, sein Gesicht sah kummervoll aus, kein Stöhnen entkam ihm. Es hätte mich nicht überrascht, wenn er zu summen begonnen hätte, so eine Spontiserenade, traurig, sehnsüchtig, so dass alle anderen verstummen. Der Gedanke daran machte mich wehmütig. Selbst wenn wir alle am Leben waren und unsere Augenfarbe hatten und die Kompottgläser von unseren Großmüttern im Hinterkopf. Wenn ich so ein Glas hier auf einem Regal gesehen hätte, hätte ich losgeheult.

Mir fielen die Hochzeitsfotos von einem Separatistenkommandeur ein. Er sah im Tarnanzug aus wie der Schiläufer Bode Miller, den gegipsten Arm in einer Ellbogenschlaufe, die Braut im weißen Kleid, größer als er, langes schwarzes Haar, in das ein orange-schwarzes Georgsband geknüpft war, einmal etwas anderes als der Pastellfirlefanz. Der Hammer war jedoch die Makarov, die sie unter der Achsel trug, in einem schwarzen Geschirr mit Lederbändern über beide Schultern. Supergeil. Muss man mögen.

Woran denkst du, Jens? fragte Vitalij.

An eine Makarov.

Du weißt, dass unsere starken Freunde jenseits der Grenze bei jedem bemannten Raumflug eine Makarov im Überlebenskoffer hatten?

Nee, wusste ich nicht. Stell dir das vor, du steigst die Treppe von deinem Raumschiff hinunter, machst gar keine gute Figur dabei, springst genervt auf den pollenverstaubten Boden eines Planeten, deine Makarov in der Hand. Eine kleine Schar von Planetariern kommt auf dich zu, du überlegst, ob du entsichern sollst, ob sie das hören können. Megastress.

Iwo stand auf, war alles nur Spaß. Er umarmte Tanja. Mir fiel ein, dass es gut war, in Tanjas Nähe nicht von der Hochzeit gesprochen zu haben.

Denkst du, die Kassiererin wurde auf ihrem Drehsessel erschossen? fragte Iwo.

Von wem sonst sollte das Blut stammen? – Ich sah die Kassiererin vor mir, wie sie sich auf dem Sessel im Kreis drehte, während die Geschosse hereinjagten.

Wie ein Armeeversteck sieht das nicht aus, sagte Vitalij. Es sei denn, einer unserer Kämpfer hätte schnell mal Kassier gespielt, das wäre ein Grund für den Beschuss gewesen. So, wie ich es sehe, hat hier ein Kriegsverbrechen stattgefunden.

Das Blut ist nur auf dem Drehstuhl, sagte Tanja.

Lass uns nochmal kucken, schlug ich vor. – Es ließ mir keine Ruhe. Wo wir herumgeulkt hatten, waren friedliche Kunden gewesen, bis sie umgebracht wurden. So ging das durch meinen Kopf.

Ich würde lieber abhauen, sagte Iwo.

Kannst du gehen?

Ich glaube, ja.

Da, ist das Öl oder Blut?

Dunkle Spritzer wuchsen zu den Regalen hinauf. Am Ende des Gangs befand sich eine Tür. Als ich die Klinke drückte, fiel sie mir entgegen. Ein paar Reißzwecken pressten sich in meine Stirn. Ich stemmte die Tür mit Vitalijs Hilfe zurück, da hing ein Kalender, der im Oktober des vorigen Jahres steckengeblieben war. Ein Motorradkalender von Honda. Die arme Kassiererin.

Hast du dich verletzt? fragte Vitalij und sah mir ins Gesicht.

Nee.

Seine glatten Haare mussten einmal einen hervorragenden Schnitt bekommen haben. Auf der linken Seite bis zum Scheitel ausrasiert, die längeren rechts hingen in einem Schwung seitlich nach hinten. Er warf die Haare mit einer Kopfbewegung zurück, wie das sonst Mädchen tun, bei denen hatte ich mich jedes Mal gewundert, dass es ihnen nicht auf die Nerven ging. Die winzigen honigfarbenen Blitzer in den Pupillen loderten scharf. Bestimmt liefen die Frauen ihm nach.

Er hatte die Tür an die Wand gelehnt. Dahinter war es dunkel, kein Luftzug, keine Einschüsse. Er stolperte hinein, ich ihm nach. Der Raum war gar nicht so klein, aber nicht das, was man sich als Lagerraum für einen Supermarkt vorstellt.

Schau dir das an, diese Schachteln kenne ich.

Ich sehe nichts.

Er schob eine Schachtel zur Tür. Wir rissen sie auf, drin befanden sich versiegelte Büchsen.

Aha, Munition. Fragt sich nur, von wem. Einige sind aufgebrochen.

Sieht aus wie Sardinendosen mit aufgerolltem Deckel. Sardinen mochte ich nie, sagte ich und hatte prompt den öligen Geschmack im Mund.

Die Patronen lagen fest reingedrückt. Wir nahmen ein paar heraus und schüttelten sie in der Hand wie Würfel, die wir gleich ins Spiel werfen würden.

Nichts wie raus hier.

Nach ein paar Tagen kehrte der Schnee zurück. Da waren wir bereits außerhalb der Stadt und auf dem richtigen Weg, nachdem wir bei den großen Wegweisern an den Ausfahrten mehr als einmal im Kreis gegangen waren.

War es der Wind gewesen oder böser Wille, die Pfeile mit den Ortsnamen flohen vor uns und drehten sich um die Achse, sobald wir glaubten, direkt davorzustehen.

Fuck! hatte Iwo geschrien, wie es seine Art war, und die Stange mit beiden Händen festgehalten und sie gerüttelt, ganz ausgezuckter Vater, zum Glück hatte er keine Kinder, und wenn, waren sie weit weg. Wir rechneten ständig damit, dass unsere Nerven mit uns durchgehen würden. Leute rasteten schneller aus, auch privat, bei Scheidungen, es waren unendlich viele Waffen in der Stadt gewesen, von der Front mitgenommen. Ich werde nicht vergessen, wie Tanja ihre Hände an die Wangen gepresst und den Satz geflüstert hatte: Das Feuer ist in die Stadt gekommen.

Wir zogen weiter, kamen durch Dörfer, die verlassen waren, ein Schaukasten mit blaugebleichten Farbbildern von einer Reise, deutlich ein Seniorenclub, zeugte von früherem Gemeindeleben. Andernorts waren an den Bäumen Plastikhüllen mit Kinderzeichnungen angenagelt, fröhliche Sonnenscheinbilder und tanzende Strichmännchen in dreieckigen Kleidchen, die einander rote Äpfel zuwarfen.

Eine schmutzige Plexiglaswand mit schwarzen Strichen und Flecken zog uns an. Der Schnee hing über das Glas. An der unteren Ecke war es aufgezwängt. Ein korallenroter Abfalleimer aus Plastik mit Schnitten und Wunden wie von einem Säbel lag da. Ein umzäunter Sportplatz mit einem Fußballtor. Dann fiel uns das große Gebäude hinter dem Fußballplatz auf, minzgrün, mehrstöckig, minzgrün, mehrstöckig. Eine Schule? Ich dachte über das Wort „Plexiglas“ nach und wusste jetzt nicht, ob man es mit einem oder zwei X schrieb. Cineplexx. Hm. Ich hatte das Gefühl, einen Gehsteig entlang zu schlittern, dabei stand ich nach wie vor auf beiden Füßen still vor dem Anblick. Was wollte mir das Gebäude sagen? Nichts. Nada.

Habt ihr Lust? fragte Vitalij.

Sicher, sagten wir.

An einer Seite fiel der Zaun in sich zusammen, Vitalij lief ins Feld hinein, seine Schritte sahen wie Abdrücke eines Riesen aus. Ich wärmte mich am Rand auf und lief ein paar Meter vor und zurück. Iwo klatschte in die Hände und schrie: Los! Worauf wartest du?

Vitalij kickte eine Aludose in unsere Richtung, ich übernahm sie und gab Iwo den Pass weiter. So gelangten wir schließlich bis in den Strafraum, von wo aus Vitalij das erste Tor schoss. Die Dose landete hinter dem Tor, weil es kein Netz gab.

Einmal geht noch, sagte ich und suchte die Dose. Ich stieg durch das Tor, das viel zu niedrig war. Dahinter fiel das Gelände zu einem Graben ab, in dem weitere Aludosen lagen, ich hätte nicht sagen können, welche unser Fußball war. Plastikstreifen flatterten, es sah aus, als brannte der ganze Abfall mit bunten und schmutzigen weißen Flammen vor sich hin.

Wo bleibst du denn?

Die beiden starrten auf mich herunter.

Hast du unseren Ball gefunden? Da gleich neben deinem linken Fuß, das ist er doch.

Läuft da eine Ratte? fragte Iwo interessiert.

Ich kletterte sofort aus dem Graben. Klar. Die Totengräber. – Mir ist der Spaß vergangen, sagte ich.

Wegen der dämlichen Ratte? sagte Vitalij.

Du kannst sie dir ja holen und auf die Schulter setzen, damit alle erkennen, dass du ein Dichter bist, sagte ich.

Wer „alle“? Siehst du jemanden außer uns?

Ja, sagte Iwo. Dort links vorn, ich glaube, da kommt einer.

Aus der Ferne näherte sich ein Mann. Er schien sich mit letzter Kraft dahinzuschleppen, bis er endlich vor einer Garage zu Boden sackte. Wir gestikulierten zu Tanja und rannten zu der Garage. Im Innern war allerhand Baumaterial, Stöße von Brettern, etwas, das wie eine Drechselbank aussah. Ich hatte noch nie eine gesehen, aber das musste eine sein. Wir nahmen den Mann vorsichtig unter die Arme und lehnten ihn an die Maschine. Er keuchte, holte Luft aus einem tiefen Schacht vorbei an Teerablagerungen, eingewachsenen Verlobungsringen, was auch immer er in seine Lungen geschleust haben mochte. Ein intensiver Nikotingeruch drängte in meine Nase.

Wir gaben ihm Wasser zu trinken. Wir klopften ihm auf den Rücken seiner wattierten Jacke, der lädierte Panzer eines Urtiers.

Vitalij fragte ihn etwas, das ich nicht ganz verstand.

Er sagt, er habe bis gestern gekämpft, in der Gegend von Katharinenburg. Sein ganzes Bataillon ist aufgerieben worden.

Katharinenburg? Wo soll das sein? Kennt ihr das? fragte Iwo aufgeregt.

Mindestens dreihundert Kilometer entfernt, sagte Vitalij. Da kann er nicht gestern noch gekämpft haben.

Der Mann murmelte etwas.

Er sagt, es kann auch eine andere Stadt gewesen sein.

Das gefällt mir schon besser. Schau dir das Abzeichen an, sagte Iwo. Solche haben wir bei uns nie gesehen. Wer weiß, ob der nicht zu den Separatisten gehört. Hat er Papiere bei sich?

Ich traue mich nicht, ihn danach zu fragen, sagte Vitalij.

Wieso nicht? Dokumenti?

Der Mann zog einen Ausweis aus der Brusttasche.

Der kann nicht ihm gehören. Das Geburtsdatum ist mit 1924 angegeben.

Was?

Er sieht ihm ähnlich.

Vermutlich von seinem Vater, schlug ich vor.

Tanja hatte sich Zeit gelassen. Sie schaute dem Mann in die Augen, versuchte seinen Blick festzuhalten, der ständig abschweifte, die Augen willenlos in ihren Höhlen rollend. Gut möglich, dass er demnächst auseinanderbrechen würde, ein paar harte Gliedmaßen, ein verseuchter Rumpf, der Kopf an ein paar übriggebliebenen Sehnen. Sie klopfte ihm mit dem Handrücken gegen die Wangen, herrschte ihn an in einem scharfen Ton, den ich nicht an ihr kannte. Wie denn, ich kannte fast nichts an ihr.

Nun schüttelte sie ihn an den Schultern. Sie schien zu Tode beleidigt. Was hatte dieser Mann ihr bloß angetan? fragte ich mich. War sie ihm schon einmal begegnet? Ich blickte zu Iwo, der nur die Augenbrauen hob und abwinkte. Vitalij war nahe davor einzugreifen, ich sah, wie seine Hände zitterten. Im nächsten Augenblick zog er Tanja zurück.

Lass ihn, brüllte er.

Legen wir ihn auf etwas Weiches, sagte ich. Räumt alles zusammen für eine Unterlage, er muss liegen, er ist fast am Ende.

Nicht auf den Rücken, sagte Iwo. Da erstickt er.

Tanja schlug mit den Fäusten gegen ihren Mantel. Sie gab nach, legte einen Schlauch zu einer weiten Rolle zusammen, füllte den Kreis mit Lappen, die über die Stufen einer Leiter zum Trocknen aufgehängt worden waren. Über einem Brett mit Haken hing ein Badetuch, die Umrisse der Halbinsel, hellblaues Meer, eine Nixe mit langem blondem Haar saß auf einem Felsen und drehte den Kopf neckisch zu uns.

Zeig ihm Miss Halbinsel, sagte ich.

Tatsächlich hielt sich Iwo das Badetuch vor seinen Bauch, trat zu dem armen Kerl und deutete auf die Frotteeschönheit. – Hier wird nicht gestorben, sagte er. Du kommst zu Kräften, woher, weiß ich nicht, aber du wirst es schaffen. Und dann bist du kein Separatist mehr und auch nicht dein eigener Vater. Dann bist du ein normaler Sack voll Scheiße wie wir, und der Frühling wird vor der Tür stehen.

Nachdem er gestorben war, steckten wir ihm seinen Ausweis in die Brusttasche. Vitalij schrieb den Sterbetag auf einen Zettel, über das Datum waren wir uns nicht einig. Wir stimmten ab und nahmen den früheren Tag.

Mit einem kleinen Daumen zeichnete Iwo drei Kreuze auf Stirn, Nase und Lippen des Toten. Ich dachte an meine Großmutter und mein Mund begann zu zucken. Iwo wischte den Daumen an seiner Hose ab, das fand ich nicht pietätlos, sondern vernünftig. Irgendwann, nahm ich mir vor, würde ich Tanja fragen, ob sie den Toten gekannt hatte. Es würde lange brauchen, bis sie so weit war, aber wir hatten genug Zeit und noch mehr Raum vor uns. Wenn wir so dumm waren, uns vom Winter antreiben zu lassen, waren wir selbst schuld. Einzig wichtig war, unseren Weg nicht zu verlieren, nie weiter als höchstens ein paar Kilometer von ihm abzukommen.

Vitalij sprach seine Texte in die Kälte, mit einer großen Hauchwolke vor dem Mund. Ich beneidete ihn um die Gefahren, die er sich durch sein Talent zuzog. Er würde verbannt werden oder ins Gefängnis gesteckt, man würde seine Bücher in einen Fluss werfen und Öllämpchen hinterherschicken, die Hunde würden nach seinen Rhythmen jaulen.

Auf dem Weg kamen wir an einer Ansammlung von Soldatengräbern vorbei, Holzkreuze, kleiner Querbalken, großer Querbalken, schräger Kreuzbalken. Fußspuren von kleinen Tieren hin und her im Schnee, von einem Grab zum anderen. Trappeltiere nannte man die, das wusste ich aus dem Biologieunterricht bei meiner Lehrerin mit den kupferroten Haaren, die ein paar Jahre später Selbstmord beging. Die Leute sagten, ihr Liebhaber sei ein elender Halunke gewesen, der sie „alle fünfzig Kilometer" betrog. Er fuhr gebrauchte Fernsehgeräte durch die Gegend, manche fast entkernt, weiß der Teufel, wer ihm die abkaufte. Unter der Ladefläche war ein doppelter Boden, da schaukelten die Schnäpse lustig in den Flaschen.

Wir erreichten ein verlassenes Haus. Das Feuer in dem kleinen Ofen ging rasch aus. Etwa alle zwei Stunden wachte einer von uns auf und legte Holz nach, von dem es ausreichend Vorräte hinter einem Verschlag im Hof gab. Das Zimmer, in dem wir schliefen und einen Großteil der Tage verbrachten, lag gegen Osten, hatte ein großes Fenster in den Süden. Abends stellten wir eine Bodenpappe davor auf, um die Nachtkälte im Zaum zu halten. An der Nordseite des Hauses war ein Wildwuchs von Eisblumen an den Fenstern. Durch die

Einschüsse zog es kalt herein. Mehr als ein Schuss war durchs Herz einer Eisrose gegangen. Diverse Flüssigkeiten waren im Holzboden eingefroren. Bei ein paar Graden Wärme würde der Raum zu stinken beginnen. Die Tür war intakt.

Am Morgen zielte die grelle Wintersonne auf die Fensterscheiben. Wenn ich die Augen öffnete, blinzelte ich gegen das diamantene Licht, aus dem es in alle Richtungen splitterte. Ich legte die Hand über die Augen, wartete, dass ich die Strahlen fühlen würde. Mitte zwanzig und kroch bereits der Wärme nach.

Iwo, lies uns aus dem nächsten Band von Harry Potter vor.

Wie denn, wenn er noch nicht geschrieben ist?

Du hast größere Freiheit, kannst selbst entscheiden, was passieren soll.

Hm.

Du kennst Harry Potter?

Klar. Haben wir bei den Gebirgsjägern in der Ausbildung gelesen. In Garmisch.

Du hast keine Ausbildung bei den Gebirgsjägern absolviert, Iwo.

Es ist schwieriger zu beweisen, dass etwas nicht geschehen ist als umgekehrt.

Du meinst, dass nichts geschehen ist?

Herrschaft, Jensi, wie nennt man das, was du immer tust, wenn du mit mir redest. Er genauso. – Iwo warf einen bösen Blick zu Vitalij.

Was mache ich falsch, wenn ich mit dir rede? fragte der.

Du drehst alle Wörter fünfmal um, und das in meinem Mund.

Igitt, sagte Tanja. Das würde ich mir nicht gefallen lassen. Schon gar nicht so früh in einer Beziehung.

Ich muss ihr recht geben, sagte ich.

Du gehörst auch zu denen, die Iwo in den Mund greifen.

Nein, wehrte ich mich. Ich nehme ihn ernst und frage nach, das ist etwas anderes. War Harry Potter Pflichtlektüre in Garmisch?

So ungefähr, sagte Iwo. Wir lasen jede Woche etwas Neues.

Ihr hattet so viel Zeit zum Lesen?

Das gehörte zu unserem Kulturauftrag. Wir waren Elite. Rund um Garmisch ist jedes Edelweiß bewaffnet, prahlte er.

Lass gut sein, Iwo, sagte Tanja. Wir gehen zum Teich.

Niemand widersprach. Der Teich lag eine Viertelstunde vom Haus Richtung Wald. Unsere Spuren waren geschrumpft, sie hätten von Rehen stammen können. Ich fasste mir mit den Fingern an die Wangen, um die Kälte zu messen. Der verdammte Wind wurde wieder stärker. Wir sahen die kahlen Bäume aus dem zugefrorenen Teich herausstehen, alles junge asketische Typen, die keinen schlechten Eindruck hinterließen. Wenn die laufen könnten, würden sie einen Sprint hinlegen. Ein paar Grad kälter und der Wind würde uns die Köpfe abreißen.

Wahnsinn, was die Bäume alles aushielten. Die mussten sich vorkommen wie Querschnittsgelähmte. Ich sah mal einen im Rollstuhl, bei einem Dorffest, der tanzte mit seinem Oberkörper, fuchtelte mit seinen Armen in der Luft, kam immer nur so weit, so weit, und der nächste halbe Meter hätte ein normales Leben bedeutet.

Aber der saß fest in seinen Hüften. An seiner Stelle hätte ich mich soweit hinaufgepuscht, dass ich lieber in der Mitte zerbrochen wäre, als nachzugeben und zurückzusinken.

Unglaublich, sagte Vitalij. Ich bin stolz auf diese Bäume. Versteht ihr das?

Klar, sagte ich.

Klar, wiederholte Iwo.

Wäre es nötig zu wissen, welche Bäume das sind? fragte Tanja. Pappeln? Birken?

Birken. Wie kann man da zweifeln. Hast du das nicht in der Schule gelernt? sagte er gereizt.

Früher lernte man Baumtypen von den Großeltern, warf ich ein. Heute siehst du dauernd Natursendungen, wo jemand Bekloppter in einem Unterschlupf hockt, den Zeigefinger vor dem Mund, ja, ja, wir sagen schon nichts, frier dir ruhig den Arsch ab.

Du redest solchen Schwachsinn, fuhr Vitalij mir ins Wort. Und du machst dich über mich lustig, über jemanden, der sein ganzes Leben lang nie eine feste Anstellung haben wird und der es gewagt hat, sein Innerstes preiszugeben.

Was war das nochmal, Vitalij? fragte Iwo unvorsichtig.

Dass ich stolz auf diese Birken bin, Heiliger Scheißchenko.

Mir blieben die beruhigenden Worte im Hals stecken, als ich ihn so fluchen hörte. Selbst wäre mir nie eingefallen, etwas Derartiges zu äußern. Nur er durfte das, aber auch er durfte es nicht.

Wir sind genauso stolz auf deine Birken, sagte Iwo. Jeder einzelne von uns, nicht Tanja? Nicht, Jensi?

Es ging nicht gegen die Birken, versuchte ich mich zu rechtfertigen. Es geht gegen diese Pädagogik, die alles unterwandert, jede menschliche Äußerung und Einstellung. Wenn ich zum Beispiel im Wald eine Schautafel sehe, reißt mir die Geduld. Ich habe einige umgetreten, mit dem rechten Fuß. Touché.

Was ärgert dich daran? fragte Tanja.

Dass man überall belehrt wird.

Hier nicht, sagte sie.

Deshalb gefällt es mir bei euch so.

Wir brachten die Verstimmung nicht aus unseren Köpfen. Vitalij ging den Rand des Teichs ab und uns blieb nur, ihm in einiger Distanz zu folgen. Wir hatten keine Ahnung von der Größe des Teichs. Was wir gesehen hatten, war bloß eine Vorahnung. Die weiße Platte erstreckte sich immer weiter, zuweilen verharrte Nebel darauf, als gelte es, irgendwelche an diesem Tisch Tafelnden zu verhüllen, sie in einem Geheimnis zu belassen, dessen Verrat etwas Schlimmes auslösen würde.

Ich ging als Letzter. Hätte man mich vor die Wahl gestellt, meine Ruhe genießen zu können oder in Gesellschaft einer größeren Gruppe zu sein, hätte ich die größere Gruppe genommen, über unser seltsames Quartett hinaus. Spannungen würden sich verteilen, verwässern, redete ich mir ein. Jemand würde eine Katze auf ein Fass Bier setzen und unsere Gläser füllen. Die Frauen könnten an der Bar stehen, ihre schillernden Hintern in den kurzen Kleidchen, und ihr kleines Gewicht entspannt von einem Fuß auf den anderen verlagern. Dabei würden die Blitzchen aus dem Stoff wie von Weihnachtskugeln leuchten. Mann, ich war fertig, und das im Januar, wo man die Grippe anzieht, ein paar Leute ansteckt, auf die man das ganze Jahr sauer gewesen ist, und sich zuhause verkriecht.

Das Eis brach mehr als einmal unerwartet ein, und ich zog einen nassen Schuh aus dem Sumpf. Iwo und Tanja vor mir erging es nicht anders. Als ich zu ihnen aufschloss, fragten wir uns, wie lange Vitalij seinen Zorn auslaufen musste. Tanja bot sich an vorauszugehen.

Ich werde ihn zur Vernunft bringen, sagte sie.

Sie sprang weiter, als gälten die Gesetze von Trittsicherheit und Boden nicht für sie. Mit den Armen balancierte sie sich aus, ihr Schal hüpfte hin und her.

Sollen wir unsere Koordinaten ändern? fragte Iwo.

Nein.

Ich wies ihn auf die dichter werdenden Nebel hin, die auf uns zurollten. Im letzten Moment schreckten sie davor zurück, uns zu verschlingen, hatten sich überfressen. Iwo nahm seine Mütze ab und schaute angestrengt in den Nebel. Dabei drehte er den Kopf wie ein Hund, dem man ein Stück Schinken hinhält. Fehlte bloß, dass seine Ohren ihre Spitzen umlegten.

Iwo, ich bitte dich, sagte ich. Das macht mich so endlos traurig.

Ich höre etwas, sagte er. Hinter dem Nebel oder hinter dem ganzen verfluchten Teich spielt sich etwas ab, eine Art stilles Fest, oder kommt mir das nur so vor, weil der Nebel alles dämpft? Nein, ich glaube, die sind so leise.

Wer?

Die da feiern. Weiche Stimmen, selbst von den Männern. Man sagt ja, dass –

Was?

Dass die Sprache in dieser Gegend viel melodischer ist. Erinnere dich an die Ausbildung.

Ich weiß nicht, ob wir das erkennen können, Iwo.

Horch mal.

Ich bemühte mich, konnte aber nur das lauter werdende Pochen meines Pulses wahrnehmen. Ich drückte mir die Ohren mit den Zeigefingern zu und war weg, völlig in der Stille, ich konnte nicht mal mehr Iwo atmen hören, geschweige denn irgendwelche leise feiernden Festgäste.

Iwo, sagte ich, vorsichtig, wie ich meinte.

Er fuchtelte. Schrei nicht so, glaubte ich auf seinen Lippen lesen zu können. War ich ertaubt? Hatte ich mein Hörvermögen in meinen Kopf hineingedrückt, ich Idiot? Ich hätte wissen müssen, dass es mir leicht die Ohren verschlug und einige Zeit dauern konnte, bis sie wieder aufgingen. Das waren schlimme Minuten. Ich drückte abwechselnd auf das linke und das rechte Stückchen Ohr, wissend, hoffend.

Mist, flüsterte ich. War das jetzt geflüstert, Iwo?

Ja, hauchte er aus weiter Entfernung.

Das hat mir gerade noch gefehlt.

Er nickte und klopfte mir auf die Schulter.

Wie?

Wird wieder.

Ich versuchte, Tanja zu erkennen, die zwar sichtbar war, aber auch einer der dünnen Baumstämme sein konnte. Es gab solche Flirrbilder in Filmen über Afrika, wie die Menschen auf einer Straße im Sand gingen, nicht von der Stelle kamen, ihre Körper schwarz züngelnde Linien, wie auf einem EKG. Ich musste zu viel ferngesehen haben zuhause. Gähnen, Finger auf die Ohren, den Mund aufreißen, warten auf den kleinen Big Bang. Mach schon.

Endlich, hörte ich Iwo sagen.

Wieso weißt du …?

Da vorn, siehst du sie?

Keine Rede mehr von Geistern der Tafelrunde. Vitalij und Tanja befanden sich kaum ein paar Meter von uns. Sie drehten sich in einem gegengleichen Rhythmus, ob mit oder ohne Erotik ließ sich nicht sagen. Es sah elegant und modern aus, Bewegungen, die ich nicht draufhatte, Schultern zurück, weite Armbewegungen in Zeitlupe. Das war's. Zeitlupe. Keine Eile, weil der Boden unter ihren Füßen gefrorenes Wasser war.

Ist das schön, sagte Iwo. Da möchte man noch einmal jung sein, was, Jensi?

Das sind wir. Wir sind jung.

Es tat gut, im Haus zu sein, sich vorzustellen, wir hätten Glühwein, unsere Stirnen beschlagen vom heißen Dampf.

War mal einer von euch in einer Lawine? fragte Iwo beiläufig, im Ton von „War mal einer bei einem Sting-Konzert?".

Keiner von uns war das.

Im Winter fuhren wir in Garmisch wie die Eisbären über die Hänge –

Tun die das? sagte Tanja leise.

Eine Dreiergruppe überholte uns und stürmte in geilen Schwüngen den Hang hinunter, so hätte ich gerne fahren mögen. Gleich drauf die Lawine. Ein Brüllen und Donnern, woaaah –. Iwo sprang mit hoch ausholenden Armen auf uns zu. – Ein Riese. Der hechtete über uns drüber.

Klingt nach Wagneroper, sagte Vitalij trocken. Dieses Bayreuth ist um die Ecke bei dir, nicht? Ich weiß, warum ich die nicht mag.

Welche kennst du?

Man muss Wagneropern nicht kennen, um sie zu verabscheuen.

Ach so?

Ich kenne ein paar tracks. Every breath you take, every move you make –

Vitalij, bitte.

War nur ein Test. Willst jenes – Tages du dich – nicht mehr erinnern –

Willst, Jens, du eines Tages dich nicht mehr erinnern? Das soll von Wagner sein?

Lass dich nicht provozieren, Iwo, sagte ich. Es ist merkwürdig, da gebe ich dir recht. Kannst du uns das vorsingen, Vitalij?

Ohne Gitarre nicht.

Greif in die Luft, sagte Iwo.

Vitalij hauchte sich die Finger warm, die noch immer weiß vor Kälte waren. Ich wartete darauf, dass Tanja sie zwischen ihre Hände nehmen würde. Nichts dergleichen geschah. Er stellte sich in die Mitte des Zimmers, hängte sich die Luftgitarre um und nahm die schlechte Haltung an, die er offenbar für seine Aufritte brauchte. Er stimmte ein wenig am Oberlauf herum, djöng, djöng, pjöng, und legte los.

Willst, stöhnte er. Willst.

Iwo schaute zu mir. Er pumpte seine Faust in die Luft.

Willst.

Ich war knapp davor, Ja! zu schreien, besann mich. Wie war der Satz weitergegangen, was sollte ich wollen?

Willst jenes Tages –, roar, roar, Vitalijs Hand peitschte über die Luft. Eine Melodie war weit und breit nicht zu hören, wer weiß, ob jemals eine kommen würde. Wagner war für mich ein fernes Abendrot gewesen, ein entzündetes, dem Untergang verschworenes Leiden, mit dem ich nichts zu tun hatte, nicht mit mir, Brüder!

Tanja saß auf dem Bett, die Arme auf die Knie gestützt. Ihr Gesicht unlesbar, die Farbe ihrer Augen auf ein minimales Graublaugrün gestellt. Ich bildete mir ein, sie denke an eine Kindergeschichte zurück, in der etwas geschehen war, für das sie seit langem nach Worten suchte. Die Kindheit rannte uns hier nach, das ganze Land war voll von Kindheiten, mehr als bei uns zuhause. Als sei die Luft aufgeladen mit einem Erinnerungsenzym, das einzelne Szenen wie Flecken zum Vorschein brachte.

Ich dachte gleich wieder an meine Biologielehrerin. Einmal hatten wir hinter der Schule einen Reifen angezündet, weil das alle taten außer den Mädchen. Sie kam aus der Schule gerannt und lief über die Brache zum Waldrand, wo unser Feuer brannte. Sie trug ein Sommerkleid mit weitem Rock, sie musste durch eine große Pfütze, in der spiegelte sich der Rock. Was fällt euch ein, schrie sie. Ich hätte euch für klüger gehalten als die anderen. Meine Schüler sind über solche Sachen hinaus. Sie nahm einen Prügel und schlug auf den brennenden Reifen ein. Wir hatten Angst, die Funken könnten ihr Kleid erfassen. Sie wäre eine brennende Heilige geworden, das wollte keiner von uns. Wir traten alle ins Feuer und schlugen es tot und entschuldigten uns. Wir mussten Reifen verbrennen, sonst wären wir unten durch gewesen und die Feinde hätten uns aufgelauert mit ihren Feuerstöcken. So war das damals. Genau wie jetzt. Jetzt war es noch schlimmer.

Jensi! – Iwo schüttelte mich.

Ich hatte die Musik weggeklickt, zum zweiten Mal innerhalb ein paar Stunden gingen meine Ohren auf, bang-bang, ganz zart, nicht wie vorhin. Vitalij zupfte ein paar todestraurige Akkorde, bang-bang, seine Fingerspitzen mussten blutig sein, sicher hatte er seine Kralle nicht mit. Ich schaute in sein müdes Gesicht.

Am nächsten Abend hing der Mond weißglühend über uns, zum Bersten voll. Ich hatte Angst, er könnte uns zum ersten Mal in unserer Erbärmlichkeit sehen und Jagd auf uns machen. Ich war mit Iwo vor das Haus gegangen, tat so, als würde ich eine rauchen, wie im Einsatz. Nur weil es rundum knallte und die Dächer einem auf den Kopf fielen, würde ich nicht nikotinabhängig werden. Das war retro, so retro. Wir standen im Lichtkegel, zwei verdutzte Jungs auf dem Cover eines Kinderbuchs, preisgekrönt würden wir nie werden. Iwos Haare schienen weiß zu sein. Er hatte wie ich keine Mütze aufgesetzt. Geheime Verabredungen wie bei Pflanzen.

Meinst du, wir sollten etwas weiß anstreichen? fragte er.

Wozu?

Zur Tarnung.

Wir haben keine weiße Farbe, Iwo.

Seltsamerweise froren wir beide nicht. Grund hätte es gegeben, ich schätzte die Temperatur auf minus 50 Grad plus Windpunkte. Unsere Haltungsnoten waren hervorragend. Ich überlegte, dass wir die Wochentage gut und gern aufgeben könnten. Es gab keine Routinen, für die wir so etwas wie einen Montag oder Freitag benötigt hätten. Durchaus denkbar, dass wir gerade die Montage und die Freitage später wieder einführen könnten, vorläufig war jeden Tag Sonntag, wenn wir es so wollten.

Wir waren Grenzgänger aus der Bourgeoisie. Iwos Vater war Stadtrat einer rechtspopulistischen Partei, ich war voll und durch Bürgersohn. Schon vom ollen Krüger her, der vielleicht hier irgendwo unter der Erde lag, als Überläufer, das wäre mir am liebsten, nicht als strammer Toter. Überläufer. Nee. Nicht der olle Krüger. Solche Bekehrungen in letzter Minute, wie bei den Katholiken, hast Tausende Juden erschießen lassen und selbst deinen Teil dazu getan. Klar, die würden mit deinen Kindern zuhause genauso verfahren, also warst du im Recht, hast zuerst geschossen. Oder etwa nicht?

Allmählich wurde der Schein des Mondes schwächer, fahles Licht schwamm zu uns, kroch um meine Knöchel und Waden, stieg als blöder, kalter Scherz die Beine hoch.

Wir müssen bald weiter, Iwo, sagte ich.

Weißt du, wohin?

Ja. Du weißt es auch.

Und die anderen?

Ebenso. Wenn wir es nicht alle wüssten, wären wir nicht aufgebrochen.

Hoffentlich schaffen wir es bis zur Halbinsel, sagte Iwo, und ich bemerkte, dass er sich Mühe gab, stark und überzeugend zu klingen.

Darauf trinken wir einen Wodka.

Da kamen Tanja und Vitalij aus dem Haus. Sie hatten sich Decken um den Körper geschlagen.

Wir haben geträumt, sagten sie. Nun wollen wir nachschauen, ob es stimmt.

Ihr habt zugleich geträumt und noch dazu dasselbe? fragte ich.

Dort, sagte Iwo aufgeregt. Seht ihr das? – Er zeigte auf eine große Weide mit langen dünnen Eiszöpfen.

Ja und?

Da steckt ein Mädchen drin, siehst du das nicht, Jensi?

Es gibt sie tatsächlich, sagten Vitalij und Tanja.

Für ein paar Sekunden konnte ich ein zartes Geschöpf erkennen, es war wie in einem Suchbild, gleich sah ich sie nicht mehr.

Es ist eine Berehynia, sagte Tanja.

Eine was?

Die arbeitet in der Mythologie, sagte Tanja unwillig.

Lebt die? wollte Iwo wissen.

Mensch, Iwo, du wirst völlig zum Kind. – Ich ärgerte mich über ihn. – Da ist nichts zu sehen. Oder?

Komm, sagte Tanja zu Vitalij. Lassen wir das. Mir ist zum Erfrieren kalt.

Im Haus überlegte ich, ob wir alle derselben Generation angehörten. Ich sah uns, wie wir unsere Pässe und Ausweise ins Feuer werfen, das wir draußen entzünden würden, heute nacht nicht mehr, morgen, sobald die Sonne hoch genug stand, um Zeugin zu sein für unser nominelles Verschwinden. Ich war gespannt, wie die Sonne unterschreiben würde, mit den linken Strahlen oder mit den rechten. Zum Glück war ich mehr oder weniger bimanuell. Gleich kamen mir Zweifel. Wer würde unsere Geburtstage wissen, falls man einen vergaß? Ich hatte den Verdacht, es gab vier ungefeierte Geburtstage in diesem Raum. Keiner verriet ein Datum.

# 7

Im teils noch schneebedeckten braunen Gras rund um die Kirche lagen Kreuze, vormals aus Gold, war bestimmt nicht echt gewesen. Es sah wie verrostetes Eisen aus, hatte unter dem Schnee überlebt.

Früher hat man die Kreuze mit Seilen von den Kuppeln geholt, sagte Vitalij. Das waren eigens ausgebildete Werktätige, die kamen aus einer Kleinstadt und wollten sich auf dem Land beweisen, von dem sie so gut wie nichts begriffen außer einem: Wenn die Sonne schien, musste man Heu machen.

Vor der Kirche lagen die Glocken, in große Stücke zerbrochen beim Sturz zur Erde. Die Ränder waren messerscharf.

Banditen und Bolschewiken, sagte Vitalij und bekreuzigte sich auf die schnelle Art. Das sieht ja aus, als wären erst gestern die alten Sekretäre durchgezogen. Während sie ihre Reden hielten, läutete jemand die Glocken zum Protest. Ho-ho, wir sind die Propagandabrigade.

Wir traten durch die offenstehende Tür in die Kirche. Auf dem Boden Pfützen, zwischen denen wir breitbeinig umhersteigen mussten. Das sah nicht respektvoll aus, aber mit dem Respekt hatte es neulich so eine Sache gegeben, er war abgeschafft worden, man könnte genauso sagen, mit Füßen getreten oder mit Papierfliegern bombardiert.

Durch das vielfach zerstörte Dach drangen die langen Finger des Lichts, die nach den Bildern der Heiligen suchten.

Bis auf zwei, die in ihren Rahmen in der Holzwand mehr baumelten als hingen, waren alle herausgerissen worden oder mit Stichwunden so tief verletzt, dass da kein heiliger Körper mehr zu erkennen gewesen wäre.

Das war einmal der Heilige Severin, sagte Vitalij erschüttert.

Ich erschrak über seine Heiligenverehrung. Was waren es letztlich anderes als Piktogramme, Icons. Nur die himmelsüchtigen Beterinnen fehlten.

Ich musste an meine katholische Großmutter denken, die zur Beichte ging. Sie ist die letzte Katholikin in der Familie, ihre Kinder wurden zwar katholisch getauft, traten jedoch in ihren Dreißigern aus dem Verein aus, eins nach dem anderen. Sie verglich das mit Familien, die Angehörige im Krieg verloren hatten, was ich als ungeheuerlich empfand. Wenn ich meine Großmutter in ihre Pfarrkirche begleitete, gingen wir beim Hintereingang hinein, wo sich gewisse Leute aufhielten, die sich nicht setzen wollten. Meine Großmutter beargwöhnte sie und sagte, das seien solche, die sich spätestens beim Glockenläuten davonschlichen. Warum schlichen die? Nahmen sie etwas aus den geheimnisvollen Beichtstühlen mit? Ich wollte die Tür des Sünders aufreißen und endlich wissen, ob es der CD-Händler hinter der Tankstelle war, der tags so groß tat und sonntags zu Kreuze kroch. Ob ich überhaupt jemals einen jungen Menschen, der kein Kind mehr war, dort antreffen würde.

Vitalij blieb der Mund offen. Dachte ich eine Minute lang, bis ich begriff, dass er eine bestimmte Tropfenlinie vom Gewölbe auffangen wollte.

Igitt, sagte ich. Ekelt dich nicht davor?

Nein, wieso?

Da kann Taubenkacke drin sein, AKW-Grind, der bis jetzt da klebt. Mensch, Dichter, wir wollen dich nicht aus Schlamperei an eine dämliche Sepsis verlieren.

Jensi hat recht, sagte Iwo.

Vitalij sammelte ein bisschen Wasser, gurgelte damit wie ein Kind und spuckte es auf den Boden. Tanja hielt sich die Hand vor den Mund und schwieg. Ihre Augen schauten mich groß und graublau an, heute kein Grün, das musste sich draußen erst auf den Frühling vorbereiten. Tanja, sagte ich im Geist. In dieser Kirche wäre Gelegenheit dafür, sich beim Herrn zu bedanken, dass man nicht Gedanken lesen kann. Und ihm im nächsten Schritt eine zu knallen, weil es bekanntlich nichts Aufregenderes gäbe, als die Gedanken einer jungen Frau mitzulesen, während sie dich so ansieht. Okay, knallen ist übertrieben. Aber einen Rempler hätte er sich verdient. Selbst wenn man nicht an ihn glaubte. Mensch, he, warum weiß ich nicht, was Tanja hinter ihren graublauen Augen denkt.

Bist du schockiert, Heringfresser? sagte Vitalij in meine Richtung.

Meinst du mich? fragte ich.

Sag nicht Heringfresser zu Jensi, drohte Iwo.

Wieso nicht? Ich mag Heringe sehr gern.

Gut, soll er dich beleidigen. Ist mir nicht egal.

Vor kurzem hatten wir uns noch gemeinsam darüber gefreut, eine Schreibmaschine im Schnee liegen zu sehen, ein ziemlich altes Modell, möglich, dass der Zar seine Briefe darauf geschrieben hatte, und gleich darauf warfen wir uns solche Dinge an den Kopf. Ich wusste nicht, wie ich damit umgehen sollte. Im Grunde hatte er mich nicht gekränkt, und ich ihn erst recht nicht. Der gute Ritter Iwo, es tat wohl, von ihm bemuttert zu werden, auch wenn er übers Ziel schoss. Mit Wehmut dachte ich an unsere schlimmsten Zeiten, als wir glaubten, wir kämen nicht mehr lebend aus der Schlacht in dieser kleinen Stadt mit dem romantischen Namen heraus, wo war das gewesen. Ich hatte mich in den Namen verliebt aus Mangel an jungen Frauen, und ich bildete mir ein, der Name hatte meine Liebe erwidert. Wir waren füreinander geschaffen, diese kleine Stadt mit den Industrieruinen. Wie graue Spitzenwäsche sahen die Umspannwerke in der Ebene aus, ein Schlot hob das Bein, der nächste, Can-Can alles in Grau, wer sagte denn, dass das keine Varietéfarbe sein konnte. Was du nur mit dem Namen hast, hatte Iwo gelacht und sich gerade noch rechtzeitig geduckt, der Schuss knallte in den Beton und retour und hätte mich beinahe am Hinterkopf getroffen. Ich wüsste nicht, welcher Ortsname mich so aufgeilen könnte, sagte Iwo. Du musst es zulassen, Iwo, redete ich ihm ins Gewissen.

In der Kirche roch es nach allem Möglichen, nur nicht nach Weihrauch. Das hätte uns geholfen, ein bisschen stoned zu sein, die Sonnenstrahlen im Nebel um unsere Köpfe, ein großartiges Gewürz, wieso nicht für Räucherheringe. Ich straffte meinen Rücken und klopfte Iwo auf die Schulter.

Geht uns nicht schlecht, buddy, sagte ich.

Nein, im Gegenteil, sagte Iwo.

Die kann man als 3-D ausdrucken, sagte Vitalij.

Wen?

Die Icons. Meinen Coelestin. Ihr könnt euch welche aussuchen, so billig kriegt ihr die nicht mehr.

Nee danke, sehr lieb. Vielleicht später, sagte ich.

Es gibt zu wenige Frauen, klagte Tanja. Warum lachst du?

Ich stelle mir gerade den alten Rubljow beim 3-D-Drucken vor, in einer seiner versifften Spinnwebkirchen, nur der 3-D-Drucker ist grell bunt. Gut denkbar, dass man eines Tages Kirchen damit drucken könnte.

Und die wären woraus? fragte Iwo. So eine Art Pappmaché, wie Eierkartons?

Nein. Was bei einem normalen Drucker die Tinte ist, wäre bei dem Kirchendrucker flüssiger Beton.

Im Ernst?

Lasst uns gehen, bat Tanja. Mir wird es hier unheimlich.

Fühlst du dich nun wohler, fragte Vitalij, nachdem wir eine Weile schweigend Richtung Stadt gezogen waren und auf einen Marktplatz mit zweistöckigen Häusern kamen, sogenannten Bürgerhäusern in bunten Farben vor den Kriegen gestrichen.

O mein Gott, flüsterte Iwo.

Von einem Balkongitter baumelten fünf Leichen an ihren Stricken. Die goldenen Zeiger der Uhr standen auf Mitternacht. Das musste das Rathaus sein.

Wie lange sind die tot? fragte ich.

Schon lange, meinte Vitalij. Die Tatsache, dass sie sich noch drehen, könnte dem Wind geschuldet sein.

Muss diese Drehbewegung nicht einmal aufhören? fragte Iwo entgeistert. Ich spüre keinen Wind.

Sollte man sie nicht begraben? fragte Tanja.

Prinzipiell ja, sagte Vitalij.

Die wurden von den Separatisten umgebracht. Es sind junge bis mittelalte Männer, alle schlank, Ivo.

Warum wohl, sagte Vitalij.

Das heißt, das Gewäsch von survival of the fittest kann man in den Gully schütten. Nur die Fettwänste kommen durch, weil die keiner auf den Galgen heben will, sagte Iwo.

So funktioniert das Aufhängen nicht, sagte Tanja. Der muss selbst hinaufklettern, dort wird ihm die Schlinge umgelegt.

Leute, eine solche Hängung wie hier habe ich in meinem Leben nicht gesehen, sagte Vitalij. Ich weiß nicht, wie man sich das vorzustellen hat, wie die Kulaken, oder was immer sie waren, hier außen vom Balkongitter herunter ermordet worden sein sollen.

Der kleine Stadtplatz hielt zusammen. Alles, was zu einem Gemeinwesen gehörte, eine Stadtverwaltung, ein Gesundheitsamt, eine Verkehrsordnung, ein Nachtfahrverbot für schwere Panzer, lebte in den nahtlos aneinander gefügten Häusern fort, auf sich selbst zurückgeworfen als steingewordene Bürokratie. Was den Bewohnern das Leben erleichtern, ihnen Ordnung und Gewissheit geben sollte, war in sein böses Gegenteil gestülpt. Der Lautsprecher in der Südostecke des Platzes hatte einen Gurgelschuss abbekommen, das Maul mit seiner dunkelgrauen rauhen Kehle aufgerissen, die letzte Parole vor dem Refrain verendet. Von nirgendwo kam ein Ton.

Ich wollte in den Himmel schauen, weil ich mir eine Befreiung aus meiner Umklammerung erhoffte, mein Blick kam nicht über die Erhängten hinaus. Ich drehte mich weg, hob meine Arme und schlug vor und hinter mich, ruderte und stieß schließlich einen tiefen Schrei aus, tief aus meiner Storchen-, Schwanen- und Kormoranbrust. Wenn ich ganz am Ende bin, wenn nichts mehr hilft, verwandle ich mich in ein Tier, dachte ich.

Wir marschierten den Platz noch ein wenig ab, damit es nicht so aussah, als wollten wir flüchten. Iwo blickte in das Schaufenster einer Bäckerei, ich sah nur aus dem Augenwinkel, dass da ein Haufen graues Plastilin lag, das wohl einmal Brot gewesen war. Tanja winkte mich zu einer Boutique mit Trauerfahnen auf den Kleiderständern, von denen einige umgefallen waren. Vitalij kickte ins Glas einer Papierhandlung, der Wahnsinnige. Das Splittergeräusch klang sanft, wie ein Rieseln.

Kaum hatten wir die Stadt hinter uns, fielen unsere Ängste ab. Auf freien Feldern tappten wir in kleine [illegible] war. Sie sah aus, als hätte jemand aus einer Riesenm[illegible] Eiweiß eine dicke weiße Omelette gebacken – Eiw[illegible] der gezuckerte Sahne. Es knirschte, weil andauernd [illegible] der hochstanden, Kanten, Schürfungen, miniaturarti[illegible] Gebirgskämme, im Schatten krustete dieser Überzug sofort und man konnte leicht aus der Bahn fliegen. Wir überquerten Rinnsale hin und her, mit weiten Sprüngen, wir wollten unsere Balance wiedergewinnen, die wir vernachlässigt hatten.

Ich bildete mir ein, in einiger Entfernung Tiere mit Hörnern vorbeifliegen zu sehen. Ihr zottiges Fell minderte ihre Eleganz nicht. Sie zogen einen Strich durch die Landschaft, wir waren diesseits oder darunter. Ich beneidete sie um ihre Geschwindigkeit, die auf alle Tiere gleich verteilt war, keins hinkte nach, die Schwachen waren wohl abgeschossen worden. Waren sie bereits neue Lebewesen, die aus der Zukunft kamen und einen

Ausflug in die zerstörte Historie unternahmen, und wir müssten nur ihre Spuren suchen und ihnen nachgehen, weil sie uns heim in ihre Zukunft führen würden?

Ich versuchte, den Strich in der Landschaft nicht aus dem Auge zu verlieren. Je länger wir auf die Spuren zugingen, die nur noch in meiner Erinnerung zu existieren schienen, desto öfter veränderte sich mein Bild der Tiere. Mal waren sie beschneit und ließen weiße Funken von ihren Rücken aufsteigen, die sofort verglommen. Mal zogen sie sich in die Weite, wurden mehr und mehr, als hätten sie unterwegs ihre Jungen bekommen, und tatsächlich meinte ich kleinere Tiere zu sehen, Punkte mit winzigen Hörnern, nicht größer als das Halbrund eines Kinderfingernagels. Eine Spur aus Zimtnelken, fiel mir ein, und sofort spürte ich die weihnachtlich riechenden dunklen Stämmchen zwischen meinen Fingerspitzen und ihren Duft in meiner Nase.

Die Schneedecke wogte auf mich zu, bereit, mich ganz und gar zu verschlingen, mich kraftvoll in einer Rück-Geburt zurück in den Leib zu führen, weil ich dem Schnee gehörte. Ich schloss die Augen, Nadelstiche auf den Lidern, als wollte sie mir jemand zunähen.

Nicht stehenbleiben, Jensi, rief Iwo. Langsam weitergehen.

Ich streckte die Hände aus, erwartete, jemanden zu ertasten, Irrende wie wir, oder waren das bereits die Schnauzen der Horntiere, war das eine mit Fell bewachsene Stirn? Längst war ich nicht mehr Herr über meine Richtungen, die Windrosen hatten sich um ihre eigenen Achsen gedreht. Ich setzte Schritt vor Schritt, bis ich an etwas Metallenes stieß. Mein Knie sang vor Schmerz, es hatte sich wie eine Brechstange angefühlt, ein Eisenteil mitten in der Schneewelle. Ich griff hinunter, das Gestänge drehte sich, eine nächste Stange kam, auf der ein Kindersitz angebracht war, ein blödes Karussell. Die Versuchung, mit dem Sitz im Kreis zu laufen, war unter Null. Ich hatte jede Sicherheit verloren, es konnte einen Meter neben mir in die Tiefe gehen, aus der endlosen Ebene in eine Schlucht, oder eine massive Bergwand sich vor mir aufrichten. Ich musste endlich freie Sicht haben, nicht mit Händen und Füßen tasten.

Iwo? sagte ich. Iwo? Iwo?

Nichts. Niemand. Wir hatten uns zentrifugal in die Windrichtungen verschleudert. Ich rannte neuerlich gegen etwas, feste Stangen, Ketten hingen herab, ich knetete sie Glied für Glied hinunter, bis ich begriff, dass sie zu einem Schaukelsitz führten. War ich auf einem Geisterspielplatz gelandet?

Fuck! Fuck! Fuck!

Jensi?

Ich war über eine Bank gestolpert, keine Bank, ein Boot, ich kniete in einem Boot, das zu schaukeln begann, wenn ich mich bewegte, und klar, auch das Boot war angekettet, nur ich lief frei umher.

Iwo? Bist du da? Ich sitze in einem Boot.

Hallo? Hier ist weit und breit kein See. Ich höre dich sehr nahe, tönte es von Iwo.

Hierher, Iwo. – Ich kletterte aus dem Boot, gab ihm einen Schubs. Endlich sah ich Iwo aus dem weißen Nebel auf mich zukommen, kurzer Übergang, eine unsichtbare Schwelle, tritt nie auf eine Schwelle, ah, deshalb wird die Braut hinübergetragen, unter der Schwelle hausen böse Geister.

Jensi! Du Aas! Dass ich dich nur wiederhabe.

Wir fielen einander in die Arme. Iwos Gesicht war feucht, seine Klamotten stanken wie ein alter Dachs, der sich immer nur im Kreis seiner Fürze umgedreht und weitergeschlafen hatte.

Wo sind die anderen? fragte ich.

Iwo schüttelte mich. Wenn ich mich nicht gew[illegible] hätte, wäre mein Kopf hinuntergerollt.

Lass gut sein, Iwo. Ehrlich, in welche [illegible]ng gehen wir weiter? Heiliger Orient, zeig [illegible]en Plan, führe [illegible]

[illegible] hierhergekommen, um möglichst brutal zu töten, sagte Iwo. Sie landen in der Hauptstadt und melden sich an einer Adresse. Manche bezahlen sogar dafür, dass sie einen Panzer fahren dürfen! Ich wundere mich, dass der Nebel hier noch nicht korrupt ist. – Er vollführte Schwimmbewegungen, teilte einen Vorhang, blies ein Stückchen Dunst von seiner Hand. Ich hatte nie zuvor so große Angst um ihn gehabt, in keiner unserer Lose-lose-Situationen. Wir waren stets bei Sinnen gewesen, oft genug bei vulgären Sinnen, na und. Wenn Tanja und Vitalij nicht bald auftauchten, könnte es um uns geschehen sein. Wir hatten zehnmal mehr durchgestanden, als ratsam war.

Hättest du jemals gedacht, dass im Nichts soviel mehr ist als im –

Im was, Iwo.

Ich komm nicht drauf. Im Un-Nichts?

Nicht übel. Geht aber besser.

Im Nicht-Nichts.

Fast, Iwo.

Im – vergiss es. Jetzt eine Schneider Weisse, Jensi, das wäre das Paradies. Wir müssen den Nebel vergären.

Perfekte Idee. Wie würdest du dieses Nebelbier nennen?

Die kleinen Boote der Einsamkeit?

Herzzerreißend, Iwo.

Aber?

Zu lang, das passt auf keine Schleife.

Wenn man guten Willens ist …

Mir fällt nur „Die Boote der Einsamkeit“ ein. Du hast recht, es ist nicht einfach, etwas Einfaches zu finden. Einen Knaller.

Mensch! – Iwo schreckte zurück. Es hatte geknallt, bloß wo? Hatte jemand in unseren Nebel geschossen? Es wurde lichter, nicht heller, sondern lichter. Licht kam durch wie die Ambulanz durch die Rettungsgasse.

Die Temperatur stieg an, ich hätte mitschreiben können. Wahrscheinlich war es bloß die richtige Tageszeit. Ich nahm den Rückzug des Nebels persönlich, schließlich war ich es ja, dem die Welt wiedergeschenkt wurde. Die beschneite Landschaft. Der beschneite Iwo, den ich nun in seiner vollen Präsenz vor mir hatte, mit seinem schlechten Bart und den weißen Zähnen und den rotglühenden Ohren. Ganz zu schweigen von den Lachfalten um seine Augen.

Was sagst du dazu? sagte er. Warum nicht gleich. Wir müssen bloß Tanja und den Dichter finden.

Sie können nicht weit sein.

Hey, ihr Hillbillys, ertönte da eine Stimme. Wohin seid ihr denn wallfahrten gegangen? – Vitalij umarmte mich, Tanja umarmte Iwo.

Wir dachten, ihr seid im Nebel versunken.

Waren wir auch, sagte ich. Und selbst?

Darf ich es erzählen? fragte Vitalij mit einem Blick zu Tanja.

Sie nickte.

Tanja hat den Verdacht, dass Andrij sie betrogen hat. Wochen vor seiner freiwilligen Meldung.

Wieso redest du mit ihm über meinen Freund Andrij? sagte ich zornig zu Tanja. Warum verleumdest du deinen Verlobten nach seinem Tod?

Weil es möglicherweise stimmt, sagte sie in einem gereizten Ton, der etwas Verzweifeltes hatte.

Hast du Beweise?

Sie hat einen Verdacht, das muss erlaubt sein, beschwichtigte Vitalij.

Andrij soll dich betrogen haben? Das glaube ich nicht, sagte Iwo. Wir haben Andrij in Situationen erlebt, die du dir nicht vorstellen kannst. Bis zum Ende. Bis zum Ende.

Wenn jemand stirbt, will er seine Sünden loswerden, Tanja. Er ist in meinen Armen gelegen, ich hätte es gehört, wenn er dich um Verzeihung gebeten hätte. Und das hätte er, anders hätte er nicht sterben können. Er war der ehrlichste Mann, den ich je kannte. Außer dir, Iwo.

Ihr seid ja bloß eifersüchtig, weil ich mit Vitalij darüber gesprochen habe und nicht mit einem von euch.

Das kann schon sein, gab ich zu. Darf man fragen, wie du darauf kommst?

Tanja kniff die Lippen zusammen. Mir fiel auf, wie breit ihr Mund war, nicht nur wenn sie offen lachte. Andrij, dachte ich, das hast du dir nicht verdient. Sprich mit mir, du bist doch gleich um die Ecke, in der 52. Straße West. Sie war mit mir bei deinem Grab, ich weiß, dass du uns zuhörst, und es tut mir unendlich leid. Es ist eine Lüge, aus Trauer und dem Gefühl, du hast sie allein gelassen.

Er kannte eine ältere Frau, begann Tanja. Über dreißig, ich sah ihn einmal mit ihr. Sie fühlten sich unbeobachtet, gingen Hand in Hand in eine Konditorei und kamen mit einem rosa Paket heraus. Sie trug es in der freien Hand und schlenkerte damit, bis Andrij es ihr abnahm und es ruhig und stabil weitertrug. Das war so typisch Andrij, diese Sorge um feine Gebäcke und Torten –

Ha? rief Iwo. Kleine Gebäcke? Wovon sprichst du?

Mein Gott, Iwo, Blätterteigtorten halt, fragile Kunstwerke aus hauchdünnen Teigblättern, nicht wahr, Tanja, das meinst du? Und weiter?

Tanja schneuzte sich in ihre Handschuhe. Ich fürchtete, sie hatte sich in etwas hineingeritten, und der Dichter hatte falsch reagiert und sie nicht gestoppt.

Sie sind über den Boulevard gegangen, als wären sie in Paris, mit einer solchen Unbeschwertheit, die hat mich zutiefst beleidigt, wenn das einer von euch verstehen kann.

Ich habe es verstanden, warf Vitalij ein.

Ja, klar, der Verdachtversteher, sagte ich. Sie haben den Boulevard überquert, und weiter? Sind sie in ein Haus gegangen, haben sie eine Tram an einen geheimen Treffpunkt genommen, hast du ihr Tempo halten können? Mensch, Mädchen, sag endlich, was Andrijs Verbrechen war?

Tanja blickte zu Boden.

Ich vermute, dass sie ein Kind von ihm hat.

Was? schrie Iwo. Andrij soll heimlicher Vater gewesen sein? Dann wäre er niemals in den Krieg gegangen.

Oder genau deswegen, sagte Vitalij. Sei dankbar, dass du nicht solche Entscheidungen treffen musstest.

Und wo bleibt Tanja in der Geschichte? sagte ich.

Eben, rief Tanja. Wo bleibe ich? Ich bin so wütend, dass ich nicht mehr weiß, ob wir verlobt waren.

Das meine ich nicht. Ich meine diese angebliche Mutter seines Kindes. Das muss man doch mitkriegen, da verplappert man sich, man wird ja nicht so unter der Hand mal schnell Vater und schweigt.

Erinnerst du dich an Charles Lindbergh? fragte Vitalij.

Als ob es gestern gewesen wäre, sagte ich. Wie viele waren es?

Drei Familien gleichzeitig. Auf zwei Kontinenten.

Wer ist das? fragte Tanja.

Vergiss es. Ein Kerl, der über den Atlantik flog und seine Frauen betrog.

War er Mormone, weil du Frauen sagst?

Gut möglich, sagte Iwo. Dem ist alles zuzutrauen. Überhaupt, diese Mormonen.

Andrij hat nichts von einem Kind erwähnt, beharrte Tanja. Der Feigling.

Ich legte den Arm um ihre Schulter, zog sie zu mir. Dir werde ich es zeigen, Dichter, dachte ich. Wie lange kennst du sie? Du hast hier nichts zu melden. Ihr solche Flausen durchgehen zu lassen, sie noch zu bestärken, indem du Verständnis heuchelst.

Vergiss es, flüsterte ich in ihr Haar. Andrij war dir treu und Schluss. Alles andere sind Hirngespinste, du bist verletzlich, und da wird aus einer Mücke ein Elefant. Gut möglich, dass er eine Torte mit der Frau zusammen über den Boulevard getragen hat, na und? Das tun Hunderte Männer jeden Tag in der Stadt, in jeder Stadt. Ich bin mir sicher, sie tun das sogar in Ho-Chi-Minh-Stadt, um nur ein Beispiel zu nennen. Das besagt nichts.

Tanja schluchzte ein paar Mal. – Ihr meint es alle so gut mit mir.

Vitalij auch? fragte Iwo.

Er hat mir zugehört, beharrte Tanja. Er hat mir nichts eingeredet.

Er hätte es dir ausreden sollen, flüsterte Iwo, aber gut. Das Leben geht weiter.

Sag Pflaumenkompott, sagte ich und hielt ihr die Hand hin.

Wir kamen gut voran, hatten Glück mit den Nachtplätzen, hielten uns nirgends länger als drei oder vier Tage auf. Ein paar Mal wechselten wir vom Winter in den Frühling und zurück. Im Geist schloss ich eine Wette mit mir ab, wie oft es noch passieren würde, ich tippte auf sechzehnmal, revidierte meine Schätzung bald um fünfzig Prozent.

Ich fragte mich, ob ich in einem Notfall Tanja auf den Schultern tragen könnte. Wenn der Frühling käme, der Schlamm. Wie das wäre, womöglich von Haut zu Haut. Allein der Gedanke … Ob sie noch an ihrer Geschichte von der älteren Frau mit Andrijs angeblichem Baby nagte? Schwer zu sagen. Ich hoffte für uns alle, dass das Thema durch war. Hatte ich einen werdenden Vater in meinen Armen zum Sterben gehalten?

Unwillkürlich musste ich an die jungen Frauen auf den Nasen der Vietnam Helikopter denken. Naughty Nurse Nancy, die nur im Höschen auf einer roten Blechkiste kniet. Oder die nackte weiße Squaw, mit einer Kette aus Bärenzähnen über ihren Brüsten, wie hieß die noch? Im schwarzen Haar hatte sie eine große Feder stecken. Naughty Nurse Nancy. Ich sprach die Wörter aus und erwartete, dass – wie bei einem Bonbon – ein süßer Saft entstehen würde. Nichts dergleichen geschah.

Seht ihr die Soldaten da vorne, in ihrer weißen Tarnkleidung? fragte Vitalij.

Was meinst du, ich sehe nur eine Reihe von Weidensträuchern, sagte ich.

Höchstens Birkenstümpfe, schlug Tanja vor.

Die bewegen sich.

Also –. Iwos Gesicht zog sich vor Anstrengung zusammen. Er wollte Vitalij nicht kränken, ich sah, wie sein Verstand dagegen kämpfte. – Nein, beim besten Willen, da bewegt sich niemand. Für Birken sind diese Stämme zu dick.

Schneemänner? bot ich Vitalij an.

Murks.

Unter Umständen sind das die letzten Schneemänner, die wir sehen werden, sagte Tanja.

Die Schneemänner der Letzten Tage, musste ich draufsetzen.

Ich sage euch, es sind versprengte Soldaten.

Separatisten? fragte Iwo.

Auf jeden Fall wird es Zeit, dass sie ihre Schneemannklamotten bald wechseln, sagte Iwo. Es könnte genausogut ein Minensuchteam sein.

Das fehlte uns gerade, sagte Vitalij.

Willst du lieber auf eine Mine treten? fragte Iwo.

Es wäre ein Lebenszeichen für die Gegend, wenn es noch so etwas wie eine funktionierende Landmine gäbe, warf ich ein.

Der Schnee wurde matschiger. Wir ließen die versprengten Schneemänner versprengte Schneemänner sein und konzentrierten uns auf den Weg. Die Pausen, in denen wir von unserem ohnedies heftig rationierten Proviant etwas zu uns nahmen, wurden seltener. Seit einiger Zeit genügte uns höchstens die Hälfte dessen, was wir zu Beginn verzehrt hatten. Wir schlitterten in eine Askese hinein, die meine Sinne beleidigte und überlebensnotwendig war.

Dann fielen uns die Zelte auf, in einem Halbrund am Horizont, und der Horizont meinte es einmal gut mit uns, er kam uns entgegen, schneller als sonst. Wir befanden uns unmissverständlich an den outskirts eines Zeltlagers, das nach allen Erfahrungen verlassen sein musste, auf Menschenseelen hofften wir nicht mehr. Ich weiß nicht, ob die Schneemänner Seelen gehabt hätten, vermutlich ja, nichts sprach dagegen, aber sie hatten sich in Luft aufgelöst, und nun mussten wir vorwärts denken. Vorwärts in die nächste Manifestation eines Untergangs.

Man konnte meinen, die Erde selbst sei hier abgebrannt worden, schwarze Erde, aus der sich eine Kohleschicht an die Oberfläche gekämpft hatte auf der Suche nach – ja wonach, nach der althergebrachten Ordnung, die attackiert worden war mit dem Ziel, alles bis an die Wurzel auszurotten, bis ins fluchende Magma des Planeten. Eine höllische Extraktion, überall Bröckchen von totem Schwarz, die Farbe selbst vernichtet, glanzloses schwarzes Geflecht, als sei ein riesiger, behaarter, was noch, junger Schornsteinfeger geschoren worden, als hätte jemand die ganze Jugend des Landes auslöschen wollen.

Ein Zirkuswagen war das erste Fahrzeug, das wir sahen. Die Tür schaukelte an einer Angel. Mehrere kleine Fernseher lagen davor, mit geknickten Antennen, es hätte mich nicht überrascht, wenn ihre kleinen Bildschirme zu flimmern begonnen hätten, Minderheitenprogramme oder Castingshows für Veteranen mit mindestens einem fehlenden Arm oder Bein oder Kopf, auch die *Drei Meisterköche* waren durchaus vorstellbar. Die kleinen Kästen röchelten vor sich hin, letzte Tropfen aus ihren Batterien saugend.

Siehst du das auch, Vitalij? fragte ich. Diese feinen schwarzen Schleier? Was ist das? Nachbilder eines Begräbnistanzes?

Du hast gute Augen, Jens, sagte er.

Jensi ist ein Raubvogel und ein Fuchs, sagte Iwo.

Wieso ein Fuchs?

Die sehen sehr gut, darum grinsen sie gern auf Fotos.

Wo du recht hast, hast du recht, sagte Tanja. Was meint ihr mit den Nachbildern?

Komm ein paar Schritte näher, sagte Vitalij. Etwa fünfzig Meter von uns, es können auch zwanzig sein, da fliegt etwas Transparentes durch die Luft.

Was ihr euch einbildet. Ich kann nichts erkennen.

Es war gut, dass wir es dabei beließen, denn ich hatte eine Ahnung, die ich nicht mehr loswurde. Tanjas Unvermögen, diese schwarzen Schleier zu sehen, musste mit ihrer Trauer zusammenhängen. Weniger ein Unvermögen, als eine Abwehr. Ich wunderte mich, dass sie in der Stadt mit mir auf den Heldenfriedhof hatte gehen können.

Ich hätte gern den Arm um Tanja gelegt, eine zarte Tradition weitergeführt, doch das hätte Tanjas Schmerz wohl vermehrt. In meinen Knien fühlte ich etwas Melancholisches, für das ich keinen Namen hatte. Im nächsten Moment lief Tanja vor mir davon und kletterte auf Iwos verschränkte Hände. Mit einem Fuß stand sie drin, mit dem anderen balancierte sie. Iwo legte seine Stirn vorsichtig an ihren Unterleib. Ich beneidete ihn.

Ein Knäuel von Metallsesseln lag da, die meisten der stacheltierartig abstehenden Beine hatten keinen Gummistoppel. Angekohlte Kleiderhaufen, in sich zusammengesunken wie Lebewesen, denen die Luft ausgegangen war, säumten unseren Weg. Mittendrin rutschten schmelzende Eisblumen als Ganzes von herausgerissenen Fenstern, als stünde Nachmittagsturnen auf dem Stundenplan. Der leichte Wind war frei von Brandgeruch. Vitalijs Spinnweben hingen da und dort in den Bäumen, das viele Schwarz am Boden wurde zu einer Modefarbe und verlor seine Düsterkeit.

Je weiter wir vordrangen, desto freundlicher zeigte sich diese verlassene Lagerstätte mit ihren offenstehenden Schubladen, aus denen bunte Perlenketten heraushingen, die matt glänzten. Ein paar Meter lang verfolgte ich eine Fährte von Ohrringen aus rotem Korallengold, so nannte ich bei mir dieses venöse, freudige, wie mit Sahne aufgehellte Rot. Es gab runde Teppiche, wie Pfannkuchen übereinandergestapelt. Pfannkuchen? Verkam mir diese Szene gerade zu einem Schlaraffenland? Ausgerechnet hier?

Kann mir einer helfen? fragte ich die anderen. Ich stehe völlig daneben.

Ich auch, sagte Tanja und sprang endlich von Iwos Händen.

Wir können von Glück sagen, dass wir ihnen nicht begegnet sind, sagte Vitalij. Ein kleiner Ritzer in der Haut beim Vorübergehen, ein winziger Stich einer Mücke, die sich vorher bei einem von ihnen nur halb vollgesogen hat, und dich erwischt der Nomadentrieb.

Ich rate euch, nichts zu berühren, wie verlockend es auch sein mag, wie diese Ohrglitzer da. Im Ohrenblut ist der *nomadis quovadis* besonders stark konzentriert.

He! – Iwo klatschte sich ins Gesicht. – Ich glaube, mich hat eine Mücke gestochen, kann das sein? – Er besah seine Hand, zeigte sie uns, drehte seine Wange zur Inspektion zu uns.

Ruhig, Iwo, keine Panik, sagte Tanja und nahm seine offene Hand. – Da ist nichts zu sehen. – Sie gab Iwo einen lauten Kuss auf die Wange. – Würde ich dich sonst küssen? Ha? Würde ich das?

Iwo schüttelte den Kopf.

Ich werde dich jedenfalls nicht küssen, sagte Vitalij.

Und du, Jensi?

Versteh mich nicht falsch, Iwo. Ich bin mir zum jetzigen Zeitpunkt noch nicht sicher. Ich brauche mehr Zeit, es ging alles so schnell.

Ich würde dir auch die andere Wange hinhalten, Jensi. Echt!

Ich weiß, wir haben ganz andere Dinge bewältigt, Iwo, denk an die Kaninchengasse, als wir Haken schlagen mussten, um den Kugeln dieses bekifften Ausbilders zu entkommen.

Heilige Marilyn, Jensi, das war knapp.

# 8

Mehr als einmal mussten wir bei gesprengten Holzbrücken Bretter über die von beiden Seiten herausstehenden Reste legen. Kaum stieg einer auf ein Brett, wippte es in die Höhe. Eine Weile reizten wir so lange den letztmöglichen Standpunkt aus, bis wir uns nur mit einem Sprung retten konnten. Es war das beste Gleichgewichtstraining, das man sich vorstellen konnte. Wir hätten damit in den Zirkus gehen können. Wir flogen über Dächer und Kirchenkuppeln und Wasserwerke. Unsere spirits waren erz-high, es war auch Zeit geworden.

Als wir stehenblieben, um uns das Haus näher anzusehen, spielte der Wind mit leeren Eimern, es gab noch viel Blech. Sie rosteten langsamer, als das Plastik brach.

Sieht man jemanden mit leerem Eimer, Fass oder Schubkarre auf der Straße, ist dies ein schlimmes Omen, sagte Tanja.

Also ist es besser, folgerte Iwo, ich sehe jemanden mit einer Schubkarre voll Granaten als mit einer leeren?

Ganz schlimm ist es, wenn eine Bäuerin mit leerem Eimer unterwegs ist. Man muss etwas in den Eimer legen, und sei es nur ein alter Lappen. – Tanja ließ sich nicht beirren.

Die Frage ist, wie lange wollen wir unsere Zeit hier vergeuden, wo es zugegebenermaßen sehr angenehm ist, wir aber unser Ziel aus den Augen vergessen könnten, sagte Vitalij.

Hast du „aus den Augen vergessen" gesagt? Das ist stark. – Iwo nickte heftig. – Da bin ich sogar bereit, den Inhalt nicht so ernst zu nehmen. Ich möchte ausdrücklich hierbleiben, expressis wie sagt man –

Verbis, sagte ich.

Genau. Wir haben es uns alle verdient, einmal ein paar Tage in der Wärme zu schlafen, ohne herumzukriechen und wie ein Polarbiber Zweige zu sammeln, um ein Feuerchen zu machen. Es ist herrlich bequem, das haben sie alle zwischendurch gelten lassen –

Wer alle? fragte Vitalij.

Die *raskolniki* und die Beach Boys und die Wöchnerinnen von Notre Dame und wie sie alle heißen.

Iwo schnappte nach Luft. Wir sahen ihn entgeistert an, er hatte uns soeben sein Innerstes geöffnet, seine verborgenen Rückzugsgebiete, lange gehortet und gehütet in seiner Bierfreistaat-Bayern-Seele. Ich überlegte kurz, ob ich ihm den Begriff zumuten könnte, denn ich war stolz, sein Heimatland so bündig zusammengefasst zu haben, verwarf die Idee in der nächsten Sekunde. Eitelkeit ist nie ein guter Wegweiser, und Iwos Empfindsamkeit war unverhandelbar.

Mir gefallen die Wöchnerinnen am besten, sagte Tanja. Endlich werden die einmal gewürdigt.

Danke. – Iwo nickte glücklich.

Wir wissen nicht, ob die Gegend sicher ist, gab ich zu bedenken.

Ich würde mir gern die Farben für die Vorhänge im Schlafzimmer mit euch überlegen, sagte Tanja.

Du willst dich unbedingt häuslich hier einrichten, sagte Vitalij. Okay, zwei Versuche. Wenn die nicht zu einem befriedigenden Ergebnis für alle führen, brechen wir stehenden Fußes auf.

Wieso stehenden Fußes? Das geht nicht, sagte Iwo. Denk einmal nach. – Er pflanzte seine Beine besonders fest in den Boden, setzte einen Ausfallsschritt nach vorn, ohne den anderen Fuß nachzuziehen. – Vielleicht brennenden Fußes?

Suchen wir zuerst nach Farben oder nach Vorhängen? fragte Tanja genau zum richtigen Zeitpunkt.

Wir können uns die Suche aufteilen, sagte ich. Iwo und Tanja für die Farben, Vitalij und ich für die Vorhänge. Wir beginnen gleichzeitig.

Vitalij zog ein gelangweiltes Gesicht, folgte mir widerspruchlos in den linken der beiden Hinterräume. An einer Wand lag ein ganzer Wall an Stoffen, lieblos hingeworfen oder über lange Zeit angesammelt, niemand hatte es der Mühe wert gefunden, sie zusammenzulegen. Ich bin nicht der Kante-auf-Kante-Typ, war ich nicht einmal bei der Bundeswehr, da gab es Kumpels, die hatten sowohl mütterlicherseits als auch von Vaterseite her Reinigungsläden, das, was Iwo Putzereien nennen würde, im Stammbaum. Nicht mit mir. Ich zog ein großes Laken heraus, Vitalij nahm die beiden anderen Enden und fing sofort an, den Staub auszuschlagen.

Mann, das ist Gift für meine Bindehäute, protestierte ich.

Bindehäute? Du meinst nicht Schleimhäute?

Die sowieso. – Ich nieste, ließ dabei das Laken fallen und rieb mir die Augen. – Wie heißen die kleinen Viecher nochmal, diese amputierten und verkleinerten Taranteln, diese letzten Borsten eines Sauschwanzes, diese gottverfluchten –

Keine Ahnung, Jens. Meinst du die Fasern von Hagebutten? Die jucken höllisch, ich glaube, das kann niemand ertragen.

Nein, die nicht. Kleiner, punktueller –

Ah, ich hab's, polka dots?

Nee. Es ist ein betörend einfaches Wort, wieso komm ich nicht drauf. – Ich nieste ein zweites Mal. Ich sah die Dinger im Sonnenstrahl glänzen. – Da sind sie, da!

Vitalij verrenkte sich, um meinem Finger zu folgen, ich befürchtete, er könnte die Balance verlieren und mit der Schläfe aufschlagen. Er würde bluten und sich mit dem Staub infizieren.

Du suchst einen goldenen Floh, der unter einer Schale wartet.

Milben! rief ich. Milben! – In meiner Erleichterung fasste ich ein anderes Stück Stoff, ein kleineres, eine Bluse, und wirbelte sie über meinem Kopf in Kreisen. Ich packte Vitalij an den Händen, und wir legten einen schottischen Hochlandrindertanz hin, dass es nur so krachte im Boden. Er zog seine Hose mit beiden Beinen hoch und sah einem kleinen Jungen ähnlich, der sich darauf freute, dass eine Weisheit bald auch für ihn gelten würde. – Du wärst ein guter Vater, sagte er.

Psst.

Jaja. – Er zog an einer roten Decke, oder war sie braun, eine mehrschichtige Decke, nannte man das gefüttert? – Da sind ja Stickereien, fühl mal.

Ich nahm die Decke zwischen zwei Finger, ich konnte das Garn oder die Wolle greifen. Wir zogen weiter, Drachen, nichts als Drachen, kleine umringten einen größeren, eine Art König, ein Hofstaat von Drachen fuhr es mir durch den Kopf. – Großartig, sagte ich. Das nenne ich ein geiles Rot vor dem Herrn. Stell dir vor, du wärst farbenblind und das wäre alles ein verschimmeltes Grün für dich.

Wir hatten vereinbart, die anderen würden sich um die Farben kümmern, sagte Vitalij leise. Kommt dir auch vor, dass das Rot stärker wird? – Er zog weiter an der Decke, Meter um Meter ergoss sich auf den Holzboden, ohne dass die Haufen an der Wand sichtlich kleiner wurden.

Ja, das Rot vertieft sich. Spürst du es in den Händen? – Ich zog nun selbst mit. – Ich bilde mir ein, es speichert etwas Lebendiges, es wohnt etwas in diesem Rot, aber keine Insekten, who knows what.

Er checkte seine Hände, keine Rötung, nichts auch nur entfernt einem Ausschlag Ähnliches. Auch ich zeigte keine Reaktion, was mich wunderte. – Könnte es ein Infrarot sein?

Du denkst an eine Heizdecke?

Haben die Infrarot in den Kabeln? fragte ich zurück. Ich habe keinen Schimmer, wie das funktioniert. Kann man das Ende des Sommers einwecken? Mit einer dünnen Scheibe Rum darüber?

Klingt lecker, Jens. Mann, das nimmt kein Ende. Das wird ein Gebirge. Wir hätten es rundum an die Wände legen sollen, in einer Quadratur des Kreises, dann wüssten wir die Länge. Wie viele Meter schätzt du?

Ich frage mich, ob Meter der richtige Ausdruck für dieses Phänomen ist. Warum messen wir nicht in ausgestreckten Männerarmen? – Ich legte den Stoff ab und breitete die Arme aus.

So ein Zinnober! schrie Iwo in diesem Augenblick hinter mir. Was ist hier los? Werden hier die Rotarmisten installiert, sind das Krönungsgewänder wie in den Märchen meiner Kindheit, wo der Prinz viele Klafter weit reist –

Iwo! Klafter! Klafter! – Ich umarmte ihn.

Wo habt ihr das her?

Es kommt aus der Wand, und es hört nicht auf. Wo ist Tanja?

Im Freien.

Allein?

Sie ist eine erwachsene Frau, Jensi. Und sie braucht ihre Freiräume.

Wir haben uns beinahe geprügelt, Iwo, weil Jens es nicht geschafft hat, die Länge der roten Decke abzuschätzen, siehst du, das ist aber erst der Anfang, sagte Vitalij und grinste böse.

Du musst das Gefühl erst kennenlernen, wenn du an dem Stoff ziehst und es gibt keinen Widerstand, es zeugt sich in einem fort fort.

Iwo griff nach der Decke. Er zog, zog stärker, nichts rührte sich. – Habt ihr sie noch alle? sagte er. Wollt ihr mich verarschen? Übrigens, ein Längenmaß. Hat mir mein Großvater einmal geflüstert.

Was meinst du?

Arschin.

He, he, he!

Ich schwöre, sagte Iwo. Arschin war in seinem Krieg ein Längenmaß. Bei deinem Urgroßvater ebenso, Jensi. Habe ich vorhin Großvater gesagt? Das widerrufe ich. Natürlich war es auch bei mir der Urgroßvater.

Das nächste, was wir hörten, war ein hoher, langgezogener Schrei, der mir das Blut stocken ließ. Wir drehten uns zur offenen Tür, da stand Tanja und stieß dieses

Geheul aus, ein ganzes Kloster von Wölfinnen sang aus ihrer Kehle.

Wir waren unfähig sie zu berühren oder zu halten. Sie war eine Tausend-Volt-Lady, ein Strange Angel, eine Frau aus elementaren Zeiten. Ihr Kopf in der besten Haltung, damit die Kiefer ruhig offenstehen konnten, um den Gesang herausströmen zu lassen, der den Raum erfüllte. Mir kam die Idee, dass ihr Heulgesang dem endlosen Fluss des roten Stoffes Einhalt geboten hatte. Ihre Augen blickten geradeaus, waren nicht auf die roten Drachen gerichtet, wer weiß, was sie sahen. Die Arme hingen schwerelos zu beiden Seiten ihres Körpers hinab, als gehörten sie nicht ihr, als hätte sie sie vergessen. Ich glaube nicht, dass sie uns in irgendeiner Weise registrierte, unsere Signale wahrnahm, die wir unwillkürlich aussenden mussten, Angst, Freude, Bewunderung, großes Erstaunen angesichts ihrer schieren Power.

Die Decke strahlte nun mit einer Intensität, deren nächste Steigerung nur eine Explosion sein konnte. Ich streckte die Hände vor mir aus, Hitze stieg auf, ein trockenes Lodern ohne Flammen, das vermessene Gefühl, meine Handflächen würden keine Brandverletzungen bekommen.

Tanjas Stimme verklang, schlich sich aus, bis die leiseste und dünnste Spur verschwunden war, ihre Lunge, ihre Kehle leer sein mussten. Wir schwiegen. Iwo hatte beide Hände an die Wangen gelegt.

Holy Howl, sagte Vitalij nach einer Weile. Was hat das zu bedeuten?

Sie zwingen uns, alle unter einer Decke zu schlafen, sagte Tanja. – Ich war erleichtert, sie sprechen zu hören. Sie war nicht verstummt, und sie zeigte keine Schwächen nach der vorangegangenen Performance, die sie über die Maßen angestrengt haben musste. Offensichtlich täuschte ich mich.

Wer zwingt uns dazu? fragte Vitalij. Wir haben das bislang nur ein paar Mal getan.

Ich meine nicht uns vier, sagte Tanja. Ich meine das ganze Dorf. Sie wollen, dass wir alle, Frauen und Männer, unter einer 700 Meter langen Decke schlafen. Sie haben bereits alle Decken konfisziert und aneinandergenäht.

Aha, rief Iwo, als erwache er aus einem langen Schlaf, bereit, wieder voll am Leben teilzunehmen. – Endlich wissen wir, dass es 700 Meter sind.

Wer sind „sie", Tanja, fragte ich.

Ihr Ziel ist es, jegliche individuelle Persönlichkeit und Beziehung auszulöschen, keine Ehepartner mehr, einzig und allein Gruppensex unter dieser ewigen Decke. Mittlerweile begehren die Frauen in jedem Distrikt auf, es wird eine richtige Massenbewegung, wir haben zu lange geschwiegen. Sie sagen, wir seien hysterische Weiber, ungebildete Landpomeranzen.

Das seid ihr gewiss nicht, sagte Vitalij. Ich weiß gar nicht, woher du das hast? Wer verbreitet solche perfiden fake news?

Wart ab, sagte Tanja ruhig. Nicht lange, und du wirst mir recht geben.

Wo spielt sich das ab, Tanja, fragte ich nach. In welchen Distrikten? Wieso haben wir nichts davon bemerkt? Ich mache mir Sorgen um dich.

Das brauchst du nicht, sagte sie. Ist diese rote Blankodecke nicht Beweis genug? Und ich konnte sie stoppen.

Sie hat aufgehört, als ich sie in die Hand nahm, sagte Iwo.

Weil ich hinter dir stand.

Stimmt, es war dein schöner Gesang. Der ist nicht im mindesten hysterisch gewesen, was, Jensi? Hat den einer hysterisch gefunden?

Vitalij und ich winkten ab. Ich getraute mich nicht, erneut nach den Orten zu fragen.

Man müsste Tee kochen, sagte Iwo. Ist das Zeugs noch heiß? – Er griff nach der Decke. – Schade.

Es fiel uns schwer, danach zu einer Routine für das Haus zu finden. Wir mieden das rote Zimmer, wie Iwo und ich es nannten, wir scheuten uns nachzusehen, ob die rote Decke in sich zurückgekrochen war oder schlapp und stumpf auf einem Haufen lag. Wir bemühten uns, Tanja so zu behandeln, als wäre nichts geschehen. Ich war mir nicht sicher, ob das ihre Mission nicht erneut missachtete. Sie erwähnte die Frauen nicht mehr, zu denen sie nun gehörte und die keiner von uns zu Gesicht bekommen hatte. Für mich blieb es ein Ort, an dem ich im Innersten erschüttert worden war. Ich hatte Tanjas Ekstase in allen Knochen erfahren, ich war dankbar, nicht in Teile zerfallen zu sein.

Draußen schmolz der Schnee, bereute es und härtete sich über Nacht von neuem. Der Wind wollte einen großen Kehraus veranstalten, manche Tage raste er vorbei wie ein Geschoss, das seinem Ziel nachjagte. Nicht selten verfing er sich am Schuppen und würgte dort an abgelegten Ästen und den Eimern, dass wir befürchteten, er wollte den Schuppen mit auf seine wilde Fahrt nehmen.

Sobald sich das Wetter etwas beruhigt hatte, gaben wir Vitalijs Drängen nach und brachen auf. Mich plagte die Neugier stärker als meine Befürchtungen, ich warf einen letzten Blick in das rote Zimmer. Die Decke hatte jegliche Farbe verloren und lag tatsächlich als farbloser Haufen in der Mitte des Raums. Sie war nicht einmal mehr grau oder dunkelsandbraun oder hatte eine beliebige Unter-dem-Bett-Färbung, wie es verdickter Staub zusammen mit Holzwurmkot erzeugen kann. Im Nacken ein feuchter Hauch in Körperwärme. Das war Iwo, den ich nicht kommen gehört hatte.

Was hältst du davon? fragte ich ihn.

Sag mir, dass ich nicht verrückt bin, Jensi. Da liegt etwas, von dem ich nicht weiß, ist es eine tote Graubärenfamilie oder eine ausgeraubte Bauernkrippe aus dem 19. Jahrhundert, die man verbrannt hat. Ich sehe nämlich, aufgerundet oder abgerundet, genau gar nichts. Nada.

Lass uns verschwinden, brachte ich hervor, dann rannte ich aus dem Haus, Iwo mir nach. Tanja und Vitalij warteten bereits. Ich konnte mich des Eindrucks nicht erwehren, dass Tanja willens war, alles zu vergessen oder schon vergessen hatte. Nach diesem Außer-sich-Sein hätte es mich nicht gewundert, wenn sie einen Breakdown gehabt hätte.

Wir waren nicht lange unterwegs, als sich in der Ferne eine Veränderung der Atmosphäre ankündigte. Es war früher Nachmittag, begann sich einzudunkeln, als hätte es dort ein Gewitter gegeben und man bereitete sich auf eine späte gereinigte Sonne vor. Wir warfen uns fragende Blicke zu. Mittlerweile hatten wir gelernt, jede kleinste Veränderung stumm oder mit einer kurzen Frage den anderen mitzuteilen. Ich glaube, wir waren insgesamt vorsichtiger geworden, ernster, reifer, gefährlich nahe einem strengeren Erwachsensein.

Eine beleuchtete Halbfinsternis, die ich gern dem Wirken eines Demiurgen zugeschrieben hätte, und sei es nur, weil ich die Bedeutung dieses Begriffs seit frühester Kindheit nicht geknackt hatte. Demiurg. Es reizte mich, Vitalij danach zu fragen. Es reizte mich so sehr, dass ich mich nicht beherrschen konnte.

Hm, sagte Iwo. Der Schreibung nach müsste es etwas Dämonisches sein. Oder?

Was hast du in Rechtschreibung gehabt? – Tanja hatte eine ganz weiche Stimme. Ich traute ihr zu, tatsächlich aus reiner Wissbegier danach gefragt zu haben.

Das weiß ich nicht mehr, antwortete Iwo. Das ist zu lange her. Wenn mich nicht alles täuscht, wurde meine Rechtschreibung zuletzt in der Grundschule getestet und benotet. Ich hatte vierzig zu zwanzig.

O nein, schrie Vitalij. Was heißt das nun wieder?

Das liegt doch auf der Hand. Pro vierzig Wörtern hatte ich zwanzig Fehler. Das war guter Durchschnitt.

Uns stand der Mund offen. Ich bemerkte, dass Vitalijs Zunge eine hauchfeine zyanide Färbung hatte.

War nur ein Spaß! – Iwo schnalzte mit den Fingern vor meiner Nase. – Für wie blöd haltet ihr mich?

Mann, du ewiges Kind, Iwo, sagte ich.

Inzwischen hatte sich in der Halbfinsternis ein Regenbogen herauskristallisiert, der sich von einem Hügel über die Ebene zu einem fast gegengleichen Hügel wölbte. Weil die Entfernung zwischen den beiden Hügeln zu weit war, konnte er keinen Zenit erreichen, sondern streckte sich mühsam und enttäuschend flach zu seinem Ende. Eine Farbe fehlte mir im Spektrum, schwer zu erkennen, ob es ein Blauton oder ein Grünton war, am ehesten ein deutlicher Zwischenton.

Ich war erleichtert, dass wir eine solch interessante optische Ablenkung geboten bekamen, vermutlich von dem Demiurgen. Ich hütete mich, das Wort noch einmal ins Freie zu entlassen.

Wow, staunte Vitalij. Das hätte ich diesen abgefuckten Möchte-gern-Bergen nicht zugetraut. Ich bin gespannt, ob sie diese Spannung halten können.

Iwo lachte leise dahin, Tanja grinste öffentlich. Ich für meine Person konnte mich nicht gegen das Bild wehren, wie Vitalij mit langen Sängerarmen in der Mitte der Ebene steht und Anfang wie Ende des Regenbogens festzuhalten versucht. Ihm allein, unserem großen Bändiger, traute ich zu, diesen Zirkusakt auszuführen und dabei das Gesicht nicht vor Anstrengung zu verzerren, sondern ein geheimnisvolles Lächeln zu zeigen.

Wollen wir zu den beiden Enden des Regenbogens gehen? Ich bin mir aber nicht sicher, dass der noch da sein wird, wenn wir ankommen.

Worauf warten wir? – Vitalij schritt kräftig aus.

Es kam nun darauf an, einen richtigen Rhythmus zu finden, der uns zügig voranbrachte, auf keine Ablenkungen mehr zu reagieren, außer wir erreichten unerwartet einen Fünf-vor-zwölf-Punkt. Das konnte jederzeit geschehen, aber ich nahm mir vor, diese Schwächeanfälle weitgehend zu ignorieren.

Beim Marschieren auf den Regenbogen zu bemühte ich mich, eine gültige Fortsetzung des Satzes „Unter allen Gestirnen das liebste ist mir … “ zu finden. Während ich mir das vorsagte, begann eine neue Kraft in mir zu wirken. Das Wort „Gestirn“ gab mir jedes Mal einen Schub. Je länger das andauerte, desto mehr verlagerte sich meine Wahrnehmung auf diesen Beschleuniger, weg von der Suche nach dem fehlenden Ende. Unter allen Gestirnen das liebste ist mir das Goldene Vlies. Unter allen Gestirnen das liebste ist mir die Lavendula. Schub um Schub, wobei ich nicht wusste, ob sich mein Gang dadurch komisch verzerrte. Ich wurde schneller.

Der Regenbogen erinnerte mich an einen jungen Mann, der sich auf einem Sofa räkelt, er hatte nun etwas Schlaksiges und Verschlafenes. Ich hoffte, er würde nicht von seinem flachen Himmelshorizont zu Boden fallen, auf die noch immer in weiter Ferne befindliche Ebene, wo er, wenn wir Pech hatten, verenden könnte, in Erdrissen zu Ende kommen, sich verlaufen. Lava. Lavant. Lavendula, improvisierte ich vor mich hin.

He, O'Dylan, sagte ich in Vitalijs Richtung, he, O'Toole Gottes, wie steht's?

Prächtig.

Wir gingen eine Weile nebeneinander.

Vitalij sprach über die Verbrechen, die in den dreißiger Jahren im Holodomor verübt worden waren, der von der Sowjetunion willkürlich herbeigeführten Hungersnot. In seiner eigenen Familie hatte es Verweigerer gegeben, die die vorgeschriebenen Weizenmengen nicht ablieferten. Volksverräter. In der Lesart der Bolschewisten hieß das, es fehlte ihnen am richtigen Bewusstsein für die sozialistische Volksgemeinschaft. Die Kommissare, die nie selbst über einen Acker gekrochen waren, nie eine Kuh gemolken oder einen Pflug gereinigt hatten, maßten sich in ihrer Überheblichkeit an, besser Bescheid über die Landwirtschaft zu wissen als die Bauern. Folglich wurden Maßnahmen getroffen. – Er lachte bitter. – Wer auch nur eine unabhängige Kartoffel im

Haus hatte, wurde vertrieben. Die Japaner stehen in der Mandschurei! habe es geheißen. Sie seien von Feinden umzingelt! Und in dieser Tradition haben auch die Separatisten von heute das Saatgut beschlagnahmt.

Mittlerweile ähnelte der Regenbogen einer Säge, warum war ich nicht früher darauf gekommen? Den Griff am linken Ende konnte ich mühelos dazu fantasieren.

Den Blick stur in die Ferne gerichtet, kam es mir vor, dass die Säge sich hin- und herbewegte, nicht schnell, im Gegenteil eher im Zeitlupentempo, so dass ich genau schauen musste, um die Verschiebung wahrzunehmen. Zum Glück sah ich nicht, wer die Säge bediente. Ich hätte mich sonst mit dem Gedanken befassen müssen, welches Wesen dort hauste und ob es klug war, sich ihm zu nähern. Durchaus möglich, dass es eine Geisel Gottes war, eine der vier Geiseln Gottes, oder hatten sie Zuwachs bekommen? Gehet hin und vermehret euch und diese Platte.

Wir kamen an einer abgebrannten Tennishalle vorüber, die nur noch an den roten Sandspuren erkennbar war, die Störche hineingerannt haben mussten. Schwarze Erde, darin die ziegelroten Hieroglyphen der Störche, das ging an Herz und Nieren.

Hinter der Halle lagen verkrustete schwarze Haufen, die wir erst bei näherer Inspektion als die Überreste von riesigen Erntemaschinen erkannten, aus ihrer hochglänzenden Hybris heruntergeschmolzen, vom Gummi ihrer Räder keine Spur mehr zu sehen, kleben gebliebene Pyrosaurier, denen die Flucht nicht mehr gelungen war. Welche Partys mochten auf dem betonierten Platz zwischen der Halle und dem Fuhrpark der Mähdrescher stattgefunden haben? Gewiss war jede noch so kleine

Fläche von der Jugend zu Disco und Tanz genützt worden. Wie sollte ich mir diese Jugend vorstellen? Ideologisch austherapiert, nie um eine Parole verlegen, jedem Paroli bietend, der es wagte zu widersprechen, die Mädchen wie die Jungen. Lupenreiner Agropop.

Ich schaute zurück. Eine Tennishalle so klein wie eine Handsäge, eine Handsäge so groß wie eine Tennishalle, wohin sollte das führen?

Wir feierten Silvester zu zehnt oder zu zwölft, sagte ich. Selten eine ungerade Zahl, wobei ungefähr die Hälfte der Personen keine Paare waren. Vor zwei Jahren begann ein befreundetes Paar schockartig zu altern, sie sahen keine Hoffnung, bis Mitternacht wachbleiben zu können. Ich schlug vor, dass wir mit ihnen zwei Stunden früher anstoßen und das Getränk nach der Zeitzone auswählen, die zwei Stunden vor Mitternacht bereits Mitternacht hat –

Mann, Jensi, spann uns nicht auf die Folter –

Ich bin ja schon fertig. Wir einigten uns auf Moskau.

M'skwa. Also Stolichnaya.

Genau, Iwo.

Das war sehr einfühlsam von euch, sagte Tanja. Mittlerweile sorge ich mich, ob wir rechtzeitig bei unserem Regenbogen ankommen werden. Und wo du davon sprichst, ich glaube, der steht in einer anderen Zeitzone.

Wir können die Nacht durchmarschieren, sagte Vitalij.

Finde ich nicht berauschend, sagte Iwo. Wir haben unseren Schlaf bitter nötig.

Gut, dann marschieren wir, bis die Sonne untergeht, und prägen uns zuvor die Himmelsrichtung des Regenbogens ein.

Verlockend, sagte ich. Mir fällt gerade etwas grauenhaft Entscheidendes ein.

Den Regenbogen wird es morgen nicht mehr geben. Er ist von der heutigen Atmosphäre und Großwetterlage abhängig. Ich habe noch nie gehört, dass es an zwei Tagen hintereinander an demselben Ort einen Regenbogen gegeben hat.

Holy shit, entfuhr es Iwo.

Seht ihr das? Kann es sein, dass wir die Ausschaltquote bereits erreicht haben? – Ich zeigte in Richtung des Regenbogens, obwohl das wenig Sinn ergab. Es schauten ohnedies alle nur dorthin.

Good bye Stalin, sagte Vitalij. Dem ist innerhalb der letzten fünf Minuten das Licht ausgegangen.

Rest in peace, sagte ich.

Morgen ist ein neuer Tag, versprach Iwo dem untergegangenen Regenbogen.

# 9

Iwo erzählte vom Langlaufen und wie leid es ihm tat, dass wir den Januar nicht dazu genutzt hatten.

Wie hätte das gehen sollen?

Es lagen genug lose Bretter herum, im Notfall hätten wir einen Zaun abgerissen.

Und die Schuhe? Wo wäre die Bindung hergekommen?

Wir hätten eine Fischkonserve, die genau die Höhe der Gummisohlen hat, in zwei Teile geschnitten und auf die Bretter genagelt. Den vorderen Teil verstärkt, damit man nicht aus der Bindung rutscht, hinten hebt sich der Fuß ja.

Und die Stöcke, Iwo? fragte Tanja.

Meinst du das ernst, Tanjuschka?

Nein, entschuldigte sie sich. – Es war erkennbar, dass ihr der Kosename gefiel.

Iwo zeigte uns im Stehen, wie er zuhause in Garmisch die Langlaufpisten entlang gezogen war, er musste damals ein paar Kilo weniger gehabt haben.

Und die Klamotten, Iwo? fragte ich.

Ich habe auch damals Camouflage getragen, das fiel bei uns in Bayern nicht auf. Es war klüger wegen der Flecken. Auf einer Camouhose siehst du die nicht, da kannst du dich anschiffen vor Angst oder vor Begeisterung oder weil du dir in dieser Minute sicher bist, dass du an den Olympischen Winterspielen auf der Antarktis teilnehmen wirst.

*In* der Antarktis, warf ich ein.

Sicher? Ich dachte an die langen Eisstraßen, die sie dort extra für die Bewerbe angelegt haben, da fährt man definitiv auf der Antarktis.

Wo er recht hat, hat er manchmal recht, stimmte Tanja zu.

Es wehrt sich etwas in mir, Iwo, *auf* der Antarktis zu sagen. Fährst du auf Kvitfjell Langlauf? Auf Partenkirchen? Sei ehrlich.

Da war etwas, sagte Vitalij.

Ein Regenbogen war da, aber der ist Schnee von gestern, sagte ich. Oder siehst du im Umkreis von dreißig Kilometern irgendwo einen Regenbogen?

Wir müssen uns mehr anstrengen, sagte Vitalij. Wir lassen unser Leben so laufen, begnügen uns mit dem, was kommt, anstatt unseren Willen in die Hand zu nehmen und selbst zu bestimmen – starr nicht so auf meine Hand, Iwo.

Ich habe deinen Willen als kleines grünes Männchen in deiner Hand sitzen sehen, Vitalij, ehrlich! Ich habe mich konzentriert, ich spreche hier von ein paar Sekunden, und wupp! saß dieses grüne Männchen in deiner Hand. – Iwo sprach so rasch, um nicht in Gelächter auszubrechen, das war mir klar, und die Vorstellung dieses grünen Männchens war alles andere als ungenial. Ich sah genau, wie es sich einen roten Schal um den Hals band, seine langen Haare nach hinten schüttelte, das Gesicht zu einem Knopf verzog, nieste, sich den grünen Rotz von der Nase wischte. Der grüne Rotz machte es fast menschlich.

Gut. Wir haben das Bild des Regenbogens gestern verinnerlicht. Nun schließen wir die Augen, rufen das Bild ab, das Bild steigt an die Oberfläche, sprach Vitalij leise mit der Stimme eines heiseren Schamanen.

Ich hatte das Gefühl, mein Regenbogen scheuere sich an seinen Krächzlauten wund, und wollte ihn möglichst bald loswerden. Ich blinzelte. Tanja sah so aus, als lasse sie alles durch ihren Kopf ziehen, was daherkam. Ich war mir sicher, dass man auf diese Weise keinen Regenbogen herbeizaubern konnte, aber Frauen ticken anders oder gar nicht.

Langsam die Augen öffnen, wies Vitalij uns an. Et voilà!

In meinen Augenwinkeln schwebte der Regenbogen mit seinen Flügeln schlagend in die Ferne. Er war herrlich anzuschauen in seinem ruhigen Flug, die Farben spielten auf Rücken und Flügeln mit den Sonnenstrahlen, das Rot pflügte voran durch die Flut der Atmosphäre, wich dem Orange, das sich während einer Drehung des Körpers ein paar Strahlen mehr holte, als wollte es eine neue Art von Revolution anzeigen, die Erhebung von Volksseelen. Die Erscheinung als Ganzes war umgeben von einer taubenblauen Aura.

Gerne hätte ich den Regenbogen von der Aufgabe entbunden, sich am Ziel an den beiden Enden zu verankern. Bis dahin war Zeit, wie lange, wusste ich nicht. Wer hatte schon eine Ahnung davon, mit wieviel Knoten ein Regenbogen fliegt?

Vitalij deutete mit dem Kopf nach vorn, und nach einem beruhigenden Nicken zu Iwo und Tanja schritt ich mit ihm aus. Ich überlegte, ob ich ihm sagen sollte, dass meiner nicht an seinem Platz war. Nach Vitalijs völlig zweifelloser Miene zu schließen war seiner genau dort, wo er hingehörte. Ich beobachtete, wie sich die flache Rundung einmal mehr nach der einen, dann nach der anderen Richtung verschob, so dass der Regenbogen die Gestalt einer Blase bekam, einer beliebigen Sprechblase, bloß ohne Text.

Was würde geschehen, wenn die Spannung zu groß wurde und die Rundung zerriss? Würden die Farben in regelrechten Bächen vom Himmel auf die Erde schießen und würden die rot-orange-gelben das Land in Brand setzen? Würden die blauen und violetten das Feuer löschen? Meine größte Sorge war, dass dem Regenbogen bis zur Landung etwas zustieße. Im Grunde genommen konnte bis zum Schluss etwas passieren, eine gewaltsame Landung etwa, die ihn zerbräche. Daher wünschte ich mir, vier Engel stünden bereit, je zwei auf einer Seite, und empfingen die Enden, leiteten sie sanft in die Erde, die dort hoffentlich nicht mehr gefroren war.

Iwo und Tanja gingen dicht hinter uns, ich konnte sie reden hören.

Ich möchte einmal barrierefreien Geschlechtsverkehr, sagte Iwo.

Das kannst du dir aus dem Kopf schlagen, Iwo. Wenn wir jemals auf die Halbinsel kommen und dort ein neues Leben beginnt, werden dir Frauen vor Beginn der Sexhandlungen einen Vertrag vorlegen, in dem steht, was du darfst und was nicht.

Ich musste an den ollen Krüger denken, als deutscher Soldat im Osten Träger einer unerbittlichen Idee. Every breath you take. Die vielen Feldblumen, die er im Roggen gesehen haben mochte. Ob er unter denen war, die zu drakonischen Maßnahmen griffen und nicht nur Partisanen aus den Wäldern holten, sondern auch ganz normale, analphabetische Katenväter aus ihren erbärmlichen Unterkünften, die in der Lage gewesen wären, Anschläge zu verhindern oder zu melden?

Mittlerweile blühten ganze Wiesen von Obstbäumen, wie frisch gewaschene und gestärkte kleine Servietten tummelten sich die Blüten auf den Zweigen, blitzsauber. Es schäumte vor Überlebenslust, auch andere Bäume hatten ihre verkohlte Haut ignoriert und sahen nun wie japanische Kreationen aus. Tanja pflückte eine Blüte und steckte sie sich ins Haar, oder nahm sie zwischen ihre Lippen, um zum Spaß daran zu saugen. Ich begriff ihre Gleichgültigkeit etwaigen Vergiftungen gegenüber, so musste es sein, die zarten Wangen der Magnolien sprachen die einzig richtige Sprache.

Iwo fand einen Marienkäfer im schwarzgrauen Sand. Er hob ihn zärtlich auf seinen Zeigefinger und ließ ihn in seine Handschale krabbeln. Tanja blies dem Käfer sanft die Asche und den Ruß von seinen Flügeln. Ich sah, wie Iwo den gespitzten Lippen Tanjas entgegenschmachtete. Der Arme oder der Glückliche, die Zeit würde es erweisen. Der Marienkäfer spürte seine wiedererlangten Kräfte und hob die Flügel, schlug mit ihnen, klappte sie zusammen. Es war klug, sich zu schonen, darüber waren wir uns alle einig.

Du kleiner roter Geselle, sagte Iwo tatsächlich. Wie willst du heißen?

Antonin, schlug Vitalij ohne den leisesten spöttischen Unterton vor.

Jimmy Redcap, sagte ich.

Wissen wir überhaupt, ob es ein Junge ist?

Das wollen wir nicht wissen, sagte Tanja. Wie gefällt euch Olga?

Ol-ga, gustierte Iwo. Hm. Nicht übel. Ist der Name nicht zu lang?

Ol-ga ist zweisilbig, sagte ich. Das passt sehr gut zu seinen zwei Flügelchen.

Jensi, du hast ein absolutes Gehör, fantastisch! – Er schob Olga in eine Falte seiner linken Brusttasche, streichelte den Stoff.

Die folgenden Nächte setzte Iwo seine Olga in eine Schale, in die er ein Fetzchen seines Hemds legte. Die winzige, verbeulte Schale hatte er erst ein paar Tage zuvor gefunden. Olga hatte einen ruhigen Schlaf, so störte sie niemanden. Vitalij äußerte sich kaum, wünschte ihr Iwo zuliebe jeden Morgen einen guten Morgen. Mir kam Tanja ein wenig eifersüchtig vor, Iwo hatte sie lange nicht mehr mit ihrem Kosenamen angesprochen, die Aufmerksamkeit galt allein Olga. Ich dachte mir, das würde sich bald einrenken und ein gesundes Gleichgewicht bekommen. Wir hatten schon schwerere Probleme gestemmt als einen Marienkäfer.

Die Ansammlung von Gebäuden sah zunächst wie ein Forschungslabor aus. Insignien der Macht auf dem Dach, drei niedrige Fahnenstangen vor dem Eingang, die Flaggen alle zu Stricken zusammengedreht, als wären hier vor kurzem Menschen gehangen. Nein danke, das eine Erlebnis in der Stadt hatte mir genügt.

Ein Forschungslabor, sagte ich mit schwacher Stimme.

Wieso Forschungslabor? fragte Vitalij. Siehst du etwas, das darauf hindeutet?

Ja, diese Aufschrift und das Graffito einer Äskulapnatter.

Aha. Eine Äskulapnatter.

Was soll daran nicht stimmen? fragte Iwo mit echtem Interesse. Äskulapnattern sehen genau so aus. Im Bayrischen Wald kotzten sie vor einem auf den Weg, weil sie auf Rohypnol waren und es nicht vertrugen.

Rohypnol? Ist das euer Sprit? fragte Vitalij.

Nein. Das Gegenteil, es ist ein Mittel zur Entschleunigung.

Wir versuchten, die Schrift auf den Tafeln neben dem Haupteingang zu entziffern, was sich als schwierig erwies, weil von den Buchstaben nur winzige Moleküle übriggeblieben waren. Das konnte Udmurtisch gewesen sein ebenso wie Tschuwaschisch oder das mit ihm verwandte linksrheinische Schwäbisch. Sch-sch, sagte ich unwillkürlich.

Ist etwas? fragte Tanja.

Nee.

Lasst uns reingehen, ich glaube nicht an das Forschungszentrum, für mich sieht es eher nach einem Vergnügungscenter aus. – Sie stieß die Glastür auf und schritt mutig voran. Wir kamen nicht dazu, ihr die Tür aufzuhalten. In der Eingangshalle zog es elendiglich, mehr als im Freien, wo mir das gar nicht aufgefallen war. Etwas wie ein Information Desk gähnte uns an, Kabel von verschiedenen alten Telefonen, denen die Telefone abhanden gekommen waren bis auf ein erbärmlich schäbiges aus Bakelit. Als Vitalij an ein paar Kabeln zog, lösten sie sich aus der krümeligen Mauer. Das hatte alles keinen Sinn.

Mir wird gleich schlecht vor lauter historischen Aufgaben, sagte ich. Was können wir hier noch erreichen?

Oh, sehr vieles. Da drüben scheint ein Kinosaal zu sein. Hoffentlich läuft einer meiner Lieblingsfilme.

Gehen wir zuvor in den Billardsaal, sagte ich.

Meinetwegen.

In dem Saal befanden sich fünf Tische, Schutt auf den grünen Bespannungen, ein einziger Tisch war unversehrt geblieben, die bunten Kugeln ordentlich im hölzernen Dreieck zusammengefasst.

Ach, Pool Billard, sagte Vitalij voller Verachtung.

Tanjuschka, wagst du ein Tänzchen mit mir? fragte Iwo.

Nicht auf dem Tisch, wehrte Tanja lachend ab. Das hat meine Großmutter getan. Sie hatte eine Sammlung von Perücken in allen Farben, die man sich denken kann, die himmelblaue war ihr die liebste.

War sie politisch? fragte Vitalij.

Sie war Kommunistin.

Ich dachte, die können nicht tanzen, sagte ich.

Genau, das sagten mir meine Großeltern in Garmisch auch, bekräftigte Iwo. Desgleichen die Partenkirchener Großeltern. Diese grauen, bis oben zugeknöpften Blusen und engen grauen Röcke begünstigten keine annähernd erotischen Bewegungen.

Was ist, willst du spielen? fragte Tanja. – Sie nahm einen Queue, wischte ihn mit einem Stofflappen sauber und legte sich die erste Kugel zurecht. Ich konnte nicht umhin, ihren kleinen Hintern zu bewundern, zum Glück ließ ich mir nichts anmerken. Klack, der vertraute Klang aus meiner Oberschülerzeit, und wie leicht die Kugel rollte. Dieser grüne Filz hatte Skythen und Deutsche kommen und gehen gesehen, diese Kugeln, besonders die pinkfarbene, leuchteten wie eh und je und je und je, da sollte man nicht Hoffnung fassen? Am liebsten hätte ich laut aus mir hinausgesungen, mir fiel kein zwingender Text ein.

Moment, warf Vitalij ein. Welche Tonart? – Ich erschrak, konnte er neuerdings Gedanken lesen?

Was meinst du, welche Tonart?

Es gibt Dur und Moll, Sunnyboy, sagte er milde. Bei Durbillard spielst du vorrangig mit den Tagfarben, Gelb, Orange, Rot. Mollbillard heißt Grün, Braun, Violett, Blau.

Das ist ungerecht, sagte Iwo. Kann Braun nicht zu den Tagfarben wechseln?

Denk mal nach, Iwo, sagte ich.

Okay, du hast recht, aber das Problem besteht weiter.

Ihr habt Rosa vergessen, sagte Tanja und drehte erstmals ihren Po aus unserer Sichtschneise.

Weil du die pinke Kugel gleich gelocht hast, begehrte Iwo auf. Schätzchen, fügte er an.

Worauf wartet ihr, ihr Turtelkrähen? krächzte Vitalij.

Als Iwo sich bis zur Hüfte auf den Tisch legte und seinen Queue ewig hin- und zurückzüngeln ließ, fiel mir Olga ein. Das Gewicht von Iwos Oberkörper würde sie nur mit einer Panzerweste überstehen. Herr im Himmel und auf der Halbinsel, betete ich, mach, dass Olga nicht erdrückt wird. Sie ist blutjung, sie hat ihr Leben vor sich.

Iwo schnaufte, platzierte endlich die blaue Kugel im rechten Seitenloch, ohne sich um Vitalijs Regeln zu kümmern. Im nächsten Moment fuhr er hoch und griff sich ans Herz. Er ließ den Queue fallen.

Was ist los? Hast du einen Herzinfarkt? rief Tanja und schob ihm einen Sessel unter.

Vitalij griff mit zwei Fingern an Iwos Schlagader am Hals, was ich übertrieben fand, so etwas verursachte nur Panik. Iwo deutete auf seine linke Brusttasche. Ich klappte sie vorsichtig auf.

Lebt sie? fragte Iwo.

Roger, sagte ich, ehe ich noch genau wusste, ob das stimmte. – Ich bot Olga vorsichtig meinen Finger an, den sie begutachtete, vielleicht sogar beschnupperte, was ihr offensichtlich gefiel.

Es geht ihr ausgezeichnet, Iwo. Soll ich sie herausnehmen?

Nein, lass sie drin.

Tschüs, Olga, sagte ich leise. Geht es dir besser, Iwo?

Er schüttelte seinen Kopf nach allen Richtungen. – Spielen wir weiter, Tanja? Oder hast du bereits gewonnen?

Ich möchte einmal über die Bande spielen, sagte sie.

Gut.

Ist Kreide da? fragte sie.

Kaum, sagte Vitalij wenig hilfreich. Probier es mit festem Staub.

Like what? schnappte sie.

Vitalij lief rot an, was wir bei ihm so gut wie nie erlebten. Er konnte einem auf den Nerv gehen, auf den Keks, auf den Heiligenschein. Er blickte suchend um sich, das war keine einfache Aufgabe, in die er sich manövriert hatte. Ich dachte intensiv an ein blaues Kreidestück mit der niedlichen Rundung darin.

Er durchwühlte die Laden des Information Desk. Sie rollten mit einem Knall zurück, sobald man sie aufzog. Ich versuchte mich an einem anderen Abschnitt des Möbels, die erste Tür war versperrt, ich hatte keine Lust, nach Schlüsseln zu suchen. Habt euch nicht so, dachte ich. Wir sind auf euren Kram sowieso nicht neugierig, wir suchen nur ein Stück Queuekreide, ist das ein Staatsgeheimnis?

Vitalij, sagte ich. Lass gut sein. Es soll uns nichts Schlimmeres passieren, als dass wir ohne Queuekreide spielen.

Er hatte die Hände in die schmalen Hüften gestützt. Schmale Hüften – okay, im nächsten Leben. Dafür hatte ich einiges auf der Liste, schmale Hüften waren konservativ geschätzt an elfter Stelle, gut möglich, dass ich sie vorreihen würde, wenn ich mich mehr damit beschäftigte. Ich hätte ihn gern gefragt, welche Männer er sexy fand.

Erst jetzt bemerkte ich, dass auf dem Schreibtisch Spuren in den Staub gezeichnet waren. Keine Buchstabenreste wie an der Außenwand, sondern kleine Symbole, wohl von einem weiblichen Finger gezogen. Die üblichen Herzen, der Pfeil von Nordost nach Südwest, volle Lippen, ursprünglich mit Lippenstift aufgetragen, Wellenlinien, die als Hintergrundmuster den ganzen Tisch bedeckten.

Kuck dir das an, sagte ich. Ist das ein eingetragenes Meer?

Jeweils vier Wellen, sagte Vitalij nachdenklich. Ich bilde mir ein, darüber gelesen zu haben.

Fragen wir mal Iwo und Tanja. He, kommt mal rüber! Da. Was sagt euch das? Vier Wellen?

Hm, meinte Iwo. Es könnten vier Meere sein.

Eine Welle pro Meer? Das ist arg mickrig, sagte Tanja. Wie soll das funktionieren?

Man nennt das pars pro toto, sagte Iwo.

Ich hasse geizige Lebenskonzepte, sprang ich Tanja bei. Sie bringen nichts, sie bewirken, dass man sich von innen heraus verzehrt, wie bei Tuberkolchose, he, Vitalij!

Superkulose, rief der und haute in seine Luftgitarre.

Schubertkolchose! gab ich zurück.

Genug, schrie Iwo. Was ist dieses verfickte Tuberkolchose überhaupt?

Weiß nicht genau, sagte Vitalij.

Eher erschöpft kehrten wir zum Billardtisch zurück. Niemand war gekränkt, die NATO war noch am Leben, selbst wenn sie sich hier nicht blicken ließ, was sollte man verlangen? Irgendein Kristalloberst hatte sich verplappert und wir hatten ihn falsch übersetzt.

Vitalij begab sich in Position. – Das mit der Korruption geht so schnell, sagte er. Du spielst mit deinem Schwager, der ein hohes Tier in der Regierung ist, zweite Reihe natürlich. Du liegst auf dem Tisch, zielst mit dem Queue, zwei Finger deiner rechten Hand klemmen und springen hoch, schon hast du zwei Millionen verlangt, und dein hässlicher Schwager nickt.

Echt jetzt? fragte Iwo. Schade, dass mich nie jemand bestechen wollte.

Warts ab.

Ein genialer Kick, sagte ich, nachdem Vitalij eine rote Kugel gelocht hatte. Die violette folgte, war die nicht vorhin im Sack verschwunden? Drei Kugeln. Dann traf er daneben.

Tanja spielte ihre erste Kugel, eine braune mit der Zahl elf, was mich schockierte. Gewiss, die Kugel lag am günstigsten von allen, es brauchte nur einen kleinen Schubs.

Sie stieß die weiße Kugel linksseitig gebremst an, die Kugel zierte sich, näherte sich schlingernd, als sei sie betrunken, dem braunen Übeltäter und schickte ihn auf eine mörderische Fahrt, die mir den Kopf verdrehte. Weg war die Kugel, sie landete hörbar als Totenkopf auf unschuldigen Köpfen.

Was hast du, fragte sie mich.

Nichts.

Du siehst elend aus, Jensi, mischte sich Iwo ein. – Ich mochte es durchaus, wenn Iwo besorgt um mich war, diese mütterliche Eigenschaft an ihm. Wenn wir im Kampf allein gewesen waren, hatte es nichts Tröstlicheres gegeben als Iwos Aufmerksamkeit und körperliche Ruhe. Er hatte damals damit begonnen, älter zu werden.

Gehen wir in den Kinosaal, während die beiden ihr Game zu Ende spielen, sagte ich, und Iwo war sofort Feuer und Flamme und etwas Drittes, das mir nicht einfiel. Weihrauch?

Das waren einmal Filmplakate, sagte er traurig und wies auf die eingeschlagenen Scheiben der Kästen, aus denen die Plakate gerissen worden waren.

Die linke Hälfte einer blonden Frau in schwarzer Lederkleidung war zu sehen, Arm und Bein wie ein Hampelmann zur Seite gestreckt, an dessen Faden man zieht, in der Hand eine Makarov. Ich musste an die Kommandeursbraut denken. Die halbe Frau hatte auch die Hälfte ihres Namens eingebüßt, lediglich ein vertrautes MARIA war übriggeblieben.

Ich muss dir etwas gestehen, Jensi. Mein halbes Leben, seit ich siebzehn bin, bin ich auf der Suche nach einem Skandalfilm, den ich in Minga Minga gesehen habe.

Wie hieß der Film?

Unter Umständen hatte er einen französischen Titel, weil der Regisseur in Frankreich lebte oder seine Frau aus Paris war.

Der Name des Regisseurs?

Keine Chance. Namen habe ich mir nie gemerkt, wozu denn? Soll ich dir die berühmte Szene erzählen oder nicht?

Tu es einfach, flüsterte ich so laut und leise, wie ich nur konnte.

Blaues Licht. Schummrige Atmosphäre, ein weiter Raum, eine unendlich breite, weiße Decke, viele Männer schauen heraus, du siehst nur die Köpfe, die gespannt nach vorne blicken, Hände, die die Decke bis unters Kinn ziehen –

Um Gottes Willen, Iwo, du weißt, was du da sagst.

Das weiß ich, deshalb wollte ich ja nicht neben Tanja darüber sprechen.

Aus welchem Jahr war der Film?

Im Kino in Minga Minga war ich vor sieben Jahren, ungefähr –

Hast du mit jemanden darüber gesprochen?

Ich habe mich nie getraut.

Was tun wir jetzt hier?

Wir gehen ins zweite Kino.

Über Schutt und Steine stiegen wir ein und kletterten zum Mittelgang. Es war schwer zu erkennen, was sich am Ende des Saals unten abspielte. Auf jeden Fall bewegte sich die Leinwand, ob als Ganzes oder nur mit ihrer Projektionsfläche konnte ich nicht ausmachen. Ein graues, mal körniges, mal streifiges Unwetter jagte sich selbst. Je weiter hinunter ich mich wagte, desto größer wurde es, starrte mich mit geweiteten Augen an, aus Freude? Oder erschrak das Unwetter nun vor mir?

Seine Streifen griffen nach mir, seine Blicke zielten auf mich, seine Wirbel zogen mich hinein und spuckten mich wieder aus. Wurde das Flimmern und Flackern zu stark, schien das Bild mit einem Mal stillzustehen, wie die Speichen in einem schnelldrehenden Rad. Der Krieg zwischen den Körnern und den Streifen flaute ab, sie konkurrierten nicht mehr miteinander, sondern verloren ihre scharfen Konturen, lösten sich zu versöhnlichen Formen auf, die man allmählich als eine Wiese, eine Frauenfigur in einer Wiese, eine winkende Frau in einem Getreidefeld erkannte.

Bis zu den Knöcheln im Schutt staunte ich, wozu die Imagination fähig war, die meinen ganzen Körper erfasste. Die Frau in der Wiese und die Wiese rund um die Frau verwandelten sich in einen Schriftzug. Sponsored by Stoli Elit.

Was bedeutet das? fragte Iwo.

Soviel ich weiß, ist das einer der besten Stolichnayas, wird in Estland im ewigen Eis vergoren.

Hochinteressant. Haben die überhaupt ewiges Eis?

Plötzlich wurde es dunkel. Die Leinwand war nur noch ein riesiges schwarzes Tunnelloch.

Verflucht, das haben wir nötig gehabt, Jensi. Ich sehe nur deine blauen Augen. – Er rüttelte zornig an der vorderen Stuhlreihe. – Wenn dort ein Gespenst sitzt, soll es den Schüttelfrost kriegen. – Wir hörten ein kleines Rasseln.

Lass uns die anderen herbeirufen, obwohl es eine Niederlage ist. Die werden doch nicht ohne uns gehen?

Ich nahm meinen Mut zusammen und kletterte über die Sitzreihe. Iwo mir nach. Wir klopften unsere Klamotten ab, was völlig sinnlos war. Tatsächlich fanden wir ohne Mühe zum Ausgang, wo wir die Tür aufstießen.

Draußen schien grelles Licht. Wo waren Tanja und Vitalij? Wir umrundeten das Gebäude. Da standen sie.

Das war knapp, Kameraden, sagte Vitalij. In einer Minute wären wir abmarschiert. Nichts wie weg hier.

Hat jemand gewonnen? fragte ich.

Nein. – Tanja kannte keine Gnade.

Ich fragte nicht weiter, und Iwo hielt auch die Klappe. Wir setzten unseren Weg fort. Einmal blieb Tanja stehen und sagte: Eine meiner Bekannten war monatelang halb schwanger.

Keiner kommentierte das. Der Regenbogen war schwach zu sehen. Er passte nicht zu der im Blütenweiß taumelnden Landschaft. Obgleich mir bei dem Gedanken nicht wohl war, versuchte ich mir ein Leben ohne den Regenbogen vorzustellen. Es ging nicht. Wir brauchten ihn, weil dahinter die Halbinsel lag. Mehr wussten wir nicht. Ich erfreute mich an dem jungen Grün, das sich keinen Deut um den schwarzen Boden scherte, aus dem es wuchs. Nach der zweideutigen Düsternis im Kinosaal tat mir die Sonne gut, sie umwehte mich als Freundlichkeit der Natur, als Geschenk der Schöpfung. Keine Wolke am Himmel, keine schnell über unsere Füße laufenden Schatten. Gern hätte ich Tanja an der Hand genommen und Tanjuschka zu ihr gesagt, während wir wie neugeborene Lämmer in aller Unschuld im Zickzack gesprungen wären, ohne einander umzustoßen.

Wind kam auf. Erst bemerkten wir ihn fast nicht, nahmen ihn nur als angenehme Kühlung wahr. Als er stärker wurde, zogen wir unsere Jacken an, die wir um die Hüften gebunden hatten. Zweige tanzten durch die Luft, Stuhlbeine, Zaunlatten, ich spürte Schläge am Schienbein und auf dem Rücken, zum Glück traf mich nichts am Kopf. Ich hielt meine Kapuze fest und drehte mich zu den anderen, ging kurze Strecken rückwärts, wenn der Wind seine Richtung unbeherrscht änderte. Dann wehte er aus allen Richtungen gleichzeitig und es war nicht mehr zu verhandeln. Vitalij streckte mir eine

Hand hin. Wir sollten eine Kette bilden. Tanja taumelte von einem scharfen Windstoß angestoßen an meine Seite und ich hakte sie unter. Wo war Iwo? Die Luft hatte sich verdunkelt, teils flogen Rußflänkchen im Wind mit, teils wirbelte frischer Sand, der nicht versengt war. Ich wünschte mir ein Fernrohr, das einen Tunnel ausstechen könnte, in dem ich zumindest einen Ausschnitt würde sehen können.

Wir müssen Iwo suchen, schrie ich Vitalij ins Ohr.

Der wird schon auftauchen, schrie er zurück. – Ich konnte nicht glauben, dass er mehr oder weniger bereit war, Iwo seinem Schicksal zu überlassen. Ich schob Tanja zu ihm. – Halt sie fest! Hörst du? Halt sie fest!

Ich ließ beide los und stapfte mit aller Kraft in die Richtung, in der ich Iwo vermutete. Ich konnte eine Gruppe von Bäumen erkennen, die mir zuvor nicht aufgefallen war. Wenn Iwo die gesehen hatte, würde er sich dorthin flüchten. Iwo war ein Baumtier, er liebte es, gegen einen Baumstamm gelehnt in der Wiese zu sitzen. Er sog den Duft von Pilzen ein, er wischte seine Nase am Moos ab, er schneuzte sich in große Blätter, er ging mit Riesenschritten in die Geheimnisse unmarkierter Wege hinein.

Iwo! rief ich, so laut ich konnte. – Ich kämpfte mich zu der Baumgruppe durch, hochgewachsene Föhren mit dünnen Kronen, die sich dem Wind bereits gebeugt hatten. – Iwo! – Der Wind wischte mir seinen Namen grob vom Mund, wie eine zornige Mutter. Ich hielt mich mit beiden Armen am nächststehenden Baum fest, viel hätte nicht gefehlt und ich wäre hochgehoben worden und wie ein durchgedrehter Zirkusartist waagrecht um den Stamm gekreist. Hätte ich losgelassen, wäre ich in die große Weite hinausgeschleudert worden, je nachdem, raus aus dem Osten in einen noch fremderen Osten oder an einen der beiden Pole oder, undenkliches Glück, heim in den Westen.

Ich begann seltsame Figuren zu sehen, schwer zu entscheiden, ob Männer oder Frauen, sie waren in Lumpen gehüllt, mit mehreren Tüchern umwickelt oder waren das Decken, die Köpfe unter zotteligen Fellmützen. Ich stand weiterhin unter dem Schock des gewaltvollen Wetterumschwungs, durfte gar nicht an die zarten Blüten denken, hoffte auf zwei Wunder – dass sie diesen Sturm überleben würden und dass Iwo aus dem Nichts erscheinen würde. Die Lumpengestalten zogen weiter, ohne sich um mich zu kümmern, vermutlich hatten sie mich nicht wahrgenommen, treckten von einem verlorenen Krieg in den nächsten.

Mir kam vor, ich hörte Tierlaute, ein tiefes Röhren, zu dem ich mir sogleich blutigen Schaum an einer Bärenschnauze vorstellte, eine sich auftürmende Pelzmasse mit erhobenen Tatzen, die spielerisch in der Luft in die Tasten eines unsichtbaren Klaviers hauten, eine Behutsamkeit bei aller Wildheit, das Wilde mehr der Größe geschuldet als einem Willen zur Vernichtung, selbst wenn dieser Bär sich nach links und nach rechts wiegte. Als wäge er ab, wie er den Angriff beginnen sollte, nähme innerlich Anlauf für diese Entscheidung, die mich das Leben kosten könnte.

Nun wurde das Ungetüm kleiner, je näher es kam, das konnte nicht sein, ich war ja nicht verrückt. Oder betrunken.

Fuck off! schrie ich. – Angst hatte ich keine mehr, dafür umso mehr Zorn. – Fuck off, du Scheißbär oder Bojar, zeig dich endlich!

Iwo fiel mir in die Arme, drückte mich, schnaufte. – Wo sind Tanja und Vitalij? Ich dachte, ich würde euch nie mehr finden.

Ich hatte solche Angst um dich, Iwo, solche Angst. Ich habe mich von den anderen getrennt, um nach dir zu suchen.

Mich hat ein ganzes Rudel von – ja, was, die haben mich verfolgt. Wenn sie ganz nahe kamen und mich in die Beine zwicken wollten, gingen sie einen Schritt zurück, nicht Wölfe, nicht Bisamratten, –

Rehe? fragte ich.

Auf keinen Fall. Sie waren grau und fellig –

Wölfe?

Haben wir die nicht gerade ausgeschlossen? Aber wenn du dir sicher bist, Jensi, du hast mehr Erfahrung, ja, Wölfe.

Hat dich einer gebissen? Zeig mir deine Hände! Wir müssen die anderen finden! rief ich.

Wie konntest du sie allein lassen?

Die haben mich allein gelassen, Iwo. Ich hätte verlorengehen können. Gut möglich, dass sie nur ein paar Meter hinter uns stehen und sich einen Ast lachen über unsere Sorgen.

Das würde Tanjuschka nie tun.

Was würde ich nie tun? erklang ihre helle Stimme. – Ich fuhr herum. Da standen sie, die Haare an Stirn und Wangen geklebt, als kämen sie aus dem Meer.

Du würdest Jensi nie allein losziehen lassen, nicht wahr, Tanjuschka?

Nur wenn Vitalij mich dazu zwingt.

Dummerchen, sagte Vitalij mild. Da haben wir die alte Familie wieder beisammen. Das ist Balsam für die rauhe Seele.

Meine Seele ist nicht rauh, protestierte ich.

Sondern? wollte Vitalij wissen.

Meine Seele ist weich und glatt wie die Haut eines Robbenbabys.

Kein guter Vergleich, sagte Iwo und rümpfte die Nase. Du weißt, die haben es nicht so mit der Lebenserwartung.

Stimmt. Meine Seele ist weich wie eine –

– Jungfrauenbrust, sagte Vitalij.

Das ist schön, sagte Iwo.

Hauptsache, ihr fühlt euch wohl, schimpfte Tanja. Kann ich etwas für euch tun?

Wir versagten uns alle eine Antwort.

O mein Gott, seht euch das an! – Iwo zeigte auf das Schauspiel, das sich uns bot. Die Sonne sah wie ein blindes Auge aus, milchig und nach hinten gerollt, zum Kotzen. Es wurde wieder kälter, die vor langer Zeit geflüchteten Vögel schwiegen in voller Lautstärke, ich hätte nie für möglich gehalten, dass man etwas Abwesendes stärker und schwächer vermissen konnte. Etwas so Unpersönliches wie die Sonne, ich rede nicht von Menschen.

Ich fürchte mich vor bildgebenden Diagnosen wie vor nichts sonst, sagte Tanja.

Den Ausdruck kannte ich von meiner Mutter, und er bewirkte ein Erschauern.

Sie hatte mir erzählt, wie sie und ihre Freundinnen vor der Jahrtausendwende ihre aktuellen Mammografien gegen die Sonne gehalten hatten, als die Große Finsternis einsetzte. Mochten andere mit ihren Hollywoodbrillen aus Karton herumalbern, nicht meine Mutter und diese Frauen. Wie ein Chor, der einen himmelhohen

Choral singt, die Notenblätter in ihren erhobenen Händen, waren sie auf jener Wiese gestanden.

Kannst du die Frauen erkennen, fragte Tanja mich. – Ich muss sie verzweifelt angestarrt haben, denn sie kam auf mich zu und beruhigte mich. – Verzeih mir, ich wollte dich nicht erschrecken.

Ich erkenne sie, sagte ich. Oh Sisters of Mercy, ich erkenne euch.

# 10

Es wurde ein heißer Sommer, den wir zumeist in den schattigen Räumen eines Bauernhauses verbrachten, ein unzerstörtes, aus der Zeit gefallenes Steinhaus mit Strohdach. Rund herum standen schlanke Birken, dünne Frischlinge, leicht zu brechen. Die schwarzen Rillen und Striche in der Birkenhaut sahen wie eine Geheimschrift aus. Ich hatte einmal spaßeshalber auf den Websites der Kriegsgräbervereine nach dem ollen Krüger gesucht, der verschollen war. Namenslisten. Herkunftsorte. Zuweilen konnte man Namen auf den Fotos der Gräber entziffern.

Ich wusste, es würde uns schwerfallen, dieses Still-Leben zu verlassen, in dem wir uns einbildeten, keine Sorge um unsere Sicherheit haben zu müssen. Was mir diese Zuversicht gab, war schwer zu sagen, denn jederzeit konnten Hagel und Feuer, die mit Blut vermischt waren, vom Himmel fallen. Ganz zu schweigen von den gesammelten Separatisten, die noch umherziehen mochten.

Etwas Lektüre könnte uns allen nicht schaden, dachte ich und zog meine Flohmarktbeute aus der Jacke, die ich schon fast vergessen hatte.

Liest du uns vor, Jensi? fragte Iwo.

*Tagelanges Vorrücken in der riesigen Weite, niemand kann uns aufhalten. Da sehe ich mich selbst als einen von Tausenden, die mit großen Schritten und wehenden Mänteln den Raum durchmessen, den wir so dringend für unser eigenes Volk benötigen. Dieses Gefühl für weite Räume muss uns ins Blut übergehen. Wir müssen den Deutschen ans Schwarze Meer bringen.*

Wie wir, rief Iwo.

Scht, zischte Tanja.

Ich las weiter.

*Ich sitze auf dem stehenden Motorrad in schwarzer Unterhose, Handtuch über den Schultern, Willi mit der Schere. Er schneidet mir die vorschriftsgemäß blonden Haare. Denkt er an seine Holde? Dort ist unser Versteck, ich habe es für dich bereitet, gleich verschwinden wir. Wohin willst du hier verschwinden. Gut, dass ich meinen Spiegel verloren habe. Das wird zu hoch am Hinterkopf, welche Sorgen hast du denn.*

*Das Getreide. Mancherorts ist die Ernte noch nicht zu Ende. Viele Weizenhalme, von den Bomben zerfetzt, wirbeln durch die Luft, ein Getreidegewitter.*

*Wie lange kann ich mich vor den Erschießungen drücken? Zweimal ist es mir gelungen. Der Offizier hat mich im Auge, beim nächsten Mal gibt es kein Ausweichen mehr. Neulich weigerte sich Sperling, drehte sich, bereits mit der Pistole in der Hand, von den am Rand der Grube aufgereihten Juden weg, warf die Waffe zu Boden und übergab sich. Er stand zwei Meter entfernt und hielt sich die Arme vor den Kopf, sein ganzer Körper bebte. Der Offizier schrie ihn an, er solle sich zusammenreißen, seine Pflicht vor der Heimat nicht besudeln, indem er dieses Geschmeiß nicht der gerechten Bestrafung zuführte. Er wurde von zwei Gefreiten abgeführt. Wir trauten uns nicht zu fragen, was mit ihm geschehen würde. Am Abend war er noch da. Bei diesem Vorfall sah ich die Fratze des 2. Offiziers, wie er seine eigene Pistole zog, an die armen Verdammten herantrat und mit vorgestrecktem Arm schoss, eins zwei drei vier Leute. Als sie nicht sofort in die Grube fielen, trat er nach, und prüfte nochmal, am Rand der Grube, hinunterschießend. In großen Bögen schoss er die Grube ab, als gieße er mit dem Wasserschlauch einen Rasen.*

Ich hielt inne. Das Bild ließ mich nicht los. Tanja hatte die Hand vor den Augen. Ich überlegte, ob ihr das nicht zuviel werden könnte und ich aufhören sollte. Nach ein paar Sekunden las ich weiter.

*Ich bin froh, Willi zu haben. Er ist mir in den letzten Wochen zu einem richtigen Freund geworden, dem ich meine Zweifel anvertrauen kann. Das Misstrauen ist groß, und ich bin von Haus aus nicht jemand, der sich schnell anderen öffnet. Mit Willi ist es anders. Ihn könnte ich mir auch in der Heimat als guten, ja besten Freund vorstellen. Was uns hier zusammengebracht hat, hat ausgereicht, ihn mir ans Herz wachsen zu lassen. Und Gott weiß, was uns noch zusammenschweißen wird, wie lange wir hier aushalten müssen, in einem Land, dessen Menschen in so einem Elend leben müssen, das ihnen als das bolschewistische Paradies beschrieben wird. Die Menschen verstehen das nicht, sie wissen gar nicht, dass sie elend sind, sie kennen nichts anderes. Unter dem Zaren mussten sie sich rückwärtsgehend aus dem Haus ihres Herren hinausbewegen. Wir machen uns keine Vorstellung, was seither mit ihnen geschehen ist, die Hungersnöte, vor allem in diesem Teil, von denen wir ein paar Mal gehört haben. Ein armes, bedauernswertes Volk, das wir erlöst haben, so steht es in den Mitteilungen. Ich möchte es gern glauben. Eines Tages, sofern ich hier lebendig herauskomme, werde ich darüber schreiben, über alles. Es soll Menschen geben, die ein übermenschliches Gedächtnis haben, die ganze Klassiker auswendig kennen.*

Der ist Dichter, sagte Iwo. Er wird einen Roman schreiben. Songs kann ich mir nicht vorstellen, du, Vitalij?

Dichter schreiben keine Romane, Iwo, korrigierte ich ihn. Dichter schreiben, wie der Name sagt, Gedichte.

Das ist traurig. Dichter klingt soviel schöner.

Tanja band ihre Haare zu einem Pferdeschwanz. Iwo sah neben ihr erbärmlich aus mit seinen paar Fädchen.

Das Bleibende stiften die Dichter, sagte ich schließlich.

Sagt wer? wollte Iwo wissen.

Johann Wolfgang Sevtschenko.

Muss man den kennen?

Nee, muss man nicht. Soll ich weitermachen?

Klar. Fing doch erst an.

*Mir scheint, dass meine Wahrnehmung im Augenblick des Geschehnisses selbst trügerisch ist, dass das nicht ich bin, der das erlebt, sondern ein Anderer. Ich war das, was man einen Humanisten nannte, es war ein Spitzname, verächtlich gemeint, weil wir keine Humanisten, sondern Nationalsozialisten sein sollten. Ich konnte von Glück sagen, dass mir mein Spitzname nicht Schwierigkeiten einbrachte oder als Beleg für meine Unzuverlässigkeit ausgelegt wurde. Es hatte solche Vorfälle gegeben, sie wurden als abschreckende Beispiele für Wehrkraftzersetzung bei den Schulungsabenden genannt. Vielleicht werde ich mir selbst alles das, was ich erlebt habe, nicht glauben.*

Ausflüchte, rief ich zornig. Abspalten, das würde euch so passen. Schöne Humanisten.

Aber dass er sich das selbst nicht glauben wird, verstehe ich, sagte Iwo.

Lasst uns aufbrechen. – Ich hörte meine Stimme. Mich trieb es fort von unserer sommerlichen Idylle, der Ort hatte seine Unschuld verloren, hätte ich beinahe gesagt, dabei war vermutlich ich es, dem das wieder einmal passierte. Die anderen hatten nichts dagegen, was mich nicht nur überraschte, sondern sogar rührte.

Versprich uns, dass du später weiterlesen wirst, sagte Iwo treuherzig. Ich versuche ein paar Schritte zu tun, checken, ob ich noch gehen kann.

Nach einer Weile kamen wir an einen Bauerngarten, in dem verschiedenes Gemüse herumhing. Kürbisse, Bohnen, alles reif. Der verkrautete Garten wurde von einem morschen und lückenhaften Zaun mehr freigegeben als beschützt. Ein paar Augenblicke lang bildete ich mir ein, eine alte Bäuerin lehnte am Zaun, hielt sich eine Hand über die Augen, weil die Sonne stärker brannte.

Ich war saufroh, dass es keine nukleare Katastrophe gegeben hatte, sofern wir das wissen konnten. Das andere war schlimm genug, zumindest konnten wir sorglos atmen, das Gemüse aus der Erde ziehen, in die Äpfel beißen, aus dem kleinen Fluss unsere Flaschen nachfüllen. Zugegeben, mitunter wusste man nicht, ist dieser Saum um ein paar Steine am Ufer noch Blut oder schon Rost. Einmal kam mir die Gewissheit, dass das Blut in den Toten rostete. Das war ein paar Tage her, ich erwähnte es nicht. Ich musste an einen Soldaten denken, der am Feldrand einherkam, den Stahlhelm statt auf dem Kopf beim Riemen in der Hand trug, wie ein unschuldiges Mädchen, das Erdbeeren in ihr Körbchen sammelte.

Das Leben war gewiss weiß und blond und schmeckte nach Beerensaft.

Die Sonnenblumen drehten sich müde. Als ich mich mitdrehte, sah ich erst die strohgedeckte Kate. Disteln spielten sich beim Eingang auf, Nesseln klammerten sich an eine Außenwand, das Stroh auf dem tiefhängenden Dach blinkte wie in Bethlehem bei ordentlicher Beleuchtung.

Vitalij schmiss seinen Rucksack ins Gras. – Paradiesisch, diese Ruhe. – Er streckte die Arme aus. – Hier können wir uns taufen. Wo ist der Bach?

Taufen? – Iwo schüttete einen imaginären Krug Taufwasser über einem geschrumpelten Kohlkopf aus.

Jeder einzeln? fragte Tanja. Oder meinst du, wir sollten uns einen Bandnamen geben? Das würde unsere Gemeinschaft stärken?

Ich bin erst mal erschöpft, protestierte Iwo. Ich würde gern einen Aperitif nehmen und mich für eine Weile in den Schatten werfen. Da neben den Sonnenblumen. Die mochte ich als Kind am liebsten, sie waren einfach zu zeichnen.

Schon lag er lang ausgestreckt da und begann sofort zu schnarchen. Iwo hatte mit Sicherheit die kürzeste Einschlafphase beim Menschen. Er tauchte von einer Sekunde auf die andere ab, ohne dass seine Beine zuckten. Es hing davon ab, wie man selbst drauf war, ob man diesen blitzartigen Wechsel ins absolute Desinteresse als Beleidigung ansehen sollte oder, nichts oder.

Gut, dann später, sagte Vitalij. Ist keine schlechte Idee, sich aufs Ohr zu legen. Tanja, passt du auf, dass die apokalyptischen Reiter nicht hier halten?

Wieso ich, wieso nicht Jens?

Weil der in Kürze eingeschlafen sein wird. Kuck dir den an. Du als Frau bist die einzige, der man diese Konsequenz zutrauen kann. Dass du wachbleibst.

Ich hatte Angst, dass Tanja in nächster Zukunft abspringen würde, weil sie es nicht mehr mit uns aushielt. Ich könnte das sehr gut verstehen, bloß: wohin sollte sie gehen? Es gab nur die Option, allein die Reise weiterzuführen, und was das für eine junge Frau bedeutete, musste sie wissen. Wir hatten eine Verantwortung für sie. Genauer gesagt: ich hatte diese Verantwortung. Ich sah Andrij – er legte die Hand auf meine Schulter. Stirb nicht schon wieder, Andrij, du blöder Hund. Einmal ist einmal zu viel. Kannst du das nicht stornieren? Dein Rücktrittsrecht in Anspruch nehmen? Dieses Dead Man Sleeping entspricht in keiner Weise den Versprechungen aus ihrer Werbung für den Heldentod. Vitalisiert und erfrischt die beanspruchte Haut und so weiter. Von wegen.

Ein paar Meter entfernt glänzten zwei Landeflächen, Anthrazit, eine Modefarbe aus traurigen Zeiten. Ich kniff abwechselnd das linke und das rechte Auge zu, ich wünschte mir zwei kühle Gurkenscheiben auf meine Lider, so wie ich es bei meiner Mutter gesehen hatte, die ihre Lachfalten damit entschärfen wollte.

Siehst du das, die zwei Landeflächen?

Was meinst du mit Landeflächen? fragte Vitalij.

Diese grauen Flächen neben den Sonnenblumen.

Wie weit daneben?

Herrgott, wie soll ich das wissen?

Gehört zu deiner Ausbildung, Entfernungen einzuschätzen. Wie konntest du jemals etwas treffen?

Frag Iwo, ob ich jemals etwas getroffen habe. Einmal haben wir zwei Tage und zwei Nächte lang ein Haus beschossen, in dem sie drin waren. Wir haben in Zweiergruppen gearbeitet. Einer sichert, du hebst das Gewehr, bang-bang-bang, zurück, dann das Ganze umgekehrt. Am dritten Morgen ging es ganz schnell. Wir robbten hin, wir waren acht Leute. Mitten in der Kampfschusslinie stand ein Halteverbotszeichen, es hatte keinen einzigen Einschuss. Merkwürdig, dass Verkehrszeichen einen Schutzengel haben. Die Leichen lagen in zwei Räumen. Es war auch aus einem Schlafzimmer geschossen worden, die Patronenhülsen auf dem weißen Bettzeug.

Ist ja gut, Jens, sagte Vitalij.

Er hat mit dem MG geschossen und Kreuzstickerei aus ihnen gemacht, ließ Iwo sich vernehmen, aus tiefem, heißem Schlaf erwacht. – Ich war Zeuge.

Danke, Iwo.

Habt ihr gestritten?

Er sieht Landeplätze, wo ich Blechdächer aus früheren Zeiten sehe, sagte Vitalij.

Wo ist der Unterschied? fragte Iwo. Ich bin heute Ihr Priester. Was wollen Sie beichten?

Iwo klingt wie dein Dorstojewskij, merkte ich an. Hörst du es?

Soul can't take it, sagte Vitalij. Hast du in meinem Roman geschnüffelt?

Er hatte seinen Dorstojewskij mit, ein billiges Taschenbuch, dessen Umschlag sich aufrollte. Ein Ziegel zum Fliegenerschlagen.

Ich mag keine Mystiker, sagte ich. Denkst du, dass es auf der Halbinsel eine funktionierende Buchhandlung gibt? Mit zweisprachigen Werken der besten Dichter? Auf diese Weise könnte ich eine Sprache lernen. Vielleicht haben sie einen neufundländischen Autor.

Aus Novofundlandia, witzelte Vitalij. Super Idee.

Apropos Dichter, sagte Iwo. Ich bin neugierig, wie es in diesen Aufzeichnungen weitergeht. Was meint ihr?

Du bist so ein Netflixer, Iwo, sagte Vitalij. Was soll nur aus deiner Generation werden?

Ich zog den Umschlag aus meiner Jacke und räusperte mich.

*Wir lagen auf dem Bauch. Zuckte einem das Knie, mussten die Sonnenblumen stillhalten, nur bei Treffern fielen sie und waren Gefallene. Man hätte sie nicht zählen können. Uns sehr wohl, über sechzig Kameraden bezahlten es mit dem Leben. Sobald die Feinde abgezogen waren und wir die Höhe gesichert hatten, gingen wir daran, unsere Toten aus dem Feld zu ziehen und in der weichen Erde zu bestatten. Zäune gab es da keine, aus denen wir die Latten brechen hätten können, aber die Birkenstämme, die keine zweihundert Meter weiter einmal einen Waldrand gebildet hatten, konnten wir gut gebrauchen. Dort lagen sie nun, unsere Toten. Die Stahlhelme fanden nicht gleich ihren Ruhepunkt, wenn wir sie auf die Spitzlatte gaben. Sie schaukelten eine Weile. Gerne hätte ich mehr über die Pferde gewusst.*

*Wenn sie eine Fläche reiner Farbe sahen, ein im Wind bewegtes Getreidefeld, waren sie von der Sauberkeit überrascht. Was hatten sie in ihrer Indoktrinierung geglaubt: Dass nicht nur die Menschen, sondern auch die Landschaft schmutzig sein würde? Wenn er sich die Gesichter seiner Kameraden ansah, waren das keine Herrenmenschen. Die geschürzten Lippen des zweiten Offiziers, als er der Reihe nach an die Juden herantrat, die vor ihm knieten. Ihre Hände waren nach hinten gefesselt, alle nackt, auch die Kinder. Am Anfang hatten ihm die*

*Hände gezittert beim Losdrücken. Nachher, als ihm alles durch den Kopf ging, der Gedanke: Dieses Zittern wird ihm bleiben, wird ihn immer verraten. Bis er in das Alter kommt, wo er beruhigt zittern kann.*

Ich hielt inne. Ich legte die Blätter zur Seite und umfasste mein rechtes Handgelenk. Keiner sagte etwas. Schließlich las ich weiter.

*Gestern warteten wir in einem Sonnenblumenwald, schütterer Wald, und die gelben Scheiben über uns hielten still, wanderten nicht mit der Sonne, als wollten sie uns nicht verraten, während von einer Anhöhe auf uns geschossen wurde, wir wie Nester ausgehoben wurden, was wir gern von den Feinden sagen, wieder so ein Nest ausgehoben. Neben mir der aufmerksame, höfliche Gottlieb aus Magdeburg. Ihn hatte ich einmal beobachtet, wie er Nachrichten hörte, höchst konzentriert ins Leere geblickt hatte. Dabei hatte sich sein leichtes Schielen verstärkt, bis man meinte, die Pupillen müssten im nächsten Moment zusammenfinden und er würde eine Salve aus diesem perfekten Mündungsloch hervorschießen.*

*Eine Augenweide: wie schnell die Panzer über die Wiese fahren, sie reiten wie Boote von einer Welle zur nächsten.*
*Der feindliche Panzer brennt, in dem aufsteigenden Rauch springt wieder und wieder eine Figur hoch und löst sich im Rauch auf.*

*Allein oder beinah umstellt, schon einige Minuten aussichtslos gefangen, er hatte es noch nicht begriffen. Niemand hatte es begriffen, auch seine Kameraden nicht, die hinter ihm im Bunker saßen, während er die Nacht absuchte nach einem Geräusch oder einem Funkeln, das den Feind verraten könnte. Der Schnee dämpfte die Landschaft, die nie aufhörte, nur weit vorn gab es diesen minderen Höhenrücken. Von dort oben hatte man den besten Überblick, und tags lagen sie hier wie zum Pflücken, die Weltanschauungskrieger. (Stets zu erschießen sind Frauen, die ...)*

Welche Frauen? fragte Tanja.

Frauen, die nicht ordentlich grüßen? Frauen, die schnarchen? Und dann dieses *stets*. Widerlich ist das, brachte Iwo sich ein.

Und der schreibt jetzt nicht mehr von sich, sagte Tanja.

Genau, Tanjuschka. Der redet in der vierten Person. Vorhin auch schon.

Kannst du einmal, nur einmal, so etwas wie erwachsen sein, Iwo? erwiderte sie.

Wieso? Mir geht das sehr nahe.

Ich meine das mit der vierten Person, sagte Tanja. Du weißt genau, dass es nur drei grammatische Personen gibt.

Okay, Tanjuschka. Ich denke eben mit. Nach meinen besten Möglichkeiten. Sorry, wenn die nicht gut genug sind.

Hört auf zu streiten, sagte Vitalij. Und du mach weiter. Ich mag, wie der schreibt. Auch wenn es aus einem Jenseits der Seele kommt.

*Ein Zug von Gefangenen kam uns entgegen, weithin zu sehen in der Ebene. Es war, als marschierten wir geradewegs in ihr Schicksal hinein. Wir marschierten, sie schleppten sich, und bald würde dieses Gehen ganz ineinander verflochten sein. Etwas zwang mich, den Fremden ins Gesicht zu sehen, wenn sie nicht gerade den Blick gesenkt hielten, ergeben in ihr Schicksal, Selbstgespräche führend über den Sinn ihres Gehens, das sie immer weiter weg von ihrem Zuhause führte. Ein kurzer Blick nur, die Augen, die Gesichter hart, gewöhnt an Schinderei. Wilde Fetzen um den Kopf gewickelt, viele verwundet in schlechtem Schuhwerk oder zusammengebundenen Stiefeln, aber gehfähig. Oder es lag einer am Rand des Wegs, Straße konnte man das nicht nennen.*

*Er schluckte hinunter, seine Kehle war trocken, er wünschte sich einen ganzen Tag Ruhe und Einsamkeit, damit er bis ans Ende der Landschaft denken könnte, alles denken, keine Vorrückungen, keine rückwärtigen Kampfgebiete, er selbst würde die Richtung bestimmen. In der Ferne brannte ein Hof, eine Bauernhütte. Er sah Menschen mit erhobenen Armen, die schrien, er hörte sie nicht. Er hatte so etwas nie sehen wollen, dafür war er nicht erzogen worden, dafür hatten sich seine Eltern nicht bemüht, einen anständigen Menschen aus ihm zu machen, die Eltern mit ihren Büchern, der Vater mit seinem Abendgesicht, melancholisch und im falschen Leben. Nichts als Selbstmitleid war das, die schlechteste Voraussetzung für einen guten Kameraden, der er doch sein wollte, aber nicht für alle, nicht für Jäckmann, nicht für die Bestie Rothholz, nicht für den Pfundskerl Brauer.*

*Wenn die Pferde zugeweht werden, erfrieren sie im Stehen. Sie fallen um. Rund zweieinhalb Millionen Pferde dienen während des Zweiten Weltkriegs in der Wehrmacht. Sie transportieren Nachschub und ziehen Geschütze. Ohne sie könnten wir den motorisierten Krieg nicht führen.*

*Kristalle bilden sich aus dem Blut der Erschossenen, rote Beeren, die wie winzige Lämpchen leuchten.*

Ich holte tief Atem und legte die Blätter zusammen. In meinem Hinterkopf hörte ich Leute applaudieren, als hätte ich in einem Vortragssaal den letzten Satz vorgelesen. Eine Wahnvorstellung, ein Reflex. Tatsächlich war nichts zu hören. Vielleicht würden sie mich nun hassen, den Träger solcher Bekenntnisse, die man sich zugezogen hatte wie eine Grippe. Ich drückte mit Daumen und Zeigefinger gegen meine Augenwinkel, bis mir – ja, Hören und Sehen verging. Das ergab ein leises Lachen.

Wo hast du die her? wollte Vitalij wissen.

Von eurem Flohmarkt.

Die haben nichts mit deinem Urgroßvater zu tun?

Nee, Iwobaby.

Und jetzt?

Ich gab ihm eins der Blätter. – Los! – Ich zeigte es ihm vor. Zerriss ein Blatt in mehrere Stücke und warf es in den Wind. Innerhalb kürzester Zeit hatten wir das wertvolle Konvolut in alle Richtungen zerstreut.

Wo ist Tanja? fragte Iwo nach etwa einer Viertelstunde, die vermutlich doppelt so lang gewesen war.

Vitalij und ich blickten wie die Idioten um uns. Mir war nicht aufgefallen, dass sie weggegangen war.

Wollte sie sich nicht am Bach die Haare waschen? versuchte ich mich zu erinnern.

Wo genau ist der Bach? – Iwo drehte sich nach allen Seiten.

Unten bei den Blechdächern.

Bei Jensis Landeflächen. Los!

Wir gingen gleich los, obwohl es glühend heiß war. Solange wir im Schatten des Sonnenblumenfeldes gingen, war es erträglich. Die Angst, Tanja könnte etwas passiert sein, beschwerte mich. Das seltsame Gefühl, im Wald der Sonnenblumen könnten Separatisten versteckt sein, kam hinzu. Zuweilen hörte ich ein Knacken und

Brechen, und Schritte näherten sich, obwohl ich keinen Körper zwischen den Stämmen sah. Diese Stämme sahen selbst aus, als trügen sie Tarnuniformen.

Nicht lange und wir näherten uns zwei Garagen, deren grüne Dächer einzelne Funken warfen. Zwei Garagen, keine Wohnhütte, kein Steinhaus. Wir betraten die erste Garage, deren Tor uns angähnte.

Tanja!

Mann, wieso erschreckt ihr mich so?

Sie hatte uns nicht kommen gehört. Vor einem Spiegel, der an einem Nagel hing und zum Großteil erblindet war, zupfte sie ihre Haare zurecht.

Hast du dir die Haare gewaschen? fragte ich blöd.

Klar.

In der Garage hing ein Plakat der Mona Lisa. Ein Fahrradschlauch wie ein verrutschter Heiligenschein an einem Nagel verdeckte zum Teil ihr Gesicht. Kabel, eine Brille mit schwarzer Fassung, die sehr neu aussah. Die nahm Tanja und setzte sie auf. Sie drehte sich zu uns. Die Wahrheit und nichts als die Wahrheit war, dass sie fantastisch damit aussah. Ich fand schwarze Brillenfassungen immer schon geil.

Wow, Tanja. Die darfst du nicht mehr heruntergeben, sagte ich. Ist sie geschliffen?

Kann ich mir nicht vorstellen, sagte sie. Ich merke keinen Unterschied.

Bei uns gibt es neuerdings Brillen um zehn Euro, mit modischem Bügel, sieht gut aus. Eine hat einen lachsfarbenen Bügel, das kriegst du nicht aus dem Kopf, da riechst du dauernd den Lachs an deiner Wange. Aber die hier, alle Achtung. Die war nicht billig. – Iwo schaute uns zur Bestätigung an.

Tanja schob die Brille in die frisch gewaschenen Haare und fühlte sich offenbar hervorragend. Ich hätte nicht weit zum Heulen gehabt, weil es so einfach war, die arme Tanja zum Lächeln zu bringen. Ich überlegte, ob Andrij eine Brille gehabt hatte. Nicht dass ich wüsste. Es hatte genügend Freiwillige gegeben, die Kontaktlinsen trugen und sie verzweifelt mit Mineralwasser reinigten. Ich erinnere mich an einen, der mich endlos nervte mit seinen Exerzitien, bei denen ein halber Liter draufging.

Warst du in der zweiten Garage? fragte Vitalij.

Da liegen Kleider rum, sagte Tanja. Muss ein Lieferwagen hier hingeschüttet haben. Sicher wurde ihm die Ladung zu heiß.

Es müssten besondere Kleider sein, gab ich zu bedenken. Was kann an Kleidern zu heiß sein, außer du meinst, sie seien zu sexy.

Sexy fällt mir da nicht als erstes ein, sagte sie.

Wir stapften ein paar Meter weiter. Iwo zog die Tür der zweiten Garage auf. – Das hast du allein geschafft?

Nein, Kommissar Iwo. Ich hatte eine Abteilung Geheimpolizei hier, die waren nur zu froh, endlich einmal sinnvolle Arbeit zu verrichten. Einer wäre beinahe in Ohnmacht gefallen wegen der Hitze drin.

Ist das wahr, hier waren Geheimpolizisten? Menschen? – Vitalijs Stimme klang mehr als mürrisch.

Was denkst du, gibt es Rehe bei der Geheimpolizei?

Nur undercover. Der Gedanke, dass hier unsere Freunde der Doppelten Wahrheit herumwuseln, passt mir nicht.

Stapel über Stapel von Sommerkleidern in allen Farben boten sich dar, mit wenigen Gängen dazwischen, in denen einzelne Stücke lagen. Wir traten näher. Mit

Sicherheit hatte noch niemand von uns solche Unmengen an Sommerkleidern gesehen. Ich hob ein grünes Kleid auf, es war nicht gerade für ein Supermodel gedacht, eher Übergröße oder wie das hieß.

Das ist alles Thirty-Plus, sagte Tanja.

Ha? fragte Iwo, als hätte ihn ein Hitzeschlag getroffen. – Schweiß lief über sein Gesicht.

Andrijs Schwester erzählte mir einmal, dass die Verkäuferinnen bei Thirty-Plus richtige Kotzbrocken sind. Die legten ihr einen unsäglichen dicken Strickrock hin, hellviolett, absolut tödliche Farbe. Sie war sich sicher, die hatten eine Wette laufen. „Kann ich mir gut für Sie vorstellen“, hatte die Kuh gesagt.

Andrij hatte eine Schwester? fragte ich.

Ich bekam ein unendliches Verlangen nach meiner Waschmaschine zuhause in Hamburg. Davor zu sitzen, den Jeans zuzuschauen, wie sie sich hin- und herwarfen, ohne Gewalt. Wir zogen uns schweigend zurück. Es gab nichts mehr zu sagen. Die Kleider hatten uns den Rest gegeben.

Erst als wir wieder bei unserer Strohkate waren, sprachen wir die beunruhigende Geschichte mit den Geheimpolizisten an. Das Ganze hatte schon nach einem Witz von Tanja geklungen. Schon möglich, dass wir ihr mächtig auf die Nerven gingen. Frauen sind anders anders, als man zu wissen glaubt. Und Andrijs Tod steckte uns allen, bis auf Vitalij, in den Knochen. Ich hatte den dumpfen Verdacht, dass Männer sehr viel weniger mitbekamen als Frauen. Es fiel ihnen nicht genug auf, sie durchschauten „Fehler“ und sogar Effekte, die bewusst eingesetzt wurden, weniger. War meine Theorie.

Wir legten die mitgebrachten Kürbisse und den schwarzen Holunder in einer kühlen Nische auf.

Nochmal ganz von vorn, sagte Iwo. – Wie viele waren es, wie sahen die aus, trugen sie Uniformen, waren sie motorisiert, hatten sie Waffen dabei, haben sie dich bedroht?

Hm, machte Tanja. Sehr gute Fragen. Es waren drei oder vier, sie sahen unmotiviert aus. Sie trugen blau-rot-weiß karierte Kunststoffanzüge, wie die billigen Reisetaschen, die man im Osten überall sieht. Sie waren auf braunen Pferden unterwegs –

Auf Pferden? riefen wir.

Könnten das diese berühmten Warlordpferde gewesen sein? hakte Iwo nach.

Keine Ahnung. – Tanja zuckte die Schultern. – Sie waren nur braun, sonst nichts. Pferde wie Reiter waren unbewaffnet. Was noch?

Haben sie dich bedroht?

Sie hätten gern gehabt, dass ich ein paar der Kleider probiere, ich sagte ihnen, das hätte keinen Sinn, wenn es Thirty-Plus-Kleider sind.

Das kennen wir zur Genüge, regte sich Vitalij auf. Ein bisschen Asche, ein bisschen Salz, ein bisschen Schmutz, ein paar Krümel Tabak, und die Brüder drüben lachen sich in die Hosen.

Niemand sagte etwas. Die Luft hatte nur noch eine Restmenge an Sauerstoff. Iwo wischte sich den Schweiß aus den Augen und wurde ihn mit einer zarten Handbewegung los. Insekten hingen in einer Traube am Himmel neben der Hütte. Am Boden verreckte ein auf dem Rücken liegender Käfer. Ich versuchte mich gegen meine aufsteigende Panik zu wehren, indem ich mir ein

Lieblingstier ausdachte, dass ich jetzt gern an meiner Seite hätte. Auf jeden Fall ein Kurzhaar, hochbeinig, warum nicht eine junge Dogge ohne Halsband, ohne Halstuch. Diese sandgrauen Haare, die alle dieselbe Länge hatten. Stets die Vermutung, dass die Intelligenz des Tiers unsere weit übertraf.

Mich brauchst du nicht zu missionieren. Ich bin schon fertig, sagte Tanja.

In dieser Nacht beschlossen wir, im Freien zu übernachten. An ein Feuer war nicht zu denken. Wir dämpften unsere Stimmen. Wir horchten in die Dunkelheit. Tanja hatte den Kopf in den Nacken gelegt, hielt die Augen geschlossen gegen das Mondlicht, als lasse sie sich sonnen. Nicht weit von hier raschelte das Getreide im Feld. Als mir die Augen zufielen, stellte ich mir vor, Tanja tanze mit ein paar Freundinnen in Seidenkleidern auf uns zu.

Tags darauf kam bei den Getreidefeldern etwas in Bewegung.

Schwarze Figuren wanderten gebückt auf der Straße gegen Süden. Eine weit auseinandergezogene Prozession, Frauen mit Kopftüchern, niemand Junges dabei. Neben dem Weg, aber deutlich inmitten eines hoch stehenden Getreidefelds, warf eine Frau die Arme gegen den Himmel. Deutlich langsamer bewegte sie ihren Oberkörper wieder vor, bis ihre Arme zu den Füßen reichen mussten. Gut möglich, dass sie jünger als die anderen war, eine Tochter oder jüngere Schwester. Man hätte meinen können, diese kraftvolle Übung sei ihr von einer Physiotherapeutin empfohlen worden oder gar von einer Wunderheilerin, wie sie hier früher häufig den Leuten das Blaue vom Himmel versprochen hatten. Die anderen ließen sich in ihrer Prozession nicht stören, sie zogen in ihrem altersgemäß langsamen Tempo weiter, bis die Frau im Getreidefeld allein zurückgeblieben war.

Die Versuchung, ihnen hinterherzulaufen, war groß. Ich vermied es, Tanja ins Gesicht zu sehen. Sie hatte die Hände in die Hüften gestützt, und ich dichtete ihr ein Gefangenenschicksal an, das blühende Mädchen, das von einem feindlichen Stamm, dem nur Männer angehörten, entführt worden war und zum ersten Mal Frauen sah, wenn auch alte und traurige. Es gab nichts Schrecklicheres als eine Entführung zu den bösen Männern. Gewiss war Tanja mit schwarzen Träumen aufgewachsen, und die jüngste Gegenwart bestätigte solche Fantasien.

Meistens blieben wir nicht länger als ein, zwei Nächte an einem Platz. Armselige Bauernhütten ohne Ställe und Scheunen, keine abgebrannten Fahrzeuge, die hatte jemand gründlich weggeräumt. Im Gras Panzerspuren, in die Beton gegossen worden war, vor wie vielen Kriegen, wusste ich nicht, sie sahen wie Fossilien aus, Abdrücke von großen Schalentieren, von Hundertfüßlern – ob das nicht eine Panzermarke war? Ich hätte Vitalij fragen müssen. Tanjas wegen unterließ ich es. Im Geist spielte ich eine Partie mit ihm, nach kurzem hatte ich vergessen, wer ich war und wer er. Ich glaube, wir hatten alle Sehnsucht nach rotem Mohn.

Ich konnte meine Träume nicht behalten. Sie zogen die Tür hinter sich zu, sobald ich aufzuwachen begann. Iwo redete von einer Freundin, von der er seit Monaten nichts gehört hatte, wir trauten uns nicht, unseren Verdacht laut auszusprechen. Man durfte nichts Maßloses verlangen, alles war schnell zu viel. Und darunter gings nicht. Nicht lange danach legte er sich einen Lieblingstraum zu, den er tatsächlich mehrere Nächte lang abrufen konnte. Er erzählte ihn jeden Morgen, und wir sollten ihm sagen, ob er diesmal eine Kleinigkeit anders geträumt hatte als die Nächte zuvor.

Vitalij meinte einmal, dass bei einer bestimmten Szene vor drei Tagen eine junge Frau im Hintergrund gelehnt war.

Das kann nicht sein. Wie soll die ausgesehen haben? Blond?

Weizenfeldblond. Wie ein Gebäck.

Da gibt es viele Möglichkeiten, sagte Tanja. Ich glaube, ihre Haare hatten einen satten vollblonden Ton.

Hast du die auch gesehen, Tanja, in seinem Traum?

Danach erzählte Iwo diesen Traum nicht mehr. Wir warteten auf den nächsten, denn Iwo gehörte zu den Menschen, die ohne Träume nicht leben konnten. Er redete davon wie von einem Hobby, was mir eine Gänsehaut über den Rücken zog. Lord, bewahre uns vor Hobbys. Das sagte ich sogar einmal. Und bekam von Vitalij zur Antwort, ich sollte den Mund halten, ich sei ja nur ein Hobbykämpfer, ein Hobbyfreiwilliger.

Und du? Willst ein Dichter sein? Habe lang kein Gedicht von dir auf eine Scheunenwand genagelt gesehen.

Die sind alle verbrannt, believe me. Gedichte halten nur in der Stadt.

Über den großen Himmel leuchteten Blitze, ich wartete auf den Donner, es kam nur Motorenlärm, und der war eine Halluzination. Ich wusste, es gab einen genauen Begriff dafür. Vitalij schreckte aus dem Schlaf hoch, fasste mich am Ärmel.

Zirka komisara.

Alles gut, Vitalij.

Ich hatte ihn länger nicht schreiben gesehen. In den ersten Monaten hatte er Notizen gemacht, die gut und gern Gedichte sein konnten. Seit einigen Wochen tat er es entweder, während ich schlief, oder er hatte damit aufgehört. Das würde seine Gereiztheit erklären. Mir selbst war nicht mehr nach Aufzeichnungen zumute. Welche Sprache fände sich wohl dazu bereit? Ich konnte mir keine vorstellen.

Mit der Zeit hatte ich Sehnsucht nach etwas Farbigem, das durch die Luft segelte und in einem Gebüsch hängenblieb, dünne bunte Einkaufssäckchen anstatt tibetanischer Fahnen, die man hier nicht bekommen würde, sogar ein grüner Düngersack wie ein Zeppelin über einem Baum wäre mir eine erwünschte Abwechslung gewesen. Ich hatte einen Sonnenbrand im Gesicht, auf den Händen rote Flecken. Gedanken an Wunden und Heilung, Brüche und Schorf geisterten durch mein Gehirn.

Bleibt einmal ganz ruhig stehen, sagte Vitalij, nachdem wir eine Weile in den neuen Tag marschiert waren. – Spürt ihr etwas unter euren Füßen?

Tanja schüttelte nur den Kopf.

Ich stehe auf einer Wurzel, sagte Iwo und suchte sich eine andere Stelle.

Ich horchte konzentriert unter meine Fußsohlen hinein. Der Wind mal leicht, mal kräftiger. Wir standen da wie auf einem Plattencover, vier Leute in loser Verteilung, alle in dieselbe Richtung blickend. Ein paar Fädchen von Iwos Pferdeschwänzchen im Wind, ein paar Locken von Tanja, alle von einem starken Willen positioniert. Unvorstellbar, dass einer ausscheren und aus dem Bild gehen könnte. Jedem würde etwas fehlen, das über seine eigene Person hinausreichte.

Das Blut war aus Vitalijs Wangen gewichen. Er schien mehr und mehr in sich zu versinken, als spiele in seinem Inneren ein unsichtbares Instrument. Als singe der Schmerz dieser unter dem blassen Gras so dunklen Erde in ihm.

Keine zehn Meter entfernt warteten entkleidete Opfer, sagte er. Rundum bewegten sich die Gräber und schrien, während jemand ein Huhn grillte. In den Schießpausen musste der Hunger gestillt werden.

Er sprach pointiert, kommentierte eine Dokumentation. Sprach zu Bildern, die er sah und die wir sehen sollten. Ich wusste nicht, wie ich den Einstieg in seinen Film schaffen könnte, fürchtete, jemand könnte eine dumme Bemerkung machen. Ich hoffte inständig, dass Vitalijs Gesichte, so nannte ich sie, uns nicht auseinandersprengten. Nicht, bevor wir unser Ziel erreicht hätten, nicht, bevor wir in die letzte Strecke unserer Welt- und Wallfahrt eingetaucht wären, hinüber zur Halbinsel oder bis zu ihren weißen Klippen, an die das helle Meer schlug.

Wir schritten auf ein Dorf zu, eine Ansammlung von Holzhäusern. Die Dächer intakt, die Wände aus Baumstämmen, an den Ecken über Kreuz gelegt, solide errichtet von wahren Künstlern ihres Fachs. An den Zäunen blühten rosa Rosen, eine vorherrschende Sorte. Sicher waren alle Kleiderschürzen der Frauen aus einem einzigen Stoff geschneidert.

Dornröschen, sagte ich zaghaft.

Nein, Jensi, du meinst Roswittchen.

Sollst leben, Iwo.

Als wir den Vorbau eines Hauses betraten, lagen da mehrere Stiefel auf einem Haufen.

Frauenstiefel, sagte Tanja.

Vitalij ging voran und stieß einen Schrei aus. Tanja drückte sich im Vorbau an die Wand, Iwo und ich stapften zögernd an ihr vorbei in den Raum. Drei nackte Frauenleichen nebeneinander, als sollten weitere kommen. Eine lag seitlich, ein Knie angezogen, als wollte sie davonsprinten. Die beiden anderen Frauen auf dem Rücken, der Kopf der älteren mit weit aufgerissenen Augen zur Seite, die Arme vor der Brust über Kreuz mit einem Kochlöffel in den gefalteten Händen. Der Kittel hochgeschoben. Ich brachte es nicht zusammen, mir die jüngere Frau anzusehen, ich drehte mich um und schob Tanja aus dem Vorraum. Iwo kam mit Vitalij heraus, und wir brachen sofort auf.

Beim übernächsten Gebäude hielten wir an. Es musste ein Gemeindeamt gewesen sein. Wie durch ein Wunder unversehrt hing ein Plakat an der Tür, das einen Kommissar in Uniform zeigte. Er saß ruhig, fast könnte man sagen schicksalsergeben, auf einem Abhang, einen Ausdruck um den Mund: vorbei. Ein ebenmäßiges Gesicht, Vollbart, die Arme auf den Knien, roter Kommissarsstern am linken unteren Ärmel – ein Aufruf, sich den Separatisten anzuschließen, konnte das nicht sein, eher diente es zur Abschreckung. War das der Kommissar aus Vitalijs Traum?

Lange Zeit redete niemand. Wir schritten aus, so rasch wir konnten. Ich kam mir vor, als liefe ich auf einem endlos rotierenden Laufband. Wir näherten uns einer Stadt. Die ersten Gleise seit einer Ewigkeit, überwachsen und lange nicht mehr befahren. Maschendrahtzäune, verfallende Werkshütten, WC-Kabinen mit eingetretenen Türen, an den Rändern aufgefressen vom Plastikkrebs.

Der Schlot dort hinten, da muss eine Fabrik sein, sagte Iwo.

Dieses Gebäude dort könnte eine Unfallklinik sein, gab ich zurück.

Mal glaubten wir, auf ein Konservatorium hinzusteuern. Mal sahen wir eine Grundschule mit drei verschieden hohen Volleyballnetzen an der Außenwand. Ästhetisch anspruchsvoll war das nicht, aber es holte uns ins Leben zurück.

Seht ihr das? fragte ich.

Was?

Dieses Denkmal, auf dem Sockel.

Es ist nur ein Kopf.

Ziemlich großer Kopf, sagte Iwo. Ach, der.

Ein Leninkopf erhöht auf einem Sockel, das Wangenfleisch weg, nur die Schädeldecke und die Stirn bis zur Nase waren vorhanden, ein Metallstab mitten durch den Kopf hinauf. Der Schädel sah wahrhaftig wie ein Totenkopf aus, der erhalten werden sollte, weil er ein letztes Zeugnis vor einer historischen Zeitenwende darstellte. Wir wussten natürlich, dass solche Köpfe über ganze Länder hinweg implantiert worden waren. Durchaus denkbar, dass sie einmal per Gesetz verboten werden könnten. Ich stellte mir vor, unser Kopf grinste mich kieferlos, wie er war, aus einer Vitrine in einem Völkerkundemuseum an, schauerhafte Trophäe, in ferner Zukunft ewiglich missverstanden, die Provenienzforschung würde sich damit abmühen.

Auf dem Boden aufgebrochener Beton, Gras, Haufen von Brettern. Neben der Büste ein Holunderstrauch, im Hintergrund erkannten wir verlassene Plattenbauten, die läppisch wirkten im Vergleich zu dem ramponierten Leninkopf. Über den Horizont rannten untreue Wolken.

Wir könnten ihm ein paar Blumen in die Kieferhöhle legen, sagte Iwo.

He, Dreckskerl, erzähl uns etwas, sagte Vitalij. Wie wars im Zug von Zürich nach Hause, hattest du Angst, nicht mehr rauszukommen? – Er tanzte um den Sockel, boxte sich mit Lenin. Schlug mit der Hand auf seiner Luftgitarre harte Riffs, sang aus vollem Hals eine böse Hymne, von der ich nur wenige Worte erfasste, darunter die Bezeichnung für Schweinefett und etwas wie der dritte Weltall-Kongress. Ich meinte zu hören, dass Arbeiterinnen die Buchstaben des Namens Wladimir mit rotgefärbten Kufen an ihren Schlittschuhen ins Eis fuhren. Aber das ging über mehr als eine Zeile.

## 11

Unsere sich überschlagenden Fantasien über diese Stadt erwiesen sich als genau das. Fantasien. Menschen sahen wir keine. Gut möglich, dass wir uns in einem früheren Sperrgebiet befanden. Ich wartete darauf, einer wildgewordenen Selbstschussanlage gegenüberzustehen, gar auf eine Tellermine zu treten, die sich als Riesendistel ausgab. Bilder von durch die Luft fliegenden Gliedmaßen zogen mir durch den Kopf, falsch: von *meinen* fliegenden Armen und Beinen und Köpfen und woraus ich sonst bestehen mochte.

Allmählich veränderte sich die Umgebung ins Ländliche. In der Landschaft zogen sanfte Wellen auf.

Dort! Das kleine Haus, rief Vitalij dann plötzlich.

Ich sah es erst nach ein paar Metern. Es war mit grauem Stroh gedeckt, schmiegte sich in eine Kuhle. Wir wurden fröhlich, unsere Schritte desgleichen. Wir schauten uns an, als hätten wir in der Lotterie gewonnen. Vitalij musste hüpfen, kann sein, dass er für etwas trainierte, eine Karriere, die er uns verheimlichte.

Wir anderen liefen in Serpentinen den Hang hinunter. Ein paar Mal kreuzten sich unsere Wege. Tanjas Haare flatterten im Wind. Iwo rempelte mich nicht an, wich elegant aus. Das letzte Stück sprang ich und landete beinahe in einem überwucherten Blumengarten.

Ist da jemand? fragte Vitalij.

Auf einem Tisch vor dem Haus lagen Äpfel, rund um den Stengel fleckig, wie das Maul der schwarz-weißen Katze, die daneben saß.

Ich klopfte an die Haustür. Als sich nichts rührte, trat ich ein. Hausgötter, die ich im Dunkel nicht sehen konnte, verströmten Lavendelduft. Zwei Leute redeten, eine Frau und ein Mann. Über verschwundene Bewohner. – Am Abend waren sie noch da, während der Nacht verschwanden sie, sagte eine Stimme.

Kommt ihr, rief ich über meine Schulter.

Iwo schob mich weiter. Die Stimmen waren weg. Mir blieb nichts anderes übrig, als an die offenstehende Stubentür zu klopfen. Ich trat ein. Ich hatte keinen Auftrag hier.

Was ist, Jensi?

Iwo schob sich an mir vorbei in das Zimmer. Er ging umher, zog eine Tischlade auf, Besteck rumpelte. Als er einen Radioapparat einschaltete, kam wüstes Geplärr heraus, ein Milizsender? Die Separatisten? Selten hatte ich Leute so grässlich sprechen hören, aber das kam von den Störgeräuschen und dem schlechten Empfang.

Mach das aus, rief ich.

Jetzt will ich den Rest auch wissen, sagte er.

Mir reicht es. – Ich sah zu, dass ich hinauskam in die Sonne, zu den Äpfeln, zu der Katze. Zu Tanja und Vitalij. Um die anderen nicht zu beunruhigen, behielt ich diese Stimmen für mich. Meine Sinne würde ich nicht dadurch beschwichtigen, dass ich das, was ich gehört hatte, hinausposaunte. Die Engel mit den Posaunen fielen mir ein, das war unvermeidlich, zum Glück sagte mir dieses abgegriffene Bild fast gar nichts mehr, es blieben leblose

Steinfiguren auf einem sehr fernen Kirchenbalkon, über dessen Balustrade sich Touristen gefährlich weit hinauslehnten. Die Katze mit dem lustigen Gesicht strich um meine Beine, ich hätte gerne keine Stiefel angehabt, um sie besser zu spüren, nicht nur das kleine Gewicht. Ich hob sie auf und setzte sie auf den Tisch. Tanja streichelte sie vorsichtig mit dem Rücken ihres Zeigefingers.

Ich strich ihr über das Fell.

Ich ahne, was sich hier abgespielt hat, sagte Tanja. Ein Wunder, dass die Katze überlebt hat.

Und nicht schlecht, sagte Vitalij. Verhungert sieht die nicht aus. Wer kann sie gefüttert haben?

Niemand kann sie gefüttert haben, weil alle verhungert sind. Wenn sie die Kraft gehabt hätten, hätten sie die Katze verzehrt. So war es wohl umgekehrt.

Du meinst … Ich konnte den Satz nicht zu Ende führen. Als sie ihre kleine Schnauze an meinen Handballen schmiegen und mich beißen wollte, zuckte ich zurück.

In diesem Augenblick kam Iwo aus dem Haus. Er war bleich, sein Haar hatte jegliche Ähnlichkeit mit Menschenhaar verloren. War ihm der kleine Gummiring abhanden gekommen, mit dem er sonst seinen mickrigen Pferdeschwanz zusammenband? Die Strähnen waren ausgetrocknet wie das Haar von toten Pferden. Seine Augenbrauen zur Unsichtbarkeit gebleicht.

Um Gottes Willen, Iwo, rief ich. Was ist los mit dir?

Er schleppte sich zur Bank beim Tisch, tappte nach der Katze.

Besser nicht, warnte ich ihn.

Er ließ die Hand vom Tisch fallen. Tanja setzte sich zu ihm und umarmte ihn. Sie flüsterte auf seine Wange, bis er wieder etwas Leben im Gesicht hatte. Sie beachtete uns nicht im geringsten. Nach einer Weile ging es ihm besser, er richtete sich auf und schaute umher. Die Stimmen. Iwo musste sie auch gehört haben.

„Wir hatten uns der Kollektivierung verweigert und bereits den Großteil unseres Getreides abgegeben, nur behalten, was uns ein paar Tage Überleben sicherte. Seit einem Jahr hatten wir die Quoten nicht erfüllt, die immer größer wurden, je mehr man uns wegnahm. Danach holten sie unsere einzige Milchkuh. Als die Bolschewiken kamen, zogen sie unserer kleinen Tochter, die nur noch Haut und Knochen war, mit der Peitsche über das Gesicht, weil sie ein paar Getreidekörner aufheben wollte."

Iwo schlug die Hände vor das Gesicht und fing zu weinen an.

Es ist zu spät, sagte ich. Wir können ihnen nicht mehr helfen.

Lass uns gehen, Iwo, bat Tanja. Wir müssen weg. Hier vergeht die Vergangenheit nicht.

Wir versuchten, die Beklemmung abzuschütteln, von der wir alle ergriffen waren. Tanja machte Lockerungsübungen für ihre Schultern, breitete die Arme weit aus, ließ sie kreisen. Iwo imitierte sie, hinter ihr her tänzelnd. Wie so Vieles sah es bei ihm wie eine Persiflage aus. Ich schlug ein paar Räder und war stolz auf meine Oberarme.

Seht euch den Himmel an, sagte Vitalij.

Wir blickten alle hinauf. In diesem Augenblick erschien eine Karawane von weißgekleideten Figuren am äußersten westlichen Rand des strahlend blauen Himmels. Sie veränderten fortwährend ihre Gestalt, verwandelten sich von einem Seepferdchen im aufrechten Gang zu einem hüpfenden Kind zu einem Esel, der den Kopf hochwarf, so dass ich ihn schreien hörte. Tanja fasste mich am Arm. Ein blühender Baum mit großer Krone, eine Kastanie oder Pappel, neigte sich, um im nächsten Moment als Dromedar weiterzugaloppieren, die zwei Höcker im Auf und Ab der Wüstenfauna, ehe es sich niederkniete und ihm zwei Schweine entsprangen. Es roch nach orthodox Gepökeltem.

Die Schweine lösten sich in eine Parade tanzender Kekse auf, Kekse mit Armen und Beinen und Mützen, die zu Zahnrädern wurden und sich über den Himmelsboden fortmühten. Mir wurde schwindlig, es sollte aufhören, es sollte im scharfen Licht der Sonne verdampfen, dieses ganze Narrengehopse und Metamorphosengetue, diese bekloppte Show aus den Laborküchen des Irrsinns. Grottenbanal. Ich drehte mich weg.

Vitalij lachte. – Wie heißt bei euch die Suppe, in der Buchstaben drin sind?

Alphabetsuppe, sagte ich.

Ich glaube, das kyrillische Alphabet schmeckt besser.

Sicher. Du meinst, da oben läuft ihnen ihre besondere Suppeneinlage weg? Ist es das, was du sagen willst? rief ich.

Du hast den Blues, Mann. Ich rate dir, hör auf damit, now!

Denkt ihr, wir sollten eine Familienaufstellung versuchen? fragte Tanja.

Wie sollte das möglich sein, Tanjuschka, fragte Iwo ganz milde. Diese Alphabetfamilie da oben wird den Teufel tun und zu uns heruntersteigen, damit wir Familien aus ihnen bilden.

Nicht ganz so, Iwo. Wir vier sollten uns als Familie begreifen und sehen, was wir projizieren. Welche Rollen wir einnehmen.

Das weiß ich auch, ohne dass ich mich beschissen in die Gegend stelle. Wieso vertragen wir uns nicht einfach?

Schüsse! In einiger Entfernung spritzte die Erde vom Boden auf. Wir kauerten uns nebeneinander hin. Da kam ein ganzes Bataillon, mit tiefen weiten Schritten, ihre Gewehre nach links und rechts schwingend. Allem Anschein nach handelte es sich um keine modernen Waffen, das war eine historische Armee, eine Inszenierung, waren wir in Dreharbeiten geraten? Waren das etwa Bauern, die mit der Hand säten auf die archaische Art, jede Handbewegung im Einklang mit einer bestimmten Schrittlänge?

Wie auf einer Drehbühne kamen Soldaten nun vom Westen auf uns zu, wir rückten um neunzig Grad weiter, so dämlich das war, es blieb uns nichts anderes übrig. Hier waren Männer mit Wurfgranaten. Das Irritierende an ihnen war, dass wir nichts hörten außer einem leisen Pochen, als meldeten sie sich nur mal mit ihren Knöcheln an der Tür. Ehe ich darüber nachdenken konnte, schlugen die Granaten mit vollem Karacho ein. Wir hielten uns die Ohren zu und fielen hintenüber, krochen auf allen Vieren davon.

Wir teilten ein Schicksal. Bis zu dem Zeitpunkt, da einer von uns sterben müsste, im Kampf fallen für Van Morrison & Vaterland oder wie das hieß, gehörten wir zusammen. Es würde aber keiner vor dem anderen sterben. Ich meinte zu wissen, dass wir das längst in uns trugen, einen gemeinsamen Tod.

Ihr habt sie doch nicht alle! schrie Iwo. Er sprang auf und rannte mit hoch erhobenen Armen ins Granatenfeuer. Ich rief ihm etwas nach, an die Angreifer gerichtet, Worte von solcher Intensität, dass ich sie nicht begriff, dass der Inhalt bedeutungslos wurde. Ich wusste nicht, ob mich jeder einzelne dieser Shitstormer hören würde. Ich schrie mir die Seele – oder so – aus dem Leib.

Es soll Menschen gegeben haben, die Feuer durch ihre beschwörenden Verse löschen konnten, die mit ihren Worten allein die Flammen in ihren Herd zurückdrängten. Hätte ich es nicht mit meinen eigenen Nordseeaugen gesehen: Iwo stolperte auf uns zu. Ein Pferd lief durchs Feld, die Zügel hingen herunter. Iwo nahm keine Notiz von dem Tier, das seine eigene Mission hatte. Gern hätte ich dem Pferd etwas zugerufen, aber ich musste Iwo in Empfang nehmen, der mit einem leeren Blick auf mich zu taumelte. Ich umarmte ihn, spürte, wie er zitterte.

Iwo, murmelte ich. Wir müssen gut auf uns aufpassen. Sieh mal nach Olga, hm?

Kaum hatte ich den Satz gesagt, schlug ich mir auf den Mund, aber es war zu spät. Olga konnte diese Erschütterung nicht überlebt haben. Iwo fasste sich an die Brust und klappte die Tasche auf.

Olga, schläfst du? flüsterte er. Dann störe ich nicht weiter. – Sie schläft. Ich glaube, sie hat einen gesunden Schlaf, und wenn mich nicht alles täuscht, sweet dreams.

Mit diesem friedlichen Bild setzten wir uns wieder in Bewegung. Stumm zogen wir dahin. Mehr als einen halben Vollmond brauchte ich nicht, um mich nachts zurechtzufinden, entscheidend war die Intensität des Lichts. Hatte ich früher vor dem Einschlafen eine Stunde im Bett gelesen? Nun genügte mir die fliehende Schrift der Wolken, ihre Groschenromanzen von schnellen Autos und weißen Mänteln, die großen untreuen Gesten, wenn sie sich zum Sunset Strip färbten und Meereshorizont spielten, und etwas später musste ich aufpassen, um nicht an Schwangerschaftsstreifen zu denken, wenn sie sich rippten und rippten, mit dem neunmonatigen Mondbauch dahinter. Mit weiten Armen teilte ich das mystische feministische Gestrumpfe und Gewölk auseinander und atmete freier – ach Tanjuschka, legte ich Iwo in den Mund, rede mir bloß nicht von Kindern.

Wir schliefen nur ein paar Stunden, standen früh auf. Starvation Ghetto, las Vitalij auf einem Schild, das am Rand eines Feldes eingepflockt war. Auf dem Schild war das Land aufgezeichnet, die Grenzen von Stacheldraht umgeben, viel zu große Knoten hineingeknüpft, als habe ein Kind diesen Zaun gemalt. Vitalij deutete auf die Namen der Städte, keine der größeren fehlte. Zwischen den dicken Städtelettern mussten tausende Dörfer verborgen sein, entvölkerte, denn ausreisen durften die Bauern nicht, sie sollten auf den Straßen verhungern und von staatlichen Transportunternehmen eingesammelt werden.

Je ne regrette rien! rief Iwo.

Wie schön das klingt, sagte Tanja. Ich wusste gar nicht, dass du Französisch draufhast.

Ehe sie mir bei der Bundeswehr kündigten, hatte ich die Bibliothek in der Kaserne einmal hinauf- und hinuntergelesen, nicht die paar friedenssichernden Pamphletchen und die kunstlosen Anti-Anti-Anthologien, sondern Memoiren der Rückkehrer, Bücher wie *Bis zum Hals im Pripjet*, *Tigerstellung*, *Im Rückwärtsgang aus der Zitadelle*, säuberlich in Plastikfolie eingeschlagen mit vergilbten Entlehntabellen, in denen violette Stempel sich wie chinesische Teller stapelten. Knigges für das Verhalten in Sumpf und Schilf, die Schuhgrößen moorgängiger Sandalen aus Rinde. Ich müsste lügen, wenn ich behauptete, das hätte mich alles kalt gelassen.

Nehmen wir einmal an, ich stieße auf das Grab des ollen Krüger. Es wäre vergessen worden, von der Kriegsgräbercaritas verschlampt. Erst durch die Ereignisse des letzten Jahres wäre das Grab freigelegt worden, aus einer Verschüttung an die Oberfläche gesprengt von den Separatisten mit ihren Totenkopf-Tattoos am Oberarm. Würde ich die Nase in den Wind halten, die Augen schließen, mir eine Stimme ausmalen, die zu mir aus der Tiefe spräche – welchen Bären würde er mir aufbinden wollen? Zwei Fragen musst du mir beantworten, ehe ich mich auf ein Gespräch mit dir einlasse. Was war deine bevorzugte Methode? Mussten sie sich am Grubenrand aufstellen und du hast sie hineingeschossen? Oder wurden sie im Laufschritt zur Erschießungsstätte getrieben, in die Grube gestoßen und im Fallen erschossen?

Brems dich ein, Jensi, du läufst uns allen davon.

Brems dich ein, Jensi, rief mir jemand zu.

Wenn mich nicht alles täuscht, regnet es dort drüben vor den Hügeln, sagte Tanja.

Das bedeutet, dass der Schlamm bald kommen wird, sagte Vitalij.

Ja und? Dann umgehen wir ihn eben, sagte Iwo.

Den Schlamm kannst du nicht umgehen, Baby. Das steckt in dem Wort drin, es bedeutet „das umfassende Ungeheuer“.

Das umfassende Ungeheuer, sinnierte Iwo. Kenne ich nicht. Ich kenne woman driver, Ungeheuer, aber das sagt man nicht mehr.

Mittlerweile regnete es auch bei uns, als hätten wir den Wetterumschlag herbeigeredet. Ich schaute auf den Boden, den Sand, das Gras, wie lange würde es brauchen, bis es sich vollgesogen hatte und das Wasser zu steigen begann?

Bindet eure Stiefel zu, sagte Vitalij, wenn ihr nicht wollt, dass der Schlamm sie euch auszieht. Knöpft eure Jacken bis zum Hals hinauf. Wir hätten an Mundschutz denken sollen.

Der würde doch sofort nass vom Schlamm? sagte Tanja. Sollten wir nicht besser Gasmasken anziehen?

Iwo schnürte pantomimisch seinen Rucksack auf. – Zu dumm, sagte er. Habe ich glatt meine Gasmaske nicht eingepackt gestern abend. So ein Leichtsinn. Hast du deine mit, Jensi?

Nee, wozu denn. Wir haben bisher alles ohne etwas geschafft.

Das ist ein Wort, Jensi. Lass uns weitergehen.

Er winkte mir mit dem Ellbogen in der Höhe, und ich konnte seinem gesunden Instinkt nicht widerstehen. Der Sprühregen kratzte mich nicht, im Gegenteil, ich hatte das Gefühl, endlich von allem Staub und den blöden Gedanken gereinigt zu werden.

Was singen wir, wenn wir mit unseren Pferden und Gerät im Schlamm versinken? fragte ich Iwo.

Etwas von Muddy Waters. Der hat als Kind so gern im Dreck gespielt.

Berühmter Befehl zur Schlammperiode: Soldaten, kämpft mit letztem Einsatz um jeden Fußbreit Boden, entgegnete ich.

Wie geht das im Schlamm?

So alberten wir eine Weile in den Tag hinein und kümmerten uns nicht um Tanja und Vitalij. Allmählich wurde uns klar, dass der Boden etwas von uns wollte und uns nicht mehr so mühelos freigab wie bisher. Unsere Stiefel rülpsten schmatzende Geräusche, wie man sie von verregneten Nachmittagen kennt, an denen der Zirkus in der Stadt gastiert und man um die Waggons der Tierschau mit den traurigen Löwen stapft.

Hörst du das, Jensi?

Iwo hielt mich am Arm. – Denkst du wie ich, dass das nur aufhören kann?

Und nicht was?

Und nicht schlechter werden.

Sha-la-la, la-la, sagte ich.

Soll heißen?

Es ist mein neues Pausengeräusch.

Habe ich auch eins?

Das musst du selbst wissen, Iwo.

Er beschrieb aus den Hüften heraus mit seinem Oberkörper nachdenkliche Kreise, ohne sich vom Platz zu bewegen.

Was soll das? Spinnt ihr? mischte Vitalij sich ein.

Nein, Iwo sucht sein neues Pausengeräusch.

Tanja lachte wie ein Glöckchen. Kein Totenglöckchen, nein. Sie klang, als stoße ihr Lachen mit sich selbst auf dieses herrliche Leben an, ein Leben mit zwei dummen Männern und einem vernünftigen. Ich hoffte, dass Andrij ihr aus der Ferne zuhören konnte und sich darüber freute.

Gut eine Woche später kamen wir an einen Fluss, der nicht sonderlich viel Wasser führte. Wir waren alle wieder gute Jungs, bis auf Tanja. Sogar der Fluss bemühte sich. Nachdem wir eine Weile am Ufer entlang gegangen waren, uns durch Schilf im Trockenen und Sandhügel geplagt hatten, wurde uns klar, dass wir den Fluss überqueren mussten. Vielleicht war es nur eine Furt.

Was, wenn er vermint ist? gab ich zu bedenken. – Der olle Krüger hätte gewiss eine Einheimische hinübergeschickt, die ihre Kleiderschürze hochhalten musste bis über die Knie. Die ließ er durchwaten, Pech, wenn es sie zerreißt, Pech, wenn sie es unbeschadet übersteht, es gibt solche Schicksale.

Das kann nicht sein, rief Iwo und rannte mit Groucho-Marx-Schritten die Düne hinunter. Fast wäre er an einem pinkfarbenen Schlauchboot vorbeigelaufen, weil ihn der Sand so beschleunigte. – Ein Donaueschingen Star, Ladies Edition, kam vor einem Jahr heraus!

Wir purzelten über die Grasbüschel im Sand. Es war tatsächlich ein richtiges Schlauchboot, wie aus dem Ei gepellt, pralle Arme und Schenkel, geile Nähte, mamma mia, ich zog den Hut vor den Donaueschingern. Die waren nicht umsonst vor tausend Jahren bis zur Halbinsel gepaddelt, unaufhörlich die Donau hinunter, unbeirrt von Hunnenhochzeiten und anderen Muskelkrämpfen. Ich klopfte dem Boot ganz korrekt auf den Hintern und schämte mich nicht.

Was für Glückspilze wir sind, sagte Tanja. – Wie viele Personen kann es aufnehmen?

Vermutlich drei bis vier, sagte Iwo. Das spielt alle Stücke. – Er zog an einer Schnur, die entlang der Längsseite verlief und durch mehrere Ösen geführt wurde.

Wozu dient die Schnur, Iwo? Ist das eine Nixenleine für überraschend auftauchende Gäste? fragte ich.

Seht ihr das? – Tanja zeigte auf eine pinkfarbene Plastikflasche. – Wie aufmerksam!

Vorsicht, es könnte eine Flaschenpost sein, sagte Vitalij.

Mit einem Gedicht von dir drin, oder was? fragte Iwo. Von einem Fan? Ich wusste nicht, dass du so berühmt bist.

Ich bin mir nicht sicher, ob das eine gute Nachricht ist, sagte Vitalij und öffnete die Flasche. Mit spitzen Fingern konnte er ein zusammengerolltes Stück Papier herausziehen. Es hatte Fettspuren, das sah man gleich.

Mensch, lies endlich, drängte Tanja.

Er rollte die Nachricht ein paar Mal auf, bis er es schaffte, dass sie nicht zurückkringelte. Als er das Papier umdrehte, um es uns zeigen zu können, fiel es zu Boden. Iwo bückte sich, hob es an einem Ende auf, mit zwei Fingern, als sei es vergiftet.

Sakrament, fluchte Iwo. Es schnappt richtig nach mir. Das werde ich dir abgewöhnen, du Saulusevangelium!

Iwo, bitte, reg dich nicht so auf. Das ist es alles nicht wert, beschwor ich ihn und nahm ihm mit aller Vorsicht das Papier aus der Hand. Mich biss es nicht. Vorläufig.

Tanja legte den Zeigefinger an ihre Lippen, ich spürte ihn auch auf den meinen. Ich fühlte Tanjas Finger, musste mich beherrschen, den Mund nicht zu spitzen. So gerne hätte ich ihre Hand genommen, den ganzen Handrücken abgeküsst und mit meiner Zunge zwischen den einzelnen Fingern ein wenig Nachdruck erzeugt. Beinahe hätte ich vergessen, dass ich es war, der das Blatt hielt. Ich schluckte und las vor.

„Danke für deine Liebe."

Drei Personen, nicht mehr, sagte Iwo.

Einer muss zurückbleiben, schlug ich vor

Olga kommt mit, sagte Iwo. Das ist nicht verhandelbar.

Klar. Fahren wir zweimal zu zweit oder einmal zu dritt plus einmal einer plus Olga?

Topp, es gilt! sagte Iwo und wir gaben uns High Five. – Olga und ich fangen an.

Hmm, machte Vitalij. Hmm.

Hmm, machte auch Tanja.

Iwobaby, du müsstest sofort zurückpaddeln, weil wir auf unserem Ufer kein Boot haben.

Iwo schlug sich so laut auf die Stirn, dass ich Angst hatte, er könnte sich etwas antun. – Ahoi, Vianočný stromček.

Heißt? fragte Tanja.

Grüß dich, Christbaum. Hat die slowakische Pflegerin meiner Großmutter beigebracht.

Ahoi, Iwo.

Tanja, Vitalij und ich kletterten vorsichtig ins Boot. Als wir uns gerade gemütlich niedergelassen hatten, schrie Iwo: Ihr müsst das Boot zuerst ins Wasser schieben und dann synchron hineinspringen, sanft, und zieht bitte eure Stöckelschuhe aus. War nur ein Scherz, Jensi.

Das Schlauchboot hatte ruhigen Seegang, zum anderen Ufer waren es nicht mehr als zehn Meter. Wir saßen hintereinander, Tanja hatten wir in die Mitte genommen. Dem Willen des Wassers ausgeliefert, als setzten wir ihm trotz heftiger Paddelbewegungen null Widerstand entgegen, trieben wir innerhalb kürzester Zeit ab. Für jeden Meter vorwärts zwei Meter zurück. Man hätte ausrechnen können, wann wir es endlich schaffen würden. Tanja saß starr vor mir, Vitalijs Rückenansicht bot mir eine wild agierende, fuchtelnde Landkrabbe, die gerade nicht in ihrem Element war. Es war schwer, meine Paddelchoreografie mit der seinen abzustimmen.

Ich wünschte, ich wäre vorne eingestiegen und hätte auf die Nähe zu Tanja verzichtet. Es half mir nichts, ihren Körper vor mir zu sehen mit der Illusion, sie umfassen und retten zu können.

Ich traute mich nicht, einen Blick zurück zu Iwo zu werfen. Ich hoffte, er konnte Olga beruhigen, falls sie in Panik geriet. Am liebsten hätte ich Vitalij zugerufen, stopp! wir müssen Iwo holen. Nicht nur, dass er uns bald aus den Augen verlieren würde, da brauchte der Fluss sich nicht einmal leicht zu krümmen. Es konnten ihm auch auf seinem Ufer Gefahren drohen, ein Bataillon, aufgepeitschte Häftlingsinsassen, die sich einen Weg in die Freiheit gebahnt, dem letzten Wärter mit Eisenstangen das Genick gebrochen hatten und geflohen waren, mit dem aufgestauten bösen Hormon von vielen Jahren in ihrem Blut.

Lass uns umkehren, rief Tanja mir über die Schulter zu. Wir können ihn dort nicht zurücklassen. Das ist eine der obersten Regeln, hatte ich gedacht, man lässt keinen buddy zurück.

Hatte sie „buddy“ gesagt oder „body“ oder „birdy“?

Niemals, niemals. – Die letzten Worte schluchzte sie.

Wir kommen zurück und holen ihn, sagte ich und bemühte mich um eine feste Stimme. Bald werden wir am anderen Ufer sein.

Und dann?

Dann hole ich ihn, während du mit Vitalij wartest.

Es wird dich weiter hinuntertreiben. Du musst zurückgehen bis auf Iwos Höhe, nein, weiter hinauf, so dass du nach der Überquerung genau bei ihm ankommst.

Exakt, Tanja. – Beinahe hätte ich Tanjuschka gesagt.

Du kannst ruhig Tanjuschka zu mir sagen, Jensi.

Ach, Tanjuschka, seufzte ich, so laut ich konnte. – Mittlerweile fiel mir auf, dass manche der Steine im Fluss scharfe Kanten hatten. Keine Rede vom Jahrhunderte währenden Schleifen und Glätten und Runden des Wassers, diese Steine zeigten die Zähne. Wir hatten es geschafft, etwa in der Mitte des Flusses auf der Stelle zu treten, das Gewässer und wir waren gleich stark, ein Kräftemessen sondergleichen.

Ich versuchte, die Gefahr eines Cuts in Donaueschingens Gewebe zu verdrängen, um mich ganz auf das Paddeln zu konzentrieren. Wir mussten übersetzen. Ganz klarer Auftrag, Augen auf und oben drüber, bis das andere Ufer zum Greifen nahe war. Ich stellte mich taub gegen alle Gefühle, schob Iwo beiseite, verengte mein Gehirn für die eine, alles entscheidende Anstrengung. Vitalij musste im selben Moment auf Volltouren geschaltet haben, denn wir gelangten in einer Serie von geballten Sprüngen in die Nähe des Ufers. Die Sanddünen sahen drüben nicht anders aus als auf Iwos Seite. Bald saßen wir auf und sprangen aus dem Boot. Vitalij hielt es am vorderen Haltegriff fest, ich am hinteren. Tanja machte ein paar Sprünge, bis sie in weicherem Sand steckenblieb, vor und zurück schwankte und endlich sicher und fest zu stehen kam.

Und jetzt zu Iwo, pronto, rief ich. – Vitalij suchte eine Kuhle für Tanja, wo sie auf uns warten sollte. Er hatte es sich in den Kopf gesetzt, mich nicht allein übersetzen zu lassen.

Ich finde das unklug, Dichter, sagte ich. Die Welt wartet auf dein Talent, auf mich wartet niemand. – Ich versuchte, unser Pinky allein in die Höhe zu stemmen. Ich kam nicht einmal auf Kniehöhe. Iwo allein zu holen konnte ich vergessen.

Wir legten unser Gepäck ab, beinahe hätten wir in die Hände gespuckt. Auf eins-zwei-drei hievten wir das Boot über unsere Köpfe und stapften los, ohne Tanja good-bye zu sagen. Obwohl wir jeder nur das unmittelbar unter uns liegende Terrain sahen, kamen wir rasch und ohne Probleme voran. Steine, Zweige, Kletten umsprangen wir synchron, als hätten wir die Route lange trainiert. Es war ein geschmeidiges Fortbewegen. Welchen Anblick wir einem Beobachter auf einem Berg wohl geboten hätten, der dieses riesige rosa Blütenblatt auf sich zuwandern sehen würde? Es gab jedoch keinen Berg.

Stopp! Stopp, Jensi! Hier!

Wir blieben sofort stehen, torkelten eine Weile in verschiedene Richtungen, bis das Schlauchboot endlich auf dem Boden landete.

Mensch, Iwo, rief ich über den Fluss. – Wie gehts dir?

Uns gehts gut, Jensi. Olga schläft, das ist das beste, was sie tun kann. Und jetzt?

Vitalij und ich müssen ein ganzes Stück weiter den Fluss hochgehen, um später hier zu landen. Aber du könntest Anlauf nehmen, Iwo, und mit ein paar riesigen Sprüngen durchs Wasser hechten, wenn du dich dazu in der Lage fühlst. Sonst kommt nur Variante 1 in Frage.

Iwo stellte sich in Pose, obwohl wir seine Muskeln nicht sehen konnten. – Garmischmann, Powermann, sagte er. Ich versuche es.

# 12

Ein Gebäude flimmerte vor uns. Zwei Seitenflügel, die Treppe führte zu einer Reihe von Säulen, ich dachte sogleich ans Parthenon. Interessant, was ein erschöpftes Gehirn als Notbilder zur Verfügung stellt. Ich hätte ohne Mühe an ein Nordseebad aus der Jahrhundertwende denken können. An die Admiralsuniversität in Kiel oder die in Kielce oder die in Kilcannon. Nein, die Antike musste es sein, was nur bewies, dass ich in der Kunstgeschichte wie ein Schneeblinder tappte.

Tanja und Iwo spielten Verstecken hinter den Säulen, bis Iwo auf dem flachen Schutt ausrutschte.

Mann, das hat eine Dynamik wie eine Rodelröhre. – Er rappelte sich hoch und hielt sich die Hand aufs Kreuz.

Willst du ins Lazarett? erkundigte sich Vitalij.

Gut möglich, dass wir vor den Überresten eines solchen stehen, fiel mir ein. – Wir stießen das doppelflügelige Tor auf. Vom Dach waren nur die Balken und Sparren übrig, Ziegel lagen überall auf dem Boden, eine feine Schicht Schnee bedeckte alles wie ein Gazeschleier. Bei jedem Schritt zerbrach etwas oder knirschte zumindest mächtig unter unseren Sohlen. Ich stellte mir vor, dass oben in den Nischen Vogelnester waren, deren Bewohner längst das Weite gesucht hatten. Der Verputz an diesen Ziegelmauern war an vielen Stellen abgeschlagen oder von Wasser aufgeweicht,

Was kostet der Laden? fragte Iwo. Kaltmiete, versteht sich.

Tanja hüpfte und griff mit den Händen nach oben, als klettere sie ein Seil hinauf. An einer Wand klebten Plakate, die sich halb gelöst hatten. Es gibt Menschen, die dran ziehen müssen, Vitalij zum Beispiel. Nun wusste man noch weniger, wer hier angekündigt worden war. Eine Gospelgruppe, aber müssten die nicht dunkel sein? Von den Resten des Plakats grinsten lauter Blondinen.

Das brachte mich auf die Idee, ein wenig länger unten zu bleiben, während die anderen die schwer beschädigte Treppe hinaufstürmten. Ich hatte aus den Augenwinkeln in einem der weit offen gähnenden Räume etwas Metallisches blitzen sehen und wollte mich vergewissern, was es war. Nicht alle Seitenmauern waren eingestürzt. Ich ging näher und traute meinen Augen nicht.

Wo kamen plötzlich diese jungen Frauen her – ein Modeshooting? Ich rieb mir die Augen, es musste eine optische Täuschung sein. Eine von ihnen im Einsatz für den noblen Zweck schwarzer Spitzendessous, blonde Zöpfe, die auf dem Mieder auflagen, das war sehr lieblich, die völkerverbindende Aufgabe der schwarzen Strapse, die zu den Strümpfen führten, tadellos erfüllt, paar verblühte rote Blumen am verstärkten Rand der Strümpfe, die Oberschenkel makellos, nur so hatten Strapse bekannterweise Sinn.

Das zweite Model trug ebenfalls ein schwarzes Mieder, von der Taille weg drei Tüllröcke, stufenartig, in hellem Senfgelb und einem mutigen Preußischblau. Ich bildete mir ein, sie war barfuß. Eine Dritte trug einen ereignislosen schwarzen Badeanzug mit einer pinken Seitenleiste. Na gut. Jemand musste ja die Arbeit machen. Sie rauchten, schnippten die Asche weg, bliesen den Rauch vollendet schmal aus. Hatte da eine Klinge geblitzt? Oder waren es die Pailletten an ihrem Mieder? Mädel, sagte ich, schraub das Glitzerzeug ab. Denk an die Offiziersuniformen mit ihren Orden. Heute ist jeder kleine Separatist dafür ausgebildet, auf glänzende Stücke zu schießen.

Ein wenig ernüchtert verließ ich die Szene. Von der Halle aus führte eine Treppe in den Mittelstock, der tief lag, so dass man kaum aufrecht darunter stehen konnte. Die Säulen des Treppenaufgangs glichen Totempfählen, nahtlos besprayt. Es gab ein Eisengeländer, wild mit Farbe beschüttet. An der Mauer ein sich hinunterwälzendes Gürteltier, Schale um Schale aus sich herausbrechend, wie man es von Brückenpfeilern und Waggons zur Genüge kennt. Manchmal fasse ich es kaum, dass gerade diese Kunst der vermeintlichen äußersten Freiheit sich nie bewusst wird, in welches Korsett eine Spraydose sie zwängt.

Ich vertrat mir ein wenig die Füße und inspizierte die Ecken der Halle. Eine hölzerne Wendeltreppe drehte sich schlank in das oberste Stockwerk. Eine Wendeltreppe hatte etwas unzerstörbar Elegantes, sie mochte verlottert sein, wie sie wollte, mit Löchern in den Stufen, scheckigem Geländer, sogar ein paar fehlende Stufen taten ihrem Charme keinen Abbruch. Ich beschloss, den Aufstieg zu wagen. Als ich fast auf halber Höhe war, erschien Tanja oben.

Pass bloß auf! rief sie.

Bist du das, Jensi? Das ist Wahnsinn, wem willst du imponieren?

Was ist da los? kam Vitalijs besorgte Stimme. Mann, bleib, wo du bist, ich komme dir entgegen und helfe dir.

Auf keinen Fall! schrie ich. Zwei hält die Treppe nicht aus! – Er war einfach über Tanja hinweg geklettert. Mit seinen dürren Gliedmaßen näherte er sich mir, die Beine so weit gespreizt, wie es nur ging. Ich musste ständig auf seinen Hosenschlitz starren, es war nicht zu vermeiden.

Was hast du vor, wenn du mir endlich auf die Finger treten kannst, Dichter? fragte ich.

Wir entscheiden kollektiv, was vernünftiger ist. Mit dir hinauf oder hinunter.

Hör auf den Nobelpreisträger, Jensi. Wir meinen es alle gut mit dir. Wir werden an einer Lösung arbeiten.

So schnell ich konnte, stieg ich die Stufen wieder nach unten. – Ihr werdet einen Scheiß an etwas arbeiten, geschweige denn abstimmen. Vitalij, mach, dass du raufkommst oder spring mir in die Arme, aber sieh zu, dass du in der nächsten halben Minute von der Treppe weg bist.

Er wankte, versuchte rückwärts hinaufzuklettern, hob den Fuß nicht hoch genug und rasselte im Schleudergang nach unten. Zwar verspießte er sich zweimal, aber das hielt seine Talfahrt nicht auf. Er rutschte mir vor die Füße, und ich sprang im letzten Moment zurück.

Alles okay, brother? sagte ich.

Das fragen sie in den Fernsehkrimis, wenn gerade jemand seine Ehefrau verloren hat. Alles okay? Alles okay?

Du hast recht, das hat mich immer fürchterlich geärgert, solange ich noch Krimis im Fernsehen ansah.

Und seit wann tust du das nicht mehr?

Seit ich in deinem Land lerne, wie man Kürbisse schlachtet beziehungsweise einer alten Tomate das Fell abzieht.

Vertragt ihr euch wieder? rief Iwo herunter.

Versuch aufzustehen, wies ich Vitalij an. Ich zog ihn hoch, der dürre Hipster hing wie ein eiserner Bundesadler an mir. Es war kaum zu glauben.

Kannst du dich etwas leichter machen?

Nee, ich befürchte, es ist so ziemlich alles in mir gebrochen, was Rang und Namen hat. – Er sprang auf und schüttelte sich, ein Straßenkater, der mir gleich ans Hosenbein pinkeln würde, um mir zu zeigen, wie gut er drauf war.

Ich nehme mal die konservative Treppe, sagte ich.

Oben angekommen fiel mein Blick auf einen in die Ecke eingepassten, schmalen Herrschaftsofen, mit einem Sockel, in dem ein großes schwarzes Loch klaffte, als hätte jemand das Türchen herausgebrochen. Getoppt von einem stolzen Aufbau, alles mit weißem Stuck eingefasst, aus dem ein Frühlingsblau leuchtete, verstaubt und beschädigt, unverkennbar eine fröhliche Landschlossarchitektur, in der Frieren nicht vorgesehen war.

Boden und Decke waren hier oben nur noch in Teilstücken vorhanden, ein schmaler Streifen Mauerwerk hielt die Außenwände zusammen. Ich musste mich ganz auf mein Gleichgewichtsgefühl verlassen. Die viereckigen Ausblicke wurden durch keinerlei Fensterrahmen getrübt. Alles war so, wie der Herr es sich in seinem Anflug von Dreifaltigkeitswahn vorgestellt hatte: ein Himmel, ein Auge mit roten Lidern, und die weiße Krähe der Vernunft fehlte auch nicht. Mit perfektem Timing zog das Vieh eine gerade Spur über meinem Kopf. Beinahe wäre ich hintüber gestürzt.

Hier sind wir, Jensi! – Iwo winkte mir enthusiastisch von der anderen Seite. – Wenn du genau eine Schuhlänge nach der anderen weitergehst, kommst du relativ flott voran.

Klar. – Weit unter mir keine Spur von Vitalij. Er war wohl auf dem Weg herauf. Ich versuchte, Iwos Rat zu folgen, und wunderte mich, dass ich nicht nach ein paar Schuhlängen in die Tiefe stürzte. Tanja hielt völlig unbeweglich auf ihrem Fleckchen Mauerrest aus. Ich bildete mir ein, dass wir uns längst höher als im zweiten Stock befanden. Ich überlegte, ob ich umdrehen sollte. Jeder weitere Schritt würde bedeuten, dass ich über die Wendeltreppe zurück auf die Erde musste.

Wo bleibt der Dichter? fragte Iwo besorgt. Ist ihm unterwegs etwas eingefallen und er findet seinen Bleistift nicht? Man kann hier jederzeit etwas auf den Verputz kritzeln, daran sollte es nicht liegen. Oder, Täubchen?

Tanja verdrehte die Augen, das beherrschte sie sehr gut. Allmählich sorgte ich mich um Vitalij. Möglich, dass er sich einen feuchten Dreck um seine Mitwelt kümmerte und bloß mal sein Autogramm in den Staub pisste. Er konnte von Glück reden, dass er einen kurzen Namen hatte. Bei Olegsandar oder Hannsfriedrich kann einem leicht die Spucke ausgehen.

Als ich aus einem der Fensterlöcher schaute, sah ich ein großes schwarzes Feld. – Seht euch das an!

Iwo und Tanja drehten sich vorsichtig. – Ist das abgebrannt? fragte Tanja.

Nee, sagte ich. Da wäre die Struktur anders, sofern man das von hier aus erkennen kann. Dieses glänzende Schwarz, als wären die Furchen lackiert … im Grunde können nur Tulpen so glänzend schwarz sein.

Iwo hatte sich so weit aus seinem Fenster gebeugt, dass ich sein Gesicht sehen konnte. Wir grinsten einander zu, eine völlig neue Perspektive. Von Tanja sah ich nur die Nasenspitze und eine Haarsträhne. In solchen Augenblicken erscheint einem alles möglich. Ich breitete die Arme aus, wollte alles umarmen, was ich sah, von Iwo und Tanja ganz links über das gesamte schwarze Feld unten bis zu dem Gespenst – das war Vitalij.

Wir kommen! rief ich. Wir kommen! – Ich hatte schon das halbe Bein auf der Brüstung, da fasste mich Iwo am Kragen und presste mich an die Wand. Mein Knie schmerzte von Iwos Zugriff.

Du bist der größte Idiot seit Beginn der Waffenruhe, schrie er mich an. Was glaubst du eigentlich?

Mir schlotterten die Knie. Hatte ich tatsächlich zu Vitalij hinunterspringen wollen?

Ich habe nur „wir kommen" gerufen, Iwo, mit einer überbordenden Lust auf alles Neue, das wir erleben werden –

Überbordend, ja, deswegen muss man nicht gleich über Bord gehen, du falscher Kompass, du! Mann, das zehrt, das zehrt. Ich bin nicht mehr der Allerjüngste, mit meinen Nerven kann man nicht mehr Seilbahn fahren.

Schon gut, Iwo. Ich verspreche es. – Ich schlängelte mich an ihm vorbei zur Wendeltreppe, wo vor kurzem Vitalij hinuntergerasselt war, und nahm all meinen Mumm zusammen. Nicht weniger als eine 100-prozentige Performance war gefragt, mich ritt wieder mal der Teufel. Ich tänzelte bei verkürztem Anlauf von Stufe zu Stufe und landete mit einem Telemark auf dem Boden, für den ich lauter Sechsen bekommen hätte.

Aufgepasst! rief Iwo und hechtete hinter mir die Treppe herunter, Tanja auf den Schultern, die sich mit ihren Stiefelchen unter Iwos Achseln festklammerte und in die Hände klatschte. Kurz dachte ich, ob Olga das recht ist? Ich hoffte, es würde nie zum Showdown zwischen dem Käfermädchen und Tanja kommen.

Wir rannten von zwei verschiedenen Seiten um das Gebäude zu dem schwarzen Feld nach hinten. Vitalij sprang als Fledermaus über die Furchen und Rillen, seine Jacke dünner als zuvor, alles flatterte an ihm. Ich überlegte, ob es einen anderen Ausdruck als Fledermaus gab, mir fiel nur Fledermännchen ein, das zeigte nicht genug Respekt und trug der Erotik seiner Erscheinung überhaupt nicht Rechnung. Wenn er in seinem Rappel, seiner Trance war, empfand ich ihn als gefährlich sexy. Er hatte etwas, das wir alle entbehrten. Die ganze Hosennahtpoesie, die blitzschnellen Tempiwechsel seiner Oberschenkel, sagte ich Oberschenkel, der Griff seiner Knie nach dem Bein seines Partners, meinetwegen sollte es eine Frau sein, nur im Innersten erleben sollte das Objekt seiner Begierde ihn, das verlangte ich. Zuweilen glaubte ich mir selbst alles.

Was blüht denn da? fragte Iwo.

Ich schrie vor Lachen. – Mensch, Iwo, was blüht denn da. Das lag bei uns neben dem Telefon, griffbereit, wenn wir in die Dünen wandern gingen, was blüht denn da, was singt denn da.

*Wer* singt denn da, hieß der Vogelführer, Jensi.

Wer?

Überleg bitte, würdest du einen Dompfaffen als Neutrum einstufen?

Durchaus, trotzte ich.

Einen Orpheusspötter?

Großartiger Name, sagte Vitalij. Den lege ich in die Lade meines Nachtkästchens.

Tanja kam mit einer schwarzen Tulpe vom Feld. Sie schützte die Blüte mit einer Hand. – Da sind zwangsrekrutierte Separatisten begraben, sagte sie. Womöglich kamen sie von jenseits der Grenze. Man hört zunehmend, dass Kämpfer nicht wussten, wohin sie aufbrachen, nur dass sie „in die Felder fuhren", das ist ihr Code für Militärübungen. In die Felder fahren.

Mit einem Mal schauderte mich vor den betörenden Tulpen. Was immer sie für Blumennarren bedeuteten, Wahnsinn aus Leidenschaft, Tod durch Sinnlichkeit, ich musste mich abwenden, um nicht länger ihrer morbiden Schönheit ausgesetzt zu sein.

Es wäre gut, wenn hier Kinder und Hunde frei umherliefen, sagte ich.

Etliche Regionen sind auf dem Volksweg nicht erreichbar, konterte Vitalij. Die Verwundeten waren mit Papier verbunden.

Welche Zeitung? fragte Iwo.

Völkischer Voyeur! rief ich.

Guderian, grölte Iwo. Schöpfer und Seele der deutschen Panzerwaffe!

Langsam beruhigten wir uns und beschlossen, den Tag zu nutzen, solange es hell war.

Gegen Abend rasselten die Temperaturen im freien Fall nach unten. Wir mussten vor Einbruch der Dunkelheit eine geschützte Schlafstelle finden, etwas Gepolstertes schwebte mir vor, eine Deckenburg, und wenn es nur ein Zimmer war, ein Kellerraum meinetwegen, in dem ein Punk-Chor zuletzt die Schlachthymne der Republik geprobt hatte, die Wände mit Windeln isoliert, damit die Hirten auf dem Felde nicht gestört wurden und die

Lämmer in ihren selbstgestrickten Socken ruhig schlafen konnten.

War das eine Fata Morgana, um diese Zeit? Keine fünfzig Meter entfernt sahen wir eine beleuchtete Tankstelle, die Zapfsäule noch vorhanden, aber wer würde eine Zapfsäule abmontieren und nach Hause schleppen?

Ich habe viele Zapfsäulen im Ruhestand gesehen, sagte Iwo. Sie werden bemalt und als weltliche Heilige verehrt oder mit einem Trachtenkostüm bekleidet und springen, wenn man das so sagen kann, als Trauzeugen auf bäuerlichen Hochzeiten ein, da gab es welche, die wurden sogar weitervermietet.

Ist das nicht Sklavenhandel? fragte Vitalij.

Mag sein.

Als wir näherkamen, wurde uns klar, dass Schutz vor dem Wind und der Kälte hier nicht zu erwarten war. Die historische Zapfsäule von einigem Charme hielt die Stellung. Das Rostbraun changierte zu einem Rostrot, unterbrochen von durchgescheuerten gelben Flecken und Streifen. Ein hellblaues Taubengrau, wie es uns bereits einige Male begegnet war, fasste den runden oberen Teil ein. Das Bemerkenswerteste war die rechteckige Uhr, ins Ovale verfremdet, deren einziger Zeiger bei Mitternacht stand. Der Tag hatte auf dieser Uhr zwanzig Stunden, das sprach eine seltene Sprache.

Gallon, las Vitalij von dem Schild ab. Das texanische Weinmaß. Ein Gallon Wein war etwa ein Viertelliter, den man einem Verbrecher zubilligte, bevor er am Galgen gehängt wurde. Gallows, gallon, du verstehst, Iwo? Das hat sich bis heute erhalten, auch wenn nicht mehr so viel gehängt wird, sondern mehr totgespritzt.

Was, wenn einer lieber Bier trinkt? wollte Iwo wissen.

No problem.

Die zwanzig Gallon auf der Säule sind demnach etwa fünf Liter Benzin? Kann das stimmen, Jensi?

Nee. Ein Gallon muss mehr sein. Ich würde sagen, mindestens drei Liter.

Du glaubst nicht wirklich, dass sie einem zum Galgen Verurteilten drei Liter Wein gaben? Was für ein Schwachsinn, erklärte Vitalij. Es gibt Augenblicke in meinem Leben, da wäre ich gerne woanders geboren. Wenn überhaupt. – Er schneuzte sich in die Luft.

So darfst du nicht reden, sagte Tanja. Wo wärst du gern geboren?

Das ist es ja. Ich habe keine Ahnung. Am ehesten in Brno.

Brno? Habe ich noch nie gehört. Wo soll das sein? sagte Tanja.

Echt? Du hast noch nie von Brno gehört, chicken?

Nein. Und sag nicht chicken zu mir. Kennt jemand Brno, Männer?

Ich konnte nur mit den Schultern zucken. Iwo zog eine Grimasse. – Brno? Schrecklicher Name, findet ihr nicht? Und da willst du am ehesten vielleicht geboren sein? Wo ist das überhaupt?

Mann, ihr wisst gar nichts. Aber Minga Minga kennt ihr und Hamburg.

Das sind ja auch real existierende Städte mit Lohnunterschieden und Tariferhöhungen. Das ist etwas anderes als dein Brno, sagte Iwo.

Ist das für dich annehmbar, Vitalij? fragte Tanja. Wenn ja, schlage ich vor, dass wir aufbrechen. Wir haben uns schon viel zu lange aufgehalten, obwohl ich die Erfahrung nicht missen möchte.

Nein, gewiss nicht, stimmte Iwo ihr bei. Du hast recht. Auf geht's!

Wir setzten uns in Bewegung. Ich hoffte, wir würden bald einen Platz für die Nacht finden und nicht zurückkommen müssen.

Das Wäldchen war gerodet. Entwurzelte Bäume, Trichter reihte sich an Trichter, wie zum Hohn hingen an einem Baum Plastikfetzen von Säcken, in denen einmal Holzschnitzel oder Düngemittel oder Getreide transportiert worden waren. Ich wusste nie, ob ich mich über die Verunstaltung durch das allgegenwärtige Plastik ärgern oder ob ich es als letzte Botschaft aus einer untergehenden Zivilisation lesen sollte.

Die kalte Nacht saß uns im Hals, im Nacken und in allen Gliedern. Ein zugiger Sieben-Sterne-Heuschuppen mit halbverfaulten Strohballen hatte bei uns Allerseelenstimmung aufkommen lassen, ein Docht, der sich nicht entzünden ließ. Ohnedies hätte der Wind jedes kleinste Flämmchen gefressen.

Nicht weit hinter dem Wald glänzte etwas matt. Ich dachte an Rituale von bestimmten Steppenbewohnern, die es mit ihrem Hauch schafften, dass Felder in ein metallisches Flackern ausbrachen, nicht durchgehend über die gesamte Fläche, nur an bestimmten Stellen, bei denen der Untergrund die richtige Konzentration an Rückständen aus chemischen Industrien aufwies. Beim Näherkommen stellte sich heraus, dass es sich um einen See handelte. Ein Steg aus aneinandergereihten Türen, die Schlösser und Klinken abgeschraubt, führte ins Wasser hinaus.

Ich will nicht mit der Tür in den See fallen, sagte Iwo hustend.

Aber?

Mich würde interessieren, welche Logik dahintersteckt. Türen braucht man im Haus.

Der Steg muss wichtiger gewesen sein.

Siehst du ein Haus in der Nähe?

Wir drehten uns alle gleichzeitig um.

Nee, sagte ich.

Mitunter fahren sie hier mit einer Ladung Türen über Land, sagte Vitalij. Ich habe es selbst nie beobachtet, in diesem Moment kann ich es mir zum ersten Mal vorstellen.

Iwo setzte ein paar Schritte auf den Steg. Zwei kleinere schwarze Türen lagen nebeneinander, von Vorratskammern? Er federte zur Probe, schreckte auf.

Was ist?

Da läuft etwas, eine Schrift, eine weiße Schrift.

Tatsächlich waren auf den beiden Türen Kreidestriche, Buchstaben, die zu laufen begannen. Kamen sie an den Rand der Türen, liefen sie zurück.

Hoffentlich beißen die nicht. – Iwo stieg von einem Fuß auf den anderen. – Nein, sie laufen unter meinen Sohlen durch.

Meinst du, wir sollten sie anfassen? fragte Tanja.

Und wie eine Blindschleiche aufheben? Nicht mit mir, sagte Iwo.

Ich musste ihm rechtgeben. Der Gedanke, eine auf- und abtanzende beißwütige Schrift in der Hand zu halten, hatte mir stets ärgste Ängste verursacht. – Greif nichts an, Iwo.

Donner und Blitzen, murmelte Iwo. Das ist grauenhaft.

Hör auf zu denken und geh bis zum Rand des Stegs, sagte Vitalij. Dort hältst du an. Verstehst du?

Iwo ging breitbeinig nach vorn, breitete die Arme aus und rief: Steuermann, ho!

Wagner, stöhnte Vitalij. Komm mir bloß nicht mit dem!

Ich finde, das passt perfekt hierher, rief Iwo.

Kannst du etwas erkennen im Nebel? fragte ich.

Komm halt selbst her.

Das tat ich. Iwo stieß Atemwolken aus, die als Tropfen in den See fielen. Ich konnte nichts erkennen, absolut nichts. Wieso hatten die paar Schritte so eine Verwandlung der Landschaft bewirkt? Das graue, weiße Weiß verharrte stur am Ort, nahm dem kleinen See jeglichen Horizont. Niemand sprach ein Wort. In meinen Ohren dröhnte die Leere. Wenn es Iwo einmal die Rede verschlug, musste man sich Sorgen machen. War das eine menschliche Figur, die sich da herausschälte? – Siehst du das, flüsterte ich.

Ja. Ein Baum.

Bist du sicher?

Es kann ebenso ein Fischer in einem Boot sein. Jensi! schrie Iwo und drehte sich schnell um.

Ich lief ihm nach über die Türen, die rumpelten.

Was habt ihr gesehen? fragte Vitalij.

Wir wissen es nicht genau, keuchte Iwo.

Einen Baum, sagte ich. Der Nebel verschob sich für ein paar Sekunden. Iwo bildete sich ein, er sah einen Mann. Man soll das nicht zu ernst nehmen. Bei uns im Norden haben wir diese Geschichten vom Klabautermann.

Was ist das denn für ein Wort, fragte Vitalij.

Das kann ich dir nicht erklären.

Warte, der Nebel teilt sich. Ein Versuch noch, ja? bat Iwo.

Tanja, bleib bitte an Land, sagte ich.

Iwo sprang auf die letzte Tür, so dass Vitalij mit seinem dünnen Körper ins Wanken kam. Ich konnte nicht mehr erkennen als vorhin, selbst der Baum war verschwunden. Eine geschlossene Wand, hinter der es ins Unendliche weiterging. Eine Weile ließen wir den Anblick auf uns wirken. Ich bemerkte, dass ich die Hände lose gefaltet hatte und meine Daumen umeinander drehte.

So ähnlich stelle ich es mir auf der Halbinsel vor, sagte Vitalij. Der Steg wäre natürlich viel zu kurz. Wir müssten uns auf einen längeren Weg einrichten, auf genügend Proviant achten, denn eine Umkehr wäre nicht möglich. Ich nehme an, der Steg wäre so schmal, dass nicht mehr als zwei Personen nebeneinander gehen könnten, ohne sich zu gefährden. Als Kind bin ich gern über Eisenbahnbrücken gegangen, ich hoffe, ihr habt das auch getan.

Ich nicht, sagte Iwo leise.

Ich habe mir angewöhnt, auf den Schienen selbst zu gehen, sagte Vitalij. Ein Fuß nach dem anderen, das fürchterliche Wackeln, das Gefühl, du kippst nach der einen Seite, du weißt nach einiger Zeit, dass du eine schlechte Seite hast, die nicht ruhig werden kann, es zieht dich etwas nach links, nach links, du bist dort schwerer als auf der rechten Körperseite.

Ich ging zu Tanja zurück. – Lass uns singen und tanzen, Tanjuschka, sagte ich mit tiefer Stimme.

Die Silhouette einer Stadt tauchte auf. Mir kamen orientalische Namen wie Samarkand und Taiz und Kupolje in den Sinn, oder gutturale wie Glurns und Naturns, aber auch das tonlose Svlhovo. Ich probierte gern Städtenamen aus und gegencheckte sie mit der Wirklichkeit.

Wie wollt ihr genannt sein, ihr Minarette und Fabrikschlote, ihr Moscheen und Atomkrafttürme? Ich ließ mir den Namen Bachtschissarai auf der Zunge zergehen. Bachtschissarai.

Was für eine Schießerei, Jensi? fragte Iwo.

Ich hatte keine Ahnung, wovon er sprach. – Schon gut, Baby, sagte ich.

Hast du gewusst, dass es Murmelvokale gibt? fragte er mich.

Ich kenne nur Murmeltiersalbe, und die stinkt gewaltig. Ich bin froh, dass keiner von uns so eine Salbe mithat.

So hielten wir uns aufrecht, während Tanja und Vitalij uns einholten. Ich hatte sie im Verdacht, dass sie ähnliche Spiele wie Iwo und ich spielten und dass der Dichter ein Interesse daran hatte, die Erinnerung an Andrij zu untergraben.

Sieht unzerstört aus, die Stadt da vorne, sagte Iwo.

Wie kannst du an einer Silhouette erkennen, ob eine Stadt unversehrt ist? fragte ich.

Ich kann es eben. Hinter der Stadt schimmert das Meer.

Kannst du bis hinter die Stadt sehen? Sind das Riesentanker oder sind das Kreuzfahrtschiffe?

Hoffentlich haben die Models wegen des Hochwassers ganz hohe Stiefel an ihren langen Beinen, das wünsche ich mir.

Was wünscht er sich? fragte Vitalij. Eine Tagesmutter? – Er gähnte. Es riss ihm geradezu das Maul auf. Mir war schon öfters aufgefallen, dass man beim Starkgähnen keinen Mund mehr hatte, sondern ein Maul. Trotz der Aussicht, nach langem wieder einmal in eine Stadt einziehen zu können, erfasste mich sogleich dieser Virus, hhh-hhh schrie ich und hh-üü mit einem abgeschwächten Umlaut, und es dauerte keine drei Sekunden, wieherte sich Iwo in eine Grimasse mit Tränen in den Augen und Tanja hielt sich tanzschulmäßig eine Hand vor den Mund, der bei ihr natürlich nicht die Ausmaße eines Mauls annahm. Quasi auf einen körperlichen Befehl hin stellten wir uns zusammen, Rücken an Rücken, kämpften mit dem Schlaf, lehnten aneinander und schwankten, als tarierten wir unser gemeinsames Gleichgewicht aus, weil wir nicht mehr vier einzelne Personen waren, sondern eine Einheit. Unter Umständen gab es in der Militärmusik einen Namen dafür. Oder waren wir Opfer eines nervösen Gähnens, wie man es von Hunden kennt?

Ein gewaltiger Knall riss uns auseinander. Über der Stadt schwebte eine hauchrosafarbene Wolke, die nicht so aussah, als sei sie durch eine Explosion in den Himmel gefeuert worden. Sie war flach und zeigte keine Eile, vom Platz zu kommen. Hätte ich mich nicht so erschreckt, würde ich sagen, sie lachte. Ein leichtes Schütteln ging durch sie, die Art lautloses Lachen, wie ich es von meiner Großmutter kannte, die sich minutenlang in einen Zustand der völligen Hingabe an das Absurde steigern konnte.

Ich meinte eine Frau an einem offenen Fenster sitzen zu sehen, sie hielt ein Buch hoch ins Sonnenlicht. Gut möglich, dass sie sich selbst etwas vorsang. Ich hätte viel darum gegeben, meinen Seelenfrieden, meine Ersparnisse, meine guten Aussichten auf einen Job, nicht zu vergessen meine Sammlung von Abzeichen der Winterhilfe, wenn ich ihren Gesang hätte hören können.

# 13

Weißt du, was ich mir wünsche, Tanjuschka? fragte Iwo. Eine Schihütte für dich und mich, oberhalb von Garmisch.

Gott, Iwo. – Tanja bekam Tränen in den Augen.

Dort ist alles ganz sicher, es gibt keine Scharfschützen außer den jungen Veteranen des Gebirgsjägerbataillons, und die kann man verhaften lassen. – Iwo nahm sie in die Arme. Über ihren Kopf hinweg schaute er zu mir und zog einen Schmollmund, ehe er sein Gesicht in ihrem Haar versteckte. Ich hatte schon wieder vergessen, wie Tanjas Haar roch, wenn es frisch gewaschen war. Ich hätte gern jede ihrer Strähnen entlang geschnüffelt, gewaschen oder nicht. Solange sie keine Läuse hatte. Bis jetzt hatten wir das Glück gehabt, von dieser Plage verschont geblieben zu sein. Ich schloss die Augen und versuchte, etwas von ihrem Geruch zu erhaschen. Ich träumte blitzschnell, dass ich meine Nase in ihre Unterwäsche steckte, mit dem Finger den Steg in ihrem Höschen zusammenschob, um zu erfahren, wie sie dort roch. Um nicht verrückt zu werden, öffnete ich die Augen. Mein Blick fiel in den von Vitalij. Er wusste genau, wo ich gerade gewesen war. Er sagte kein Wort, schaute ruhig und traurig direkt in meine Sehnsucht hinein.

Wir setzten uns in Bewegung. Nach einer Weile sahen wir ein rührendes Täfelchen mit einer schwarzen

Lokomotive, aus der zwei Rauchwolken aufstiegen. Ich wollte Vitalij fragen, wieso bei dieser Art von uralten Tafeln die höhere Wolke größer war, egal ob Fabrikschlot, Ozeandampfer oder Lokomotive.

He, wartet auf uns, rief Iwo in diesem Augenblick hinter unserem Rücken. – Die beiden sahen glücklich aus. Jeder für sich glücklich. Ich wusste nicht, ob das für das Verliebtsein unerlässlich war.

Ein choo-choo train, sagte Iwo, als er das Schild mit der Lokomotive sah. Wie herrlich, was, Tanja?

In mir schoss die Eifersucht hoch. Iwo hatte einen seligen Ausdruck auf dem Gesicht, so als sehe er in eine Zukunft mit Spielzeugzügen aus Holz, die Klein-Iwo durchs Kinderzimmer rattern lässt. Er blutete nach einer Familie, mehr als wir anderen, bildete ich mir ein.

Als wir näherkamen, eröffnete sich uns eine mächtige Gleisanlage, die sich etwa zweihundert Meter nach hinten erstreckte.

Wie viele Gleise sind das, zehn? fragte ich.

Schwer zu sagen. Ich habe das nie berechnen können, sagte Iwo. Die Aufgabe des Beladens und Entladens stelle ich mir höchst anstrengend vor. Was schätzt ihr, wie viele Personen man pro Waggon unterbringen kann?

Alles spielt sich zwischen diesen beiden Polen ab: Waggons be-laden, Waggons ent-laden. Man muss die Wagen be- und entladen, entfuhr es mir.

Wir wissen noch immer nicht, wie viele Personen pro Waggon, nörgelte Iwo.

Gewiss vierzig bis sechzig, weniger hätte keinen Sinn ergeben, sagte Vitalij. Seht ihr die Kreidestriche an den Waggons?

Lasst uns das genauer ansehen, schlug Tanja vor. Vielleicht ist einer der Waggons offen. Würde mich interessieren, man hat so viel darüber gehört.

Zunächst warfen wir noch einen Blick auf das Gebäude. Es sah, auch wenn man das von einem Bahnhofsgebäude nicht behaupten sollte, sehr manierlich aus. Es war kaum zerstört, an der Vorderfront hingen gleich mehrere Adler, eine friedliche Koexistenz, die mich an ein ornithologisches Museum denken ließ. Eins der Viecher hatte drei Köpfe, den mittleren ließ es schlaff zwischen den beiden kämpferischen hängen, deren Kopfgefieder wild gesträubt war. Es sah nach Haargel aus, das erleichterte den Anblick. Ich hätte wetten können, dass die Adler alle miteinander keine lupenreine demokratische Vergangenheit hatten, sprich, sie waren aus diversen Monarchien, Don, Donau, Donbass und wie sie alle hießen, abgehauen.

Im Inneren war es steinkalt. Das heruntergezogene Rollo des geschlossenen Schalters hatte ein dezentes Streifenmuster, grau und graublau. Nichts, was man mit Strandkörben oder Sonnenschirmen auf einer Halbinsel assoziieren könnte. Kein Urlaubsplakat, kein einziger propagandistischer Sonnenstrahl. Ich bildete mir ein, die Hand eines kleinen Mädchens schmiegte sich in meine. Gut möglich, dass es später als die anderen erschossen worden war.

Ich hielt die Kälte nicht länger aus, das war eine andere Kälte als in den Nächten im Freien. Hier war die Zeit stehengeblieben. Auf dem Höhepunkt einer Menschenkatastrophe hatte sie sich geweigert, in den nächsten Umlauf einer Stunde einzutreten, auch nur einen Minutenschritt weiter zu tun. Ich rannte zur Tür hinaus auf den ersten Bahnsteig. Nichts von der Sauberkeit hier, aufgebrochene Bodenplatten, da und dort ein paar Reihen Bodenfliesen, Ziegelsteine mit chinesischen Schriftzeichen oder waren das Sprünge, ein Wirrwarr aus Untergrund, ein höllisches Schachbrett, in dem man ständig die Orientierung verlor.

Tanja stand hinter mir und legte mir die Hand auf den Platz zwischen meinen Schulterblättern. Ich wünschte mir, sie würde sie lange dort liegenlassen, damit die ruhige Wärme einströmen könnte, der ich zutraute, mich aus meinen eisigen Explosionen zu lösen.

Wir müssen zu den Waggons, sagte sie leise.

Ich weiß.

Ohne mich um Iwo und Vitalij zu scheren, sprang ich vom Bahnsteig zu den Gleisen hinunter. Farblose Büschel wuchsen da und dort aus dem Schotter. Ich musste weiter, Tanja hatte mich bereits überholt. Erst auf dem vierten Gleis standen die ersten Waggons.

Wir näherten uns ihnen vorsichtig. Ich presste die Hände an meine Schläfen. Ich brauchte Tabletten, egal, welche.

Viehwaggons. Die Transporte. Der böse, gelbe Stern.

Meine Hände rutschten von den Schläfen zu meinen Ohren, ich wollte sie mir zuhalten, um die Stimmen nicht zu hören: Liebe –, liebe –, liebe – Freunde?

Ja! wollte ich rufen, was kann ich für euch tun? Die Stimmen klangen so verzweifelt. Meine Augen suchten den braunen Waggon nach einem Verschluss ab, einem Griff, den man drehen oder nach unten klappen könnte, etwas, das diese Tür öffnen und die Menschen, die mich als Freunde riefen, in die Freiheit bringen würde, zumindest auf den schottrigen Boden hier.

Mein Smartphone klingelte. Das war unmöglich. Ich klopfte meine Taschen ab. Nach kurzer Zeit hörte es auf.

Seit wann funktioniert dein smrtfon wieder? fragte Vitalij.

Sag nicht smrtfon. Klingt nach Todeston.

Du solltest das bisschen, das du von der Landessprache weißt, nicht so deprimierend falsch verstehen, Jens.

Dem stimme ich ohne Vorbehalte zu, Jensi, sagte Iwo nach einer Ewigkeit.

Gratuliere, dass du lebst, Sugar Boy, entgegnete ich ein wenig müde. Wie sich die Zeiten ändern. Batterien geht der Saft aus, Ladegeräte lösen sich in Luft und ungesunde Strahlen auf. Als der olle Krüger im Krieg war, haben ihm die Mäuse nachts die Bleistifte angeknabbert. Das konnte man mit eigenen Augen sehen. Da musste man nirgendwo einloggen.

Iwo und ich hatten, als wir noch *kontraktniki* waren, aber die von der richtigen Seite, weiter im Norden gekämpft. Merkwürdig, dass mir hier der separatistische Ausdruck leichter über die Zunge ging. Als ich in Hamburg die Bundeswehr ohne Generalsabzeichen verlassen hatte und Pläne schmiedete, war Söldner das Wort gewesen. Im Augenblick hätte ich nicht sagen können, wo mein Pass war, vermutlich lag er mit meinem smrtfon Rücken an Rücken und fluchte über die anhaltende Kälte.

Wir hatten den Auftrag gehabt, einen kleinen Flughafen von den Separatisten zurückzuerobern. Er war Teil des Infrastrukturprogramms anlässlich der Sommerspiele gewesen, die kurzfristig abgesagt worden waren. Ich hatte in Deutschland die Vorbereitungen übers Internet verfolgt, da war keine Rede von Krieg gewesen. Es wurde eifrig gebaut mit deutschen Investoren, man kannte die Landesfarben, empfand sie als vertraut, hatte nicht der 1. FC Reinbek dieselben Farben im Wimpel? Solche Dinge.

Unsere Einheit hatte aus acht Mann bestanden. Außer Iwo und mir waren ein weiterer Deutscher, ein Franzose und drei einheimische Freiwillige dabei. Einer der Einheimischen war ein Universitätsprofessor für ausgestorbene Sprachen, der zweite ein Taxifahrer, der dritte ein außerehelicher Sohn des Marmeladeoligarchen. Zu dieser Zeit hatte Andrij nicht mehr gelebt. Ich trug sein Smartphone in der Tasche, und es kam mir vor, er wäre gern bei diesem Einsatz dabeigewesen. Ich gab ihm Zeichen in der Gebärdensprache für Nahkampf. Andrij – Mittelfinger nach oben –, warum bist du so blöd? Mein Zeigefinger drehte sich neben meinem Kopf, so blöd tot – die Hand waagrecht nach vorn halten, Handrücken nach oben, zugleich die andere Hand mit der Fläche nach unten halten, umdrehen. Wie oft soll ich deine Leiche noch umdrehen?

Die Separatisten hatten angenommen, die Landesarmee würde über diesen Flughafen relativ unbemerkt Nachschub in die umkämpften Gebiete bringen. Vor dem Abfertigungsgebäude hatten wir sofort ein paar von denen verjagt. Sie trugen ungewöhnliche Kampfanzüge, dunkelgrün mit weißen Kampfflugzeugen. Wie auf einem Kinderpyjama purzelte das Kriegsspielzeug aus dem dunklen Himmel. Hatten sie Rangabzeichen gehabt? Beschwören hätte ich es nicht können. Auf jeden Fall waren sie unbewaffnet gewesen. Wir drangen mit unseren MGs in das Gebäude, niemand drin, rannten in das obere Stockwerk.

Die Fenster längst herausgeschossen, richtig gut um uns von gegenüber niederzuknallen. Du kriechst auf dem Betonboden von einer Ecke in die andere, Glassplitter, Nägel, der verdammte Staub, da bist du Prinz Eisenherz. Nachladen, vorwärtsrobben, Kopf halb hoch, ein paar Salven, sofort runter, die schießen zurück, rauf, schießen, runter, Deckung, das kriegt einen Rhythmus, mir fiel die Musik dazu gerade nicht ein. Der Uniprofessor kämpfte tapfer neben mir, ich sah Mündungsfeuer aufblitzen, Blut spritzte in einem großen Bogen heraus wie bei den Heiligenbildern in der Kirche. Drück drauf, mit was, mit deiner Hand, die dreckigen Finger, das warme Blut – er blutete den Boden voll. Wenig später war er tot. Wieder einige Sprachen weniger, hatte ich mir gedacht. Eine Feuerpause später waren wir in Sicherheit, jawoll.

Ja, Iwobaby? Iwo?

Kolonnen von Menschen bewegten sich Richtung Südosten. Am Ziel dieser Märsche musste es etwas zu holen geben. Und sei es nur ein Transitvisum oder eine grenzüberschreitende Heiratsurkunde. Mich befiel der Verdacht, dass man diese Urkunden für alles mögliche verwenden könnte, nicht nur als Freibrief zum Parteienverkehr mit einer einzigen Frau. Gut möglich, dass man damit auf die erste Sprosse der Jakobsleiter weitergewunken wurde. Ich wusste nicht, wie viele Sprossen das wären, nur dass an deren Ende eine große Muschel blinken würde.

Was haltet ihr davon? fragte Vitalij. Wo kommen die auf einmal her?

Sie erinnern mich an etwas, sagte Iwo. Ich habe die schon einmal gesehen, wo war das, und wann …

Kriegsgefangene?

Das geht immer, aber so einfach ist es nicht. Die wären bewacht, oder?

Oder die Kolonne ist so lang, dass wir die Bewacher noch gar nicht sehen.

Nee, Jensi, spätestens alle fünfhundert Meter müsste eine Wache mitgehen.

Die längste Kolonne gab es gleich im ersten Herbst, sagte ich. Die Schlangen zogen sich weit über die hügelige Landschaft, und hinter jeder Erhebung sah man, dass da welche nachkamen.

Man könnte versuchen, sie aus ihrem Elend zumindest vorübergehend zu befreien, in dem man ihnen vorschlägt, ihr Schicksal auf die Bühne zu bringen, sich selbst darzustellen. – Iwo redete wie besessen. – Schließlich wissen sie am besten, worauf es ankommt, welche Situationen lebensecht sind oder welche nur dem kranken Gehirn eines Spielleiters entsprungen wären.

O Mann, weißt du endlich, an wen sie dich erinnern? fragte Vitalij. Eine Wanderausstellung über die Fluchtwege der großen Naziverbrecher, Schiffskarten erhältlich bei Portal römisch fünf im Vatikan? Oder waren es Warteschlangen für Passionsspiele?

Warte mal, Dichter, da läutet etwas in meinem Hinterkopf … na klar, die Kreuzwegprozession, dieses Schleppende, ich kann dir nicht sagen, wie erlösend das für mich ist. Ich hätte ewig darüber nachgedacht. – Iwo umarmte Vitalij und klopfte ihm auf den Rücken. – Kennt ihr das? Wenn man nicht und nicht und nicht darauf kommt? Ich hatte einmal Angst, dass ich während meiner Trauung in so eine Spirale geraten könnte, es genügt ein winziger Gedanke, und du kehrst zwangsläufig zu diesem Fragepunkt zurück.

Tanja legte ihm die Hand auf die Stirn. Das fand ich besonders rührend, so kurz nachdem das Wort „Trauung“ seinen Mund verlassen hatte. – Keine Angst, Iwo, sagte Tanja. Das wird bestimmt nicht passieren.

Meinst du, weil er nicht heiraten wird? musste Vitalij da ein Gift verspritzen.

Wir werden alle heiraten, alle miteinander, rief ich.

Danke, Jensi, sagte Iwo. Danke, Tanjuschka. Danke, du schlechter Dichter. Ohne deine saugemeine Bemerkung hätte Jensi nicht so etwas Tröstendes gesagt. Du kannst mir allmählich gestohlen bleiben mit deinem … deinem … Vitalismus.

In diesem Moment fiel mir unser Spitzname für Tanja wieder ein. Pfötchen. Ich sah Iwo in die Augen, deutete für die anderen unsichtbar, wie ich hoffte, zu Tanja, schloss die Finger meiner rechten Hand eng aneinander, winkelte sie nach unten, machte mit dieser Pfote eine Putzbewegung über ein kleines Katzenmaul. Iwos Augen leuchteten auf, ich brach in ein hysterisches Lachen aus.

Nach einer Weile schien es, als seien die dahinziehenden Menschen verschwunden. Tanja blieb einmal stehen, schirmte ihre Augen gegen die Sonne ab und blickte in die Richtung, wo wir sie zuletzt gesehen hatten. Ich wartete neben ihr, Iwo stieg von einem Fuß auf den anderen, Vitalij zog voran und hatte es wie so oft besonders eilig. Keine Frage, Iwo konnte mörderisch gutgläubig sein. Sollte ich ihn nach Olga fragen? Gut möglich, dass sie das alles längst satt und sich in den ewigen Schlaf gesungen hatte, leise wie ein Stäubchen.

Als ich die Kolonne später nochmal in der Ferne dahinziehen sah, schob sich eine zweite, durchsichtige

Fläche über das Bild. Ich dachte an überblendete Fotos, bei denen sowohl die Reisenden im Abteil zu sehen waren als auch Leute am Gang, die aus dem Fenster schauten, verstörende Doppelgestalten oder Zwischenmenschen. Da schlief ein Reisender im Windanzug im Rumpf eines anderen, der offene Mund eines Träumers atmete das durchsichtige Gewebe eines Alten mit Mütze. Zu allem Überfluss glitzerte ein großes Wasser im Bildhintergrund, wenn es denn so war und nicht umgekehrt. Eins ihrer kleinen Meere, dachte ich und hörte die Wellen hinter mir plätschern. Ich bildete mir ein, Geheimdienstautos fuhren direkt in dieses Meer hinein. Möglich, dass es die Separatisten waren, ich bezweifelte es.

In meinen Zukunftsträumen sah ich einen alten Mann auf einer Wiese im Park schlafen, die Aktentasche als Kopfkissen, er lag auf der Seite, seine Krücke wie eine Geliebte neben ihm, er hielt sie fest. Ein paar Meter weiter saßen Frauen jeden Alters mit ihren Blumenhüten und Sommerkleidern im Gras. So sollte es sein. Korruption wäre ein schmutziges Bettlaken, das man in einer Maschine reinwaschen könnte.

Ich war ziemlich verwirrt. Am liebsten hätte ich mit Iwo und Tanja einen kleinen Bauernhof eröffnet, und Vitalij könnte hinter dem Haus sitzen und seine präpost-potenten Songs aus der Luft greifen. Und alle würden wir lange, lange schlafen, jeden Tag.

# 14

Und wenn wir die ganze Sache abblasen? hörte ich mich sagen.

Warum sollten wir das, so nahe vor dem Ziel? fragte Vitalij empört.

Wir wissen nicht, wie wie weit wir tatsächlich schon sind. Gibt es den geringsten Hinweis?

Wir sind näher als jemals zuvor. Meine Knie erzählen mir das, Jens. – Er hampelte ein paar Schritte auf der Stelle. Ich wünschte, er würde uns etwas vorsingen. Dann wüssten wir mehr, oder wir könnten das, was wir nicht wussten, besser deuten und einordnen. Hinter den Wolken mussten Schwaden ziehen, ich sah sie nicht, hatte nur eine Ahnung, dass sie lauerten. Ob auf uns, konnte ich nicht sagen. Sie bereiteten sich auf einen Umschwung vor, milde ausgedrückt. Mir war, als warteten sie darauf herauszufinden, was sie bedeuteten, was das war, eine Schwade, anders als eine bewegte Luftmasse mit allerhand Grimassen, die sie durchzogen. Hatten sie Muskeln? Auf welches Stichwort hin würden sie in ihr wahres Element fahren?

Wenn uns allmählich das Essen ausgeht …, begann ich.

Vergiss es, wir sind noch jedes Mal durchgekommen, beharrte Vitalij.

Worauf willst du hinaus, Jensi? fragte Iwo.

Zu welchem Sündenfall werden wir fähig sein, wenn wir nichts mehr zu essen haben?

Was für ein Sündenfall? fragte Tanja und war sehr blass im Gesicht, aber das konnte ebenso von der Kälte kommen.

Du meinst nicht …, stammelte Tanja.

Was meint Jensi nicht, Tanjuschka? fragte Iwo.

Theoretisch meint er viele Millionen Dinge jetzt nicht, warf Vitalij ein.

Ich hoffe –, begann Iwo. Ich hoffe, ich bin auf der falschen Fährte.

Das musst du wissen, Iwolein, sagte Tanja. Wir waren ja nicht dabei.

Ich habe das Gefühl, ich war bei meinem ganzen Leben nicht dabei, es ist alles etwas anderes geworden. Ich stehe auf zwei Beinen, na und? Mann! – Er öffnete seine Brusttasche. – Bist du da, Klein-Olga?

Ist sie noch da? fragten wir alle und kamen näher.

Verschreckt sie nicht! – Iwo stellte seine Hand auf Stopp. – Nicht wahr, Klein-Olga. Wusste ich doch, dass es dir gutgeht. Hast ja alles. Schlaf weiter.

Vitalij sah mich an. Ich ahnte, was er sagen wollte. Wir brauchten alle unsere Hoffnungsträger, auch wenn Olga denkbar winzig war, um Iwos ganze Hoffnung auf ihren seidenpapierdünnen Flügeln zu tragen. Das spielte keine Rolle. Ich wünschte mir, ich könnte jemanden so umhegen wie Iwo diesen Marienkäfer. Gegen ein wenig mehr Oberfläche hätte ich nichts einzuwenden. Wieviele Marienkäfer wohl auf Tanjas Körper Platz hätten?

Ich legte mir die Hand auf die Stirn. Dahinter kochte und brodelte es über die Schläfen hinauf und nach hinten. Wenn ich den Kopf senkte, müsste man das Schwappen hören, davor ekelte es mich, jedoch weniger, als ich erwartet hatte. Ich war nur eine von unzähligen möglichen Kreaturen, entstanden nach einer Zufallsrezeptur. Der Status quo konnte sich in kürzester Zeit ändern, Blut machte sich auf den Weg in den Staub, fiel als Tropfen zu Boden und klumpte. Aggregatzustände hatten unsaubere Grenzen, da verdickte etwas, dort löste sich ein Rand auf und entblubberte. Wäre ich vor ein paar Sekunden beinahe verkocht, fror mich nun vor mir selbst, nicht einmal das Feuerchen, das ich in meinem Kopf glimmen sah, wärmte mich. Ich konnte das wie im Liveticker verfolgen. Halt! Liveticker, das war mein Schwanz. Halleluja, der wollte noch etwas von mir und von Tanjuschka und/oder einer süßen halben Inselbraut oder wie sie sich dort nannten. Her mit euch! He! He! Komm her, du! Gleich folgt das nächste Up-Date.

Können wir? fragte Tanja.

Wenn die Zeiten schlecht werden, suchen die Menschen Arbeit in den Industriegebieten, sagte Vitalij. So erkläre ich mir diese Zusammenrottung.

Welche Zusammenrottung? fragte Iwo.

Die wir gewiss bald sehen werden. Etwas steckt in meinen Ohren, da spielt eine Musik, die ich noch nie gehört habe. Was nicht heißt, dass ich sie nicht kenne.

Wie soll das gehen, Genosse? fragte Iwo. Du siehst eine Zusammenrottung, die noch nicht zu sehen ist, und diese Leute spielen dir eine Musik vor, die du kennst, aber nicht hören kannst.

Okay, Mister Ex-*kontraktnik*, sagte Vitalij. Ich habe das nicht so gesagt, sondern anders. Dauernd muss man etwas wiederholen, weil du nicht aufpasst.

Ich tue mein Bestes. Die Menschen suchen Arbeit in den Industriegebieten, dagegen ist gar nichts einzuwenden. Ich würde das auch tun, wenn es sonst gar keine andere Möglichkeit gäbe.

Denkt ihr, wir werden einen passablen Grenzübergang finden? fragte Vitalij.

Ich schätze, nur Fahrzeuge werden durchsucht werden, und was glaubst du, was man da findet? sagte ich vor mich hin.

Pornofilme? schlug Tanja vor.

Illegale Socken?

Ha?

Wintersocken mit eingestrickten Sensoren für Landminen. Kennt jedes Kind hier, erläuterte Vitalij. Parfüms könnte ich mir vorstellen. Es soll Kommandeure geben, die auf bestimmte Marken stehen.

Welche? fragte Iwo.

Berehinya zum Beispiel, kostet knapp unter tausend, sagte Vitalij.

Bere – ?

Tanja wurde weiß und öffnete den Mund wie zu einem Schrei. Kaum hatte ich das gesehen, war es bereits vorbei.

Tausend? In der Landeswährung? fragte ich Vitalij. Für welche Menge? – Ich glaubte ihm kein Wort.

Nicht Landeswährung. Euro. Für hundert Milliliter.

Hundert Milliliter sind geschätzt ein Zehntelliter. – Ich versuchte Schritt zu halten.

Nicht mal ein Joghurtbecher voll? Mann, he, schrie Iwo. Das kann doch nicht sein. Ich bin seit meinen frühen Jugendlagern gegen das zentrische System gewesen, mir hat das nie behagt. Ich konnte die Begeisterung meiner Eltern und der Mathelehrerin nicht verstehen. Es hat sich niemand bemüht, mir das schmackhaft zu machen, die ganze Schulpartnerschaft ging mir am Arsch vorbei, wenn man nicht einmal bei solchen grundlegenden Dingen auf eine Minderheit wie mich hören wollte.

Du willst sagen, du kamst nicht vor in diesem Dezimalsystem.

Wie nennst du es? Dezimalsystem? Dezimal nahmen wir gegen Husten, Schnepfen, Heiserkeit.

Was ist ein Schnepfen, Iwolein, wollte Tanja wissen.

Langsam, langsam, Tanjuschka, eins nach dem anderen.

Tanjas Frage ist die einzig richtige, sagte Vitalij. Ich bin überzeugt, Schnepfen ist ein Phänomen, das im Donauraum auftritt. Vor allem im Herbst und im Frühling und im Unterholz an den Uferabschnitten.

Augenblick, Mr. Bojangles, sagte ich. Der gesamte Donauraum ist ein Uferabschnitt, das haben Flüsse so an sich. Eine lückenlose Aneinanderreihung von Uferabschnitten.

Außer man steht in der Mitte des Flusses, Jensi, und kann das Ufer nicht sehen, und wenn neben dir ein Schnepfen schwimmt, weißt du, dass etwas nicht stimmt.

Ich kann mir noch immer nichts unter einem Schnepfen vorstellen, jammerte Tanja.

Das mit den Ufern war sicher ein Irrweg, sagte ich. Vergessen wir das Wort Dezimal.

Tanja hielt sich die Hände an die Ohren, die Augen zusammengekniffen, als drücke sie ihr jemand von innen her zu. Wie vorhin.

Tanjuschka, hast du Schmerzen? Was ist los?

Wie zuvor dauerte dieser kleine Anfall nur wenige Sekunden.

Was soll sein? fragte sie. – Ich überlegte, ob es möglich war, dass sie nichts von ihren kleinen Attacken im Kopf mitbekam. Ich kannte mich da nicht aus, ich hoffte, Iwo würde nicht weiterbohren. Er hatte die flache Hand auf seiner Brusttasche liegen, als wolle er bei Klein-Olga schwören, dass er in alle Ewigkeit für Tanja dasein wolle. War das eine sogenannte paradoxe Intervention? Ich hatte nur davon gehört, nie selbst eine erlebt. Ich wünschte mir das nicht.

Mir fällt gerade ein, dass wir in Garmisch zu Epiphanias einen Spruch auf die Tür schrieben, sagte Iwo nachdenklich.

Was willst du auf die Tür schreiben? fragte Tanja.

Etwas, von dem alle ein Jahr lang zehren können.

Guter Zar, schlechter Bojar, sagte Vitalij.

Hm.

Gefällt mir nicht, sagte Tanja.

Mir ebenso wenig, musste ich zugeben. – Ich sah Iwo an, der hilflos die Augenbrauen hob. – Epiphanias, wenn ich das recht bedenke, steht vor der Tür, sagte ich etwas verdreht.

Auf der Tür.

Nein, vor der Tür. Ich kann mich aber irren. Eventuell haben wir es vor einiger Zeit übersehen.

Ich setzte mich in Bewegung, die dauernden Verzögerungen nervten mich zunehmend. Nach etwa einer Viertelstunde sahen wir eine große Halle auftauchen. Die stärker gewordene Brise trug deutlich den Duft eines großen Gewässers.

Was sagt man dazu, staunte Tanja. Ich möchte wetten, diese Halle ist in jedem Reiseführer erwähnt.

Wir marschierten drauf los. Mehrere Parkplätze stauten sich vor der Seitenwand, die meisten Autos waren ältere Modelle der Marke Taiga, auffallend viele kürbisfarbene dabei. Zwei Nichtuniformierte bewachten den Haupteingang, sie hielten jeder einen Spaten in der Hand und hatten ihre Gesichter mit einem Sicherheitsschlüssel versperrt. Beim Passieren des linken Wächters meinte ich einen Rasselatem zu hören. Ich warf Tanja schnell einen Blick zu, den sie mit einem Nicken quittierte.

Wir betraten die Halle. Mein erster Eindruck war, dass wir in eine völlig abgeschlossene, chaotisch laute Welt eingedrungen waren. In dem Gebäude, das schier unendlich groß schien, so groß, dass man keine Wände mehr sehen konnte, flogen Fische durch die Luft. Manche schnellten auch kerzengerade in die Höhe, bis sie einen Höhepunkt erreichten und den Absturz einleiteten. Ich konnte nicht erkennen, welche es waren, sie wirbelten grau mit weißen Bäuchen durch die Luft.

Es war schwierig, sich auf eine der vielen Flugbahnen zu konzentrieren, um das Gesicht eines Fischs auszumachen, oder die Form seiner Schwanzflosse, oder das Grinsen seines Mauls.

Ein großer langer Fisch, gewiss ein Aal, schnellte auf unsere Köpfe zu, wir duckten uns und drehten uns gerade schnell genug, um zu sehen, wie sich der Aal um den Hals eines großgewachsenen Jungen wickelte und mit Blitzesschnelligkeit wieder loswand. Der Aal flog weiter und kam endlich an einer Säule der Halle mit ihrer silbrigen Gußeisenverzierung zur Ruhe. In kürzester Zeit konnte man nicht mehr unterscheiden, war der Aal dieses geschlängelte Ornament oder war die ganze Säule aus einem Aal gebaut.

Ich sah Fischfrauen, womit ich nicht Nixen meine, sondern gestandene füllige Weiber in Strickjacken über den Kitteln, die Schürzen glitzerten von Schuppen. Gut denkbar, dass ein kalter Funke daraus den einen oder anderen Fisch in seiner Flugbahn blendete und er deswegen taumelte oder sich in einer der von der Decke hängenden Schnüre verfing. Schnüre und hochgezogene Fangnetze, seit langem von allen konventionellen Tierschutzbehörden verboten, – sie hier zu sehen, war wenig verwunderlich, weil hier alles anderen Gesetzen folgte, nämlich keinen. Welches der Gesetze man nicht befolgte, das herauszufinden, gehörte zur Überlebenskunst in diesen Teilen des Landes, soviel war mir klar.

Ich hatte völlig vergessen, dass meine Familie bei mir war. Tanja sah ich ein paar Meter vor mir stehen, die Hände auf den Mund gelegt, als wolle sie verhindern, dass ihr ein Fisch in den Mund fliege. Da standen drei Wannen, eine mit groben Bröseln, eine mit eidotterfarbenen Schlieren, daneben eine Mehlwanne, und nun wurde offensichtlich, dass sich die Fische von selbst ins Panier warfen, in der richtigen Reihenfolge. Am meisten bewunderte ich diejenigen, die geradezu ins Mehl hechteten, denn das stellte gewiss das fremdeste Element dar. In den Dotterschlieren aalten sich die Schollen, wie es ihnen beliebte. Über die Brösel wollte ich nicht nachdenken, suchte lieber nach Iwo.

Iwo war aus meinen Blicken verschwunden. Ich wusste nicht zu sagen, wann ich ihn zum letzten Mal gesehen hatte. Oder gespürt. Hatte er nicht vor kurzem erst die Hand auf meine Halsschlagader gelegt, weil ich gehustet hatte? Iwo.

Eine Dreierflotte rauschte heran, ihre kleinen orangen Flossen blinkten zur Warnung. Ich sah, wie die Menschen sich duckten, kurz vor mir stoben die seitlichen Flugfische auseinander und bogen ab, nur die mittlere stieg zwei Zentimeter vor meiner Stirn kunstvoll in die Höhe. Fünfer-Geschwader kamen aus allen Ecken überallhin. Es gab Zusammenstöße.

Das Schwirren der Tiere durch die Luft erinnerte mich an Granaten. Ich erwartete Explosionen von Mensch und Fisch, auffliegende Körperteile. Ein kleiner Rochen schoss auf mich zu, gleich darauf erkannte ich, dass es eine abgerissene Hand war. Die Schreie und das Kreischen der Fischfrauen kämpften mit dem Geschwaderlärm um die Wette, überlagerten sich für schrille, schmerzende Sekunden. Im nächsten Augenblick glaubte ich, den Boden unter den Füßen zu verlieren. Eine bullige Kraft zog mich und die Menschen neben mir in die Höhe. Ich meinte in der Luft zu stehen, wagte nicht dagegen anzukämpfen, als sich das riesige Dach der Halle hob. Es war ein schmutziges Glasdach mit vielen Verstrebungen, gewiss das Geschenk einer wohlmeinenden Herrscherin, eine aus dem Wurf der Jekaterinen oder dem Geschlecht der Tamarinden. Ich hörte meine zwei Plomben seufzen.

Das Dach, einmal aufgestiegen, hielt still und schwebte auf der Stelle. Ich hatte den Begriff des Schwebens nie mit Tonnengewichten zusammen gedacht. Mochte es nur eine halbe Tonne sein, dieses Dach hatte die Schwerkraft besiegt und flimmerte wie eine Zarinnenbrasse auf der Stelle.

Was war aus Tanja geworden? Ich warf einen Blick nach rechts, wo ich sie vor einer Ewigkeit gesehen hatte. Da stand sie, ihre Lippen strichen ständig gegeneinander, und sie leckte mit der Zunge darüber. Ich nahm an, sie hatte großen Durst. Meine eigene Zunge, meine Mundhöhle verlangten ebenso nach Wasser. In meinem Körper breitete sich der Durst aller dieser fliegenden und entkommenden Fische aus, die nach der unmissverständlichen Berührung durch strömendes Wasser lechzten. Wenn ich nicht achtgab, würde ich aus einem der geschlossenen Fenster springen und geradeaus zum Wasser laufen, in meinen Klamotten und Schuhen und mit meinem smrtfon am Oberschenkel. Ich musste lachen und schaute, wo Vitalij war.

Eben bahnte sich ein Musiker seinen Weg, schwer ein Cello vor den Körper haltend wie ein schlimmes Kind, das man den Teilnehmern eines Familienfestes präsentiert. Was hatte es diesmal verbrochen? Das Cello tat mir leid, es wurde an seinem steifen Nacken als Puffer vorgeschoben. Nun entdeckte ich Vitalij hinter dem Cellisten. Er kopierte seinen Gang, wiegte sich in den Hüften.

Aus einem anderen Winkel zwischen den Tischen schritt ein Geiger nach vorn, dahinter zwei Frauen mit Bratschen, soweit ich das beurteilen konnte. Immer mehr Musiker tauchten auf, die Männer in verknitterten schwarzen Hemden und schwarzen Hosen, das ergab einen guten Kontrast zu den warmen Brauntönen der Holzinstrumente. Die Frauen hatten grellpinkfarbene Schals um den Kopf gebunden, was ihnen etwas Skythisches verlieh, etwas vor Freude Heulendes. Auch sie waren in Schwarz gekleidet. Ich mochte die jungen Frauen sofort und hätte gerne eine von ihnen vernascht, draußen, wenn endlich das Meer käme und es ein warmes Sofa mit vielen Decken auf dem Strand gäbe und man die Sternennacht mit einem kleinen Kettenzug ein- und ausschalten könnte, wie es einem beliebte.

Mensch, Jensi, in was für ein Spektakel sind wir da geraten? schrie Iwo begeistert von der Seite zu mir her. Warum halten die nicht die Klappe? Es wird schon gespielt. Pscht! Pscht! – Iwo versuchte den Lärmpegel mit seinen Handflächen zu drücken. Erst nach einer Weile wurde es leiser und man hörte, was sie spielten. Zunächst war ich ratlos, meinte eine Melodie zu erkennen, die sich jedoch durch die ungewohnte Umgebung so verfremdete, dass ich in meinem Gedächtnis suchen musste. Ich kannte dieses Stück, diese verführerischen Töne. Endlich gingen mir die Ohren auf. War das nicht – ? Die Ode an die – ?

Iwo, erkennst du es? – Ich stieß ihn in die Seite. – Sag doch, sag doch, das kennst du, das haben sie dir im Kindergarten beim Windelwechseln vorgesungen und später bei der Firmung. Du bist doch gefirmt, Iwochen?

Klar bin ich gefirmt. Ich habe zur Firmung eine Armbanduhr mit einem eingebauten Schwarzwälder Kuckuck bekommen. Ich war der einzige.

Und hast du dich geniert?

Wieso hätte ich mich genieren sollen? Diese Armbanduhren waren nicht billig.

Sie liegt zuhause in Garmisch bei meiner Aussteuer, haha! So berührend, diese Musik, was? Unser Beethoven war ein Ass, Mann, hör dir das an. Ahhh, jetzt singen sie auch! Jensiii!

Freude, schöner Götterfurz. Nein! Schöner Götter –. Götterfunke, schluchzte ich. Töchter. Aus – Elysium!

Keine Frage, wir kamen immer näher zum Wasser, aber die Küste entzog sich uns wie eine störrische Gezeit auf dem Krebsgang ins Meer. War es in der Umgebung der Fischhalle bitterkalt gewesen, kam es mir nun vor, dass wir in eine mildere Luftströmung gerieten. Kleine Zuflüsse, Teiche, Brackeis – an den Rändern lösten sie sich auf. Glitten wir gerade in die nächste halbe Klimazone? War es Einbildung oder neigte sich der Boden nach vorn? Kippten wir, waren wir nur Murmeln auf einer Schiene, die nach unten zeigte? Das ganze Land war eine Ebene. Konnte es sein, dass an ihrem nördlichen Saum, an den Nordgrenzen des Landes, eine Temperaturkraft oder ein Mondzerwürfnis oder ein Sternenthrombus dafür verantwortlich war, dass wir nicht nur örtlich, sondern auch zeitlich, genau genommen zwei Monate voranrutschten? Somit befänden wir uns in einem deutlich vorösterlicheren Süden, einer pocket of opportunity.

Diese Zeit-Raum-Verschiebungen hatten mich schon immer fasziniert, nicht erst, als wir in den Krieg zogen und auf einem Pferd stehend durchs Dorf ritten. Das waren die Tage! Grüner Frühling trabte auf uns zu. Wie von einem verliebten Aquarellisten mit dem Schwamm hingetupft kam die fast durchsichtige Farbe daher, dieses mit nichts zu vergleichende Aufsaugen im durstigen Papier, das mir die Tränen in die Augen trieb, die aufgehobenen Grenzen, die verschwimmenden Ränder, die Geste ohne Koordinaten, groß und breit und vielarmig. Das Land teilte sich in Inselchen, auf denen gerade mal zwei oder drei Weiden Platz hatten, die ihre Äste ins Wasser hängen ließen, egal, ob die unten verfaulten oder nicht. Alles wuchs seit undenklichen Zeiten, einmal übernahm der Ort die Führung, dann die Zeit, so mochte das ewig dahingehen.

Auf einmal wurde mir bewusst, dass Iwo schon lange nichts von sich gegeben hatte.

Wisst ihr, wo Iwo ist?

Tanja und Vitalij schauten mich verwundert an.

Wer hat ihn zuletzt gesehen?

Wie soll jemand wissen, dass er der letzte war? fragte der Dichter. – Beziehungsweise sie.

Ich habe kein Zeitgefühl, sagte Tanja. Ich könnte nicht sagen, war es vor zwei Minuten oder vor einer halben Stunde.

Mir geht es ähnlich. – Vitalij schnitt eine Grimasse. – Mann, das ist peinlich, wir sind keine kleinen Kinder, denen man ein Zeitgefühl erst antrainieren muss. Zehn Minuten? – Er spreizte seine Finger weg, als könnten die ihm ein Gefühl dafür vermitteln.

Du hast Trauerränder an den Fingernägeln, bemerkte Tanja.

## 15

Das kann schon mal länger dauern, Tanjuschka.

Sie verzog ihren hübschen Mund, der nicht in allen Grimassen hübsch blieb, soviel war mir klar geworden. Ich wollte nicht wissen, wie viele Zentimeter Verschiebung meiner Lippen nötig waren, um mich komplett zum Affen zu machen. Sie schaute auf ihre Fußspitzen, drehte sie nach innen und nach außen, als wollte sie prüfen, ob sie links und rechts die gleiche Schuhgröße hatte. Mir fiel ein, dass ich bei einem Rechtsrockkonzert in Leipzsch einmal ein Mädchen gesehen hatte, das auf dem linken Fuß einen lächerlich langen Schuh trug, einen schwarzen Männerstiefel mit Spangen und Abzeichen und dem ganzen Naziklimper. Größe 47, würde ich schätzen. Am anderen Fuß schlängelte sich der Rauchfaden einer schmalen römischen Schnürsandale hoch. Gute sieben Nummern kleiner.

Aber nicht so lange, dass man gar nicht mehr weiß, wie lange schon, beharrte Tanja.

Wie war es denn bisher? (Täubchen, sagte ich im Geist).

Ich habe nicht Buch geführt. Wie pervers ist das denn?

Wo sie recht hat, hat sie recht, sprang Vitalij ihr bei. Ich sage es zwar nicht gern, aber ich halte ihre Sorge für berechtigt.

Sobald er ausgeredet hatte, überfiel mich Panik. Wir mussten Iwo suchen, gezielt und personenbezogen und völlig überparteilich. Eine kleine Stichelei konnte ich mir nicht verbeißen. Musste er sich ausgerechnet jetzt, wo das Meer nicht mehr weit sein konnte, verschiffen? Gleich bereute ich es und kämpfte mit den Tränen.

Wir marschierten los. Die ersten hundert Meter brachten weniger als nichts, nicht einmal Fußspuren. Geschmolzene Schneepfützen, es konnte auch das unterirdisch auf uns zuströmende Wasser des Meeres sein. Tanjas Hand lag in meiner, ich hatte meinen Handschuh ausgezogen. Ja, es war knapp vor Frühlingsausbruch, und ich wusste gar nichts. Wie lange war Iwo bereits verschwunden?

Als eine angenehme Brise an meinem Gesicht vorüberging, war ich sogleich bereit, sie in ein Lebenszeichen von Iwo umzudeuten. Mir war alles recht, selbst wenn er sich in der Zwischenzeit in einen losen Gesellen verwandelt hätte, einen Deserteur vor seinen Gefühlen, einen Leugner des Holodomor und unserer Kriegserlebnisse, einen Nachtmahr, dem die Batterie ausgegangen war, einen Ladykiller und Gentlemantäter. Wenn er nur endlich daherkäme, begossener Iwo, du blöder Bayer, du südlich-deutsches Alpengeriesel im Hirn des Herrn.

Denkt ihr, er könnte zurück zur Fischhalle gegangen sein? Instinktiv, meine ich, aus Sehnsucht nach dem Gesang? fragte Tanja, und ich hörte den ersten Anflug von Verzweiflung in ihrer Stimme.

Die spielen längst nicht mehr, sagte Vitalij. Orchestermusiker und Chorsänger haben ihre Einkaufslisten und Handwerkertermine wie wir.

Habt ihr das gehört? – Ich hielt tatsächlich die Hand an mein Ohr. Zwei, drei Meter schräg vor mir schien jemand zu gehen. Tanja streckte ihre Nase in die Höhe, schnupperte wie ein Hund, das sah betörend aus. Ich war gespannt, ob sie eine Spur in ihre Nase bekommen würde. Ich versuchte mich zu erinnern, wie Iwo roch. Ich musste es wissen, ich war viele Tage und Nächte neben ihm gelegen, auch in stillen Nächten, wenn der Geruch mehr Durchsetzungskraft hat. Wenn es laut geworden war, hatte mein Geruchssinn abgenommen. In der Stille aber wehten die Getränke mit ihren Zuckerresten zu mir, der kaum abgekühlte Schweiß auf den Waffen, die stinkenden Wollstrümpfe von Andrij. Iwos Kinderduft aus seinem Mund, eine Mischung aus Feinwaschgang und Milchbrei, mit einem deutlichen Schuss Wodka als Medizin drin.

Ich musste weit gähnen, so sehr konzentrierte ich mich auf mein Gehör. Die Schritte kamen nicht wieder. Vitalij fing an, mit den Fingern zu schnipsen.

Iwo, zischte er. Komm endlich, es ist nicht lustig.

Was blieb uns, als weiterzugehen und aus der Bewegung Hoffnung zu schöpfen? Zusammenhänge kamen auf mich zu und ich wusste nicht, ob die mentale Verfassung etwas mit der Fortbewegung des Körpers zu tun hatte.

Man konnte im Gehen erschossen werden, man konnte im Gehen alle Hoffnung verlieren, man konnte sogar im Gehen heiraten. Ich war froh, dass wir keine biometrischen Kopfbänder trugen, die den Pegel unserer Hoffnung anzeigten. Nichts musste demotivierender sein, als zu sehen, wie ein blöde zuckender Graph nach unten wanderte, mit eingeblendeter Prozentangabe und einem Mondgesicht, das sich von grinsend grün in ein gelbes Geht-gerade-noch-Face verwandelte, um mit einem roten Marskopf zu enden, Hängemund inklusive und zwei Tränen, die aus zusammengekniffenen Augen spritzten.

Als die Gegend sich enger um uns zu schließen begann, kam es mir vor, als wären wir nie in einer trostloseren Ebene marschiert. Mit einem Mal waren wir in zwei Jahreszeiten unterwegs, der Kopf im grünen Vorspiel des Frühlings, die Füße in einer nassen Spätwintermüdigkeit. Zeitweise tappten wir nur nach trockenen Stellen, grätschten über kleine Bäche und konnten mit Mühe den zweiten Fuß nachziehen, wobei ich oft das Gefühl hatte, die eben erreichte Insel driftete davon. Vitalij machte sich einen Sport daraus, stand auf zwei Inselchen, rockte hin und her, klatschte in die Hände, und das ging ewig gut. Tanja versuchte es auch, Vitalij drehte auf seinen zwei Landstellen einen Schwung um neunzig Grad, kam seitlich an Tanja heran, gab ihr drei Sekunden lang die Hand.

Was an kleineren Eisstücken dahinfloatete, sah jämmerlich aus, letzte Brocken Winter, vom Frühling ausgespien, gefrorener alter Schleim. Mich ekelte und zugleich wollte ich dem großen weißen Kostümbildner nicht Unrecht tun, hatten wir doch seine Blendungen willig auf uns wirken lassen, unsere Laune mit seiner Sauberkeit aufgefrischt. Solche Gedanken kamen mir, ich hätte mir am liebsten die eigene Hand geschüttelt, aber ich brauchte beide Hände, um mich an einem dünnen Stamm festzuhalten, auf den ich zugesprungen war. Es wirbelte mich einmal um den Stamm herum, ich lief mir auf kleinstem Raum nach. Vitalij schaute herüber und klatschte Beifall.

Let's roll! rief er. Let's roll!

Tanja streckte ihre Hand aus, sie befanden sich beide gefährlich nahe am Rand, noch ging es sich aus. Vitalij fasste nach ihr und fing an, auf seinem Stück schwimmenden Boden kräftiger auszuschreiten, was sie ihm sogleich nachtat. Tatsächlich bewirkten diese Schübe, dass sich die Landstücke fortbewegten. Es musste eine Täuschung sein, denn sie waren vermutlich mit Wurzeln im Wasser verankert, wenn auch nur lose. Das Täubchen und der Dichter konnten nicht so viel körperliche Kraft aufbringen. Sie wogten jeweils einen halben Meter voran, lösten dabei die Bande meiner Imagination, Bilder explodierten, und wenn Tanja das Bein nach hinten hob, dachte ich an all die Marinas und Oxanas, die das für mich allein getan hatten, wenn ich am Eislaufplatz in Hamburg vorbeigegangen war.

Sie kamen in flachen Bögen voran, bis die Unterwasserteile nicht mehr nachgaben, dann sprangen Vitalij und Tanja auf neue Landformationen, die sich schier endlos vervielfachten. Ein Urwald aus vielen hellgrünen Schlingpflanzen, sonnengefleckt und von Strahlen durchschossen, die ein weiteres Gewebe bildeten, wer hätte denn sagen können, woraus diese Land- und Wasserschaft bestand, ich nicht. Ich folgte ihnen, so gut ich konnte, setzte meinen Ehrgeiz daran, sie an einer günstigen, breiten Stelle zu überholen, besser gesagt: sie seitlich zu überspringen. Als mir das mit größter Anstrengung gelang, schauten sie zu mir herüber, feuerten mich an, riefen „Jensi! Dawei-dawei, move your ass!“ und solches Zeugs.

Ich wuchs über mich hinaus, zog meinen Bauch ein, atmete flach. Ich glitt an Vitalij und Tanja vorüber. Vor mir duckten sich Hindernisse weg, wichen aus, Bäume bogen sich nach hinten, ließen die langen, dünnen Zweige hängen wie Tänzerinnen ihre grazilen Arme. Ich war so verführbar, sah meinen Körper vor mir und konnte es glauben. All das zitternde Grün.

Von einem gezielten Suchen war längst keine Rede mehr, unsere kindlichen Pläne, breit aufgestellt die Landschaft zu durchkämmen, hatten sich aufgelöst, als das Wasser seine Wege nahm. Ich konnte mir vorstellen, dass alles, was wir bisher entlang einer Logik gefunden hatten, der Vergangenheit angehörte. Wir selbst gehörten der Vergangenheit an, wurden eine Geschichte ohne Spuren, bald würde sich eine Schicht über uns schließen und dann so long, Baby.

Ich drehte mich zu den beiden anderen um, die mir winkten, als hätten sie Iwo bereits gefunden. Iwo. In mir spielte der Gedanke, dass er auf seine Art oder besser: für sich eine Rettung gefunden hatte, nicht mit gebrochenen Gliedern im Sumpf lag, keinem Separatisten unter die gespaltene Schnauze geraten war.

He, Mr. I-Shall-Be-Free No. 12, rief Vitalij. – Er hatte zu mir aufgeschlossen, Tanja war ein paar Meter zurückgeblieben. Er sprang auf meine Insel herüber, hielt sich an mir fest, es musste einer Umarmung sehr ähnlich sehen. Ich begegnete seinem drahtigen Poetenkörper, daraus entsprangen die gottverdammten Verse, sein anarchistisches Vaterunser, seine herzjagenden Rhythmen. Hatte ich alles beisammen? Ich hasste mich für meine Hörigkeiten.

Du siehst aus, warte mal, an wen erinnerst du mich … – Vitalij arbeitete daran, das konnte ich sehen. Ich wollte ihn an niemanden erinnern, das sollte er gefälligst zu seinen Kumpels in den Kneipen sagen, zu seinen sechzehnjährigen Boygroups, die ihn bewunderten, gab es die? Ich gönnte ihm alles. Ich musste nicht extra seine Fans auf Facebook nachzählen, mir ihre Gesichter vorstellen, die Selbstinszenierungen und Posen, die überfärbten Haarschöpfe, die kurzrasierten Hinterköpfe, die Glatzen, die Punks, die crows und Rusty Eagles, die Girl-Armada, die dreimal umgestülpten Sisters of Kommunalka, die frechen *motankas*, deren Urgroßmütter dem ollen Krüger die Röcke vor dem Gesicht aufwirbeln hatten lassen. Möglich, dass er ein Glasauge gehabt hatte.

Vitalijs Atem strich an meiner Wange, als er endlich seinen Vergleichswert gefunden hatte.

Du erinnerst mich an einen Wikingerboss aus einem Kinderbuch.

Was hattet ihr mit den Wikingern zu tun?

Das weißt du nicht, Jensi? Du mit deinen rotblonden Haaren? mischte Tanja sich ein, die langsam nachgedriftet war. – Es war das erste Mal, dass sie ein körperliches Detail an mir angesprochen hatte. Leider war diese Aufmerksamkeit in einen Vorwurf eingebettet. Unwillkürlich fasste ich mir an die schulterlangen Strähnen. Ich hatte ewig in keinen Spiegel gekuckt. Sah ich wie ein Wikinger aus? Ein Satz stieg aus meiner Erinnerung auf, über den ich früher gerätselt hatte. „Die Wikinger kamen nur bis Klein-Reifling.“ Ich hatte nie herausgefunden, aus welchem Zusammenhang diese Behauptung kam. Die Suchmaschinen schwiegen, als sei der Name mit einem Tabu belegt, von einer übergeordneten Behörde gesperrt, in einem Dossier über Landesverrat begraben. Ich hatte mir vorgenommen, sollte ich jemals jemanden vom Terroramt kennenlernen, würde ich ihn nach diesem geheimdienstumwobenen Klein-Reifling fragen. Das war, ehe ich aus der Bundeswehr flog. Danach wusste ich Besseres, als mich beim Verfassungsschutz auffällig zu machen. Genau genommen wusste ich nichts Besseres, ich wusste gar nichts.

Die Wikinger, Jensi, haben praktisch alles gegründet, dozierte Tanja. Sie wurden von den zerstrittenen Stämmen hier um die Ecke als Friedensstifter geholt. Sogar die OSZE geht auf ihre Rechnung.

Ist nicht wahr.

Ist es.

Alles okay, Jens? Wir haben es nicht ernst gemeint. Wenn wir gewusst hätten, dass du so fertig mit den Nerven bist, dass es sich bereits auf die Magenschleimhaut schlägt, hätten wir –

Sprecht nicht über meine Magenschleimhaut, krächzte ich.

Im nächsten Augenblick verlor ich die Balance. Im Fallen riss ich Vitalij mit, er kam auf mir zu liegen und ich hielt mich bei ihm an, während er danach tastete, wie weit es bis zum Rand der kleinen Insel war. Tanja schickte einen Lachanfall herüber, der klang wie aus der Ferne von einer Seejungfrau in großem Übermut losgelassen, eine Kanonade mit Algen im Pulver, nein, mit rosarotem TNT in den Haaren. Es klang, als wären viele schmale Mädchen aus dem Wasser gestiegen, hätten sich die Schlieren hinter den Ohren entfernt und wären nun bereit für die große Aktion. Ich überlegte kurz, ob heute der Welt-Irgendetwas-Tag war, wie das neuerdings in Mode war, Weltottertag, Weltweltraumtag, you name it.

Tanjuschka, hör auf! schrie ich knapp an Vitalijs Hals vorbei.

Er wog gewiss nicht mehr als 62 Kilo. Ich hätte ihn mit einem starken Bauchstoß abwerfen können. Stattdessen umarmte ich ihn, drückte ihn an mich und rollte mit ihm zur Seite. Ich sah mir von außen zu, was sollte das werden mit den beiden? Ein Kampf aufs Messer? Ein Vorspiel für Schlimmeres? Ich wusste nur, dass wir Männer waren, sehr unterschiedliche Männer, verbunden durch eine übermenschliche Landpartie. Ich hatte Schwierigkeit, mich in meiner Männlichkeit zurechtzufinden, auf einer Landkarte hätte ich mich verfehlt, selbst wenn ein orangefarbenes Licht über meinem Kopf seine Kreise gedreht hätte.

Dann begann Vitalij, meine Wange abzulecken. Mir wurde klar, dass ich einen Bart hatte und dass weniger freie Gesichtshälfte übrig war, als ich gedacht hatte. Er leckte unter meinen Augen, weich, und ich hatte keine Angst. Er setzte ein paar Zungentipper auf meine geschlossenen Lider, und ich wusste genau, wie sich das für ihn anfühlte, wie meine blaue Welt unter seiner Zunge rollte und sich drehte, und wer konnte wissen, ob er sich nicht gerade aus den Tausenden gespeicherten Bildern ein paar besonders schöne heraussuchte, weite Landschaften. Seine Zunge fand meinen Augenwinkel, waren da Reste von Schlaf und Suff? Ich hatte seit langem nicht gesoffen, weiter über die Nase, nun umschloss er meinen Nasenrücken mit seinen Lippen, die gerade feucht genug waren, um jegliche Reibung zu verhindern. Ein altmodischer Kuss auf die Schläfe, aha, er wurde sprunghaft, geh nicht weg, flehte ich im Geist.

Er ließ seinen Arm an meiner Seite hinuntergleiten, links oder rechts, kam drauf an, von wo aus man uns betrachtete. Nur die Hosennaht entlang. Den anderen

Arm schob er unter meinen Kopf, unsere Blicke trafen sich, er ließ sein grünes Meer mit meinem blauen zusammenfließen, so sagte man doch? Ich umarmte ihn mit einem Arm, drückte seinen kleinen Dichterhintern, sah Vitalij, wie er ein Gedicht auf die Wand eines monarchiefarbenen Gebäudes sprayte, nicht von mir, flüsterte er, egal, gab ich zurück, und so lenkten wir uns mit kleinen leisen Sätzen ab von dem, was wir in den Oberschenkeln und den Adern unserer Wahnvorstellungen vernahmen. Ich war mir gewiss, dass er es genauso empfand. Eine Art keusche Geilheit, wenn das jemand versteht. Wenn nicht, lernt dazu, Leute!

Vitalij reckte den Kopf, die Augenbrauen in der Höhe. Er stemmte sich auf, sah auf mich herunter, einen straight guy, wie es jemals einen gegeben hatte, einen Röckefetischisten, einen Wäscheverkäufer aus der alten Jahrhundertwende, einen Taucher im Flusshaar der bei mir registrierten Nixen. Er massierte meinen, sagen wir Schambereich, mit sanften Tanzbewegungen, gerade richtig, und bald rockten wir uns gegenseitig in den nächsten Taumel. Wir schnitten Grimassen verzückter Liebhaber, wir stöhnten uns in den offenen Mund, vergaßen die NATO, wir keuchten die Parolen der Schwarzmeerkapitäne, von denen wir keinen kannten.

Danach, ach ja danach, da hätte ich am liebsten geschlafen, wäre nicht das Wasser gewesen, das durch die Insel heraufquoll, sicher verursacht durch das Übergewicht, das unsere beiden Körper schufen. Vitalij sprang auf, ich ihm nach, wir steppten ein bisschen hin und her, während wir versuchten, unsere Klamotten vom ärgsten Schmutz zu befreien, nasse Blätter abzupften. Als er mir auf den Rücken klopfte, fuhr ein scharfer Säbelhieb durch meine Brust, nie wieder werden wir uns so nahe sein.

Tanja musste unser Tête-à-Tête mitangesehen haben. Ich hatte sie vergessen. Sie grinste mich an.

Tanjuschka, rief Vitalij, erinnerst du dich daran, wie die Polizei das Protestcamp stürmte? Als es fast einen halben Meter geschneit hatte? Kannte ich dich da schon?

Nein, aber ich weiß, was du meinst. Ich war dort.

Das freut mich, Tanjuschka. Der Schnee lag auf den Geländern.

Überall brannten die Autoreifen, große dunkelgraue Rauchwolken stiegen auf, sagte Tanja und blickte in eine Vergangenheit. Die Männer wurden abgeführt, je zwei Polizisten für einen, sie hielten ihnen die Arme am Rücken zusammen.

Es war brutal, sagte Vitalij. Die Stellgitter und die Zelte wurden von einem Armee-LKW weggerissen, Zäune geschliffen, eine lange Schlange von ineinander verhakten Latten und Brettern und Schnüren. – Er gestikulierte herum.

In unserem Zelt hatten wir Glühbirnen in einem Eierkarton, die Handgranaten waren in einer Plastiktüte vom Markt. Das Tollste waren die grün-gelben Tablettenschachteln mit Aspirin C, schwärmte Tanja.

Oh Baby, das war gewiss das beste Gelb-Grün, das du jemals gesehen hast.

Spinnt ihr? fragte ich.

Sie schauten mich verwundert an.

Wir hatten keine gemeinsame Kindheit, sagte Tanja. Eines Tages müssen wir uns eine Familie schaffen, du auch, Jensi. Und Iwo. Weißt du, was seine Lieblingsmusiken sind?

Nein, sagte ich. – Ich wollte nicht wissen, welche Lieblingsmusiken Iwo hatte. Sollte er ohne mich sterben, würde ich es nicht aushalten, das später zu hören.

Ich werde ihm einen Song schreiben, nein, ein ganzes Album, mit zwei bonus tracks. Allons enfants, sagte Vitalij.

De la patrie, ergänzte ich. – Es gab die Welt noch, und sie war anders, als ich sie mir vorgestellt hatte. Meine Neugier war wieder obenauf, und wenn etwas so Unvorhergesehenes hatte passieren können wie vorhin mit Vitalij, dann waren es Peanuts und Kaffeebohnen und Zimtsterne, Iwo wiederzufinden. Tatsächlich lichtete sich der Dschungel nach einer Weile, genauer gesagt, die Landschaft teilte sich, linkerhand gewann der Boden an Boden, rechts das Wasser. Ich nieste.

Seht ihr, was ich sehe? fragte ich.

Nicht weit von uns spiegelte etwas wild, vielleicht eine Vitrine mit Ankündigungen? Tanja hielt sich die Hand vor die Augen. Vitalij griff direkt auf das grelle Blitzgewitter. Als meine Augen sich an das Licht gewöhnt hatten, sah ich ein Graffiti hinter dem Glas. Junge Frauen waren schemenhaft zu erkennen, in grünen Kampfkleidern.

Wer sind die? fragte ich.

Ein Frauenbataillon, klärte Tanja mich auf.

Und was bedeutet der Text?

Durchhalteparolen, sagte Vitalij schnell.

Schließlich wanderten wir weiter, ohne dass mich die beiden näher ins Vertrauen gezogen hatten. In meinem Kopf kreisten die Andeutungen, entzündeten sich an den Rändern, mal sah ich Vitalij als Mädchenhändler, mal bildete ich mir ein, dass diese Kämpferinnen auf mich zuritten, sie blieben aber im Leerlauf stecken. Das ging so über eine halbe Stunde dahin.

Weiß jemand, wo Iwo ist? rief ich in dieses bleichgeschissene Nichts hinauf.

Mein Gott! flüsterte Tanja. Da! – Sie zeigte mit ihrem langen Arm in eine neue Richtung.

Mein Gott, wiederholte sie, und es kam mir vor, als rede sie tatsächlich nur ihren persönlichen Gott an. Kurz beneidete ich sie, weil ich so einen Typen nicht kannte. Was wollte sie mir zeigen?

Ich fasse es nicht, sagte Vitalij.

Da waren junge Frauen in bestickten Blusen, weißen Sporthosen, in gemeinsame gymnastische Übungen vertieft. Sie mussten abgehärtet sein, ein eisiger Wind war aufgezogen, um die Haare der Frauen flattern zu lassen. Ihre Bewegungen und die Stellungen, in denen sie für ein paar Sekunden oder länger verharrten, erzeugten in meinem Kopf eine Unruhe, als hätte ich mir etwas gespritzt. Es rührte nicht von einer erotischen Ausstrahlung der Mädchen her, denn ihre Körper sprachen eine befremdliche, fast abweisende Sprache. Gut möglich, dass es sich um einen neuen Kult handelte, wobei die Stickereien auf ihren Blusen gewisse Ähnlichkeiten mit den landesüblichen roten Blumenmotiven aufwiesen. Es war heidnisch, hard core. Sie hatten strenge Gesichter, nichts Liebliches, falls man auf so etwas abfuhr, das Ganze hatte etwas Einstudiertes, wie aus einem ethnographischen Lehrbuch abgeschaut. Ich stellte mir vor, wie eine Vorturnerin im Gymnastiksaal mit dem Rücken zu ihnen die Übungen eins zu eins vorspielte. War das eine Tanzolympiade und wir wurden Zeugen eines Viertelfinales?

Findest du die sexy? fragte Vitalij.

Nee. Du?

Er verneinte.

Sie machen euch Angst, sagte Tanja.

Angst wäre zu viel. Sie verunsichern mich, weil ich meine Reaktion nicht einordnen kann.

Es sind Berehynias, sagte Vitalij.

Du meinst, wie die kleine Vereiste im Baum damals?

Er nickte.

Sie kommen in verschiedenen Kostümen, sagte Tanja. Bei der Vereisten im Baum war es nicht so deutlich, aber erinnerst du dich an Iwos Traum von der Blondine?

Die hat er geleugnet. Ihr habt sie ihm eingeredet, protestierte ich.

Weil wir nichts riskieren wollten, sagte Vitalij.

Und mich habt ihr bei dieser Gelegenheit auch auf den Arm genommen. – Die nächste Frage lag mir auf der Zunge, als etwas Merkwürdiges geschah. Die Bewegungen der jungen Frauen begannen sich zu verändern. Sie wurden weicher, ihre Formation löste sich auf. Sie verfolgen eigene Pläne, dachte ich mir. Gleichzeitig verloren ihre Gesichtszüge die Anspannung, schmiegten sich ins Lächeln, als verstünden sie erst, dass sie lebendige Frauen waren, die selbst über ihr Erscheinen bestimmen konnten. Das ging so weit, dass sich auch die Haare verfärbten. Die mir am nächsten Tanzende hatte nun hellgrüne Haare, kein Punkgrün oder Diskogreen, nein, ein Naturgrün war das, und ich ließ es mir gefallen, dass sie mich kassierte, nie mehr etwas anderes als diese naturgrünen Haare.

Unglaublich, sagte Tanja.

Das nenne ich eine Metamorphose, sagte Vitalij. Mann, die törnen mich an. So sind sie unwiderstehlich.

Ich traute mich nicht etwas zu sagen, war nur froh, dass die beiden diese Verwandlung registrierten und ich keinem Hirngespinst oder einer Kaltfieberfantasie hinterherlechzte. Es war wärmer geworden, der Wind hatte sich verweht, irrte ein paar Hundert Meter weiter vor sich hin und fand uns nicht. Das erklärte, warum es die verführerischen Mädchen in ihren dünnen Kleidchen aushielten, obwohl ich mich früher häufig über die totale Unempfindlichkeit gegen Kälte gewundert hatte, die spärlich gekleidete weibliche Wesen, nennen wir sie einmal so, auszeichnete.

Diese nationalistischen Ziegen, sagte Tanja. Und ihr sabbert euch gleich an.

Ich finde sie reizend, sagte Vitalij. Ich weiß nicht, wieso du so giftig sein musst. – Er bemerkte sofort, dass er den falschen Ton erwischt hatte. – Okay, du hast sicher gute Gründe, misstrauisch zu sein, Täubchen.

Sag nicht Täubchen zu mir, hörst du?

Er zog ein Gesicht, als wollte er sagen, ich hör dein wildes Flügelschlagen, Täubchen. – Was für die Berehynias gilt, muss nicht für dich gelten, sagte er.

Schon gut, ich bringe mich nicht um, nur weil die angeblich für immer ins Wasser gingen, wenn ihr Bräutigam sie betrogen hatte, sagte Tanja voller Verachtung.

Rede keinen Mist, Tanjuschka, sagte Vitalij.

Die einzig mögliche Antwort wäre gewesen, er sei das nicht wert, dieser untreue Verlobte, dieser Fälscher. Der habe überall seine Flittchen gehabt. So hätte sie genug Zorn aufbringen können. Aber der sterbende Mann in meinen Armen war kein Pornorussky oder Fick-Fuck-Fux gewesen, dafür würde ich meine Hand ins gefrorene Wasser legen.

Wenn du glaubst, eine echte Berehynia sein zu müssen, fuhr Vitalij fort, bitte. Ich besorg dir ein Farbshampoo beim nächsten Drogeriemarkt, ohne grüne Haare lassen sie dich nämlich nicht in ihren Club.

Es reicht! schrie ich. Ich habe sowas von genug!

Mein Kopf dröhnte, als läge ich in einer Magnetresonanzröhre. Nicht, dass ich das schon einmal getan hätte. Kann ein Kopf von innen heraus zerspringen, ohne äußere Gewaltanwendung? Ich betupfte meine Schläfen. Wie sollte ich mich je beruhigen oder einfach nur: beruhigen? Mein Puls war jenseits des Speedlimits, okay, das war geil, aber ziemlich kontra. Einmal war der Kelomat meiner Großmutter explodiert. Hatte ich die von ihr, diese Hochdruckgene? Was ist, oller Krüger, was willst du jetzt, wo es mir den Kopf zerreißt? Sprich deutlicher, ich kann dich nicht verstehen. Standen die Juden mit dem Gesicht zu den SS-lern aufgereiht, spritzte das Gehirn auf Wangen und Lippen? Wer soll das aushalten? Dann besser Nackenschuss, Nackenschuss. *Nur durch persönliches Pflichtbewusstsein jedes einzelnen Mannes wird es gelingen, dieser Pest in kürzester Frist Herr zu werden.* War mir der Kopf explodiert?

Jemand tippte mir auf die Schulter. Ich fuhr wie ein kranker Derwisch herum.

Komm runter, sagte Vitalij. Du drehst dich im Kreis, ich weiß bloß nicht, in welchem.

Es war still. Ganz still. Ich tastete mein Gesicht ab und erkannte mich nicht.

Geht es wieder? fragte er.

Ich nickte.

Ich habe das starke Gefühl, Brücken stehen vor der Tür, sagte Tanja.

Stattdessen stießen wir nach einiger Zeit auf ein schäbiges Gebäude, vor dem eine nagelneue Fahne im Wind knatterte. Ich überlegte, was besser passen würde als dieses abgegriffene Wörtchen „nagelneu“. Taufrisch? Aus dem Hut gezaubert? Nirgendwo ein Fahrzeug, keine Angeln an die Hausmauer gelehnt, keine Kisten mit Leergut vor der Tür, die nach innen geöffnet war, wie wir beim Näherkommen bemerkten. Sollten wir ihre Aufmerksamkeit auf uns lenken, etwas Beruhigendes rufen?

Tanja legte den Finger an die Lippen. Hatte ich die Situation missverstanden, wollte sie das kleine Funktionsgebäude stürmen? Ich blieb stehen. Ich wünschte mir, Tanja verfügte über die Zeichensprache unserer Ausbildung. Probeweise überkreuzte ich die Arme vor der Brust, Gefahr. Zu meiner Überraschung signalisierte Tanja, dass sie ein Gespräch mithörte. So, wie sie Daumen und Zeigefinger schnattern ließ, musste ich an einen Zaunkönig denken, ein kleines Vögelchen, das munter in den kommenden Frühling hinein plauderte. Woher kannte sie auf einmal die Zeichen?

Vitalij gab mir einen leichten Rippenstoß. – He, flüsterte er. Was hat sie vor?

Keine Ahhh-nung, sagte ich beinah ohne Ton. Ich hob einen Arm und winkte sie zu uns. – Komm zurück, sagten meine Lippen. Sooo-fort!

Vitalij rang die Hände und flehte Tanja stumm an, sie möge sich zurückziehen. Sie blieb zumindest auf ihrem Platz. Sie war unsicher geworden, schaute zu uns. Ich konnte mich nicht länger beherrschen und tat ein paar Schritte wie in Socken auf sie zu.

Tan-jusch-ka, bitte komm her. – Tatsächlich gehorchte sie meiner Not. – Hast du etwas gesehen?

Nicht viel. Sie reden zu leise, sagte Tanja ungeduldig. Es erinnerte mich an etwas, das ich als Kind einmal auf einer Kassette gehört habe, die ich im Schrank fand. Küchenlatein, Kirchenslawisch, Katerpolnisch, so etwas. Beide tragen Uniform, einer sitzt, der andere liegt auf dem Bett, die Decke hat ein braun-in-braunes Philodendronmuster –

Wir könnten gemeinsam hingehen und uns vorstellen, schlug ich vor.

Mit unseren Klarnamen?

Nein, mit Tarnnamen.

Vitalij hat recht, sagte Tanja, ohne mir böse zu sein. Wir sollten uns Tarnnamen zulegen.

Ich kann mir keinen anderen Namen als meinen eigenen vorstellen, widersprach er sich im nächsten Moment selbst. Mein Name sagt alles aus über mich.

Eben deswegen brauchst du einen Tarnnamen! Sonst erkennen sie dich sofort!

Wie wäre es, wenn wir uns nicht mit Namen vorstellen, sondern mit etwas anderem? sagte Tanja. Guten Tag, dürfen wir hoffen?

Guten Tag, dürfen wir hoffen? Was ist das denn? knurrte Vitalij leise.

Ein neuer Zugang, und kein schlechter, sagte ich. Wenn wir unbedingt unsere Namen, welche auch immer, preisgeben wollen, können wir das später noch tun, wenn man einen Becher Tee mit gebeizten Krümeln drin mit ihnen trinkt. Die haben gewiss einen besonders starken Tee.

Und du hast so eine Meise, Jensi, so eine! – Er fühlte sich bemüßigt, mir die Größe mit zwei Händen zu zeigen.

Schon gut. Krieg dich ein.

Mir fällt auf, dass wir sehr schnell auszucken, seit Iwo nicht mehr bei uns ist, sagte Tanja und setzte sich in Bewegung.

Wir holten sie mit ein paar Schritten ein. Ich überlegte panisch, welche berühmte Dreiergruppe wir für einen unvoreingenommenen Uniformierten darstellen mochten. Ich tippte beide leicht an, sie hielten inne.

An wen erinnern wir drei? flüsterte ich.

Hä?

Welche Dreiergruppe?

Ach so, sagte Tanja. Die Dreifaltigkeit?

Nee, die waren nie zusammen unterwegs.

Ich versuchte, einen Himbeergeschmack aus dem Mund zu bekommen, hatte ich eine Pastille drin? Oder hatte mich Tanjuschka mit ihrem unlogischen Mund in eine Himbeerwolke geredet? Wir gingen vorsichtig und leise, bis es mir durch den Kopf schoss, dass wir die Uniformierten nicht mit unserem plötzlichen und unerwarteten Erscheinen erschrecken sollten, was sie zum Griff nach ihren Waffen bringen könnte. Ich deutete einen weiteren Kreis an. So konnten wir ruhig zu pfeifen oder singen oder trällern anfangen. Was wir auch taten, Tanja auf betörend süße Weise, so dass ich meine Stimme zurücknahm. Vitalij kontrabassierte sie höchst professionell.

Wir sahen, wie im Innern des Häuschens ein Mann aufsprang. Er kam ohne eine Waffe heraus, unsere Strategie war aufgegangen. Wir winkten, verneigten uns, blieben stehen. Ein paar Grußwörter wurden ausgetauscht, alles friedlich und mit gutmütigem Blinzeln und versöhnlichem Hüsteln. Ja, du bist erkältet, wir sind erkältet, wir sind alles Menschen. Den Kopf hatte er kahlgeschoren bis auf ein Oval auf dem Oberkopf, von dem hinten eine lange Strähne zum Kragen hinunterbaumelte. Er trug einen Vollbart und lächelte gut gelaunt. Mit einer weiten Geste lud er uns ein näherzukommen und ließ uns vor ihm in das Häuschen gehen. Sein Kamerad lag auf dem Bett. Er rauchte, hob müde eine Hand und winkte uns. Einen Moment lang dachte ich, es sei Iwo.

Hinter ihm an der Wand hingen Kinderzeichnungen, die sich an den Ecken einrollten. Ein Kühlschrank war von Einschusslöchern gemustert. Auf dem Tisch ein leeres Kristallglas und ein paar Gläser mit Eingemachtem in dunklen Brühen. Neben der Tür lag ein großes Netz mit Zwiebeln auf dem Boden und glänzte im Sonnenuntergang wie barockes Gold. Ganz gemütlich das alles. Sollten wir sie nach Iwo fragen?

Der eine erkannte den Dichter.

Vitalij sah man an, wie gut ihm das tat. Er war so lange ohne Anerkennung unterwegs gewesen. Seine Auftritte mussten ihm gefehlt haben. Ich hätte nicht sagen können, was mir gefehlt hatte. Ich war die meiste Zeit glücklich und zufrieden gewesen, wie ein alter Mann vorm Fernseher. Nee. Schwachsinn.

Die hatten Andrij getötet. Ich hatte sie getötet. Jetzt wären die wieder dran.

Lass uns abhauen, flüsterte Tanja mir zu.

Kuck dir die Zwiebeln an, sagte ich. Sind die nicht wunderbar?

Nicht lange, nachdem wir gegangen waren, kehrte der Frost zurück. Ich glaubte mich in einem Land, in dem jemand das Wetter nach seiner Willkür einstellen konnte. Tauwetter, Frühlingskleidchen, Schockfrost,

Tulpentode, und ich fragte mich, welchen Platz nahmen wir dabei ein? Waren wir nichts als vier, nein immer noch drei! Taugenichtse, Nichtsnutze? Zu dritt ergaben wir keinen Sinn. Unserem Sternzeichen fehlte das, was einem Dreieck zu einem Viereck fehlt, einem Säufer zu einem heiligen Trinker.

Vor uns erstreckte sich der Pier, der Boden ein einziges dickes Eisparkett, da durfte man sich nicht hinauswagen. Das Licht lag in Streifen rund um die völlig vereisten Pflöcke, die den Rand begrenzten und von innen heraus strahlten. Eine Leiter mit runden Haltegriffen führte ins Wasser. Funkelnde Punkte, weil das Geländer so schmal war. Schließlich begriff ich, dass das Sonnenlicht im Eis konserviert war. Von unten dampften milchige Gebirge herauf.

Solch einen Zustand kannte ich nicht. Er erinnerte mich an nichts, er war völlig neu in meinen Körper gesprungen. Ich hatte Schwierigkeit zu atmen, trotz der Kälte stieg Sommerhitze aus meinem Hemd hoch, meine Achseln nässten, es trieb mir dicke Tropfen auf die Stirn. Lasst nicht zu, dass sie mich abführen, schrie ich leise, die zwei anderen hörten mich nicht, weil sie gerade nicht zu mir schauten. Ich konnte doch nicht hier aus dem Nichts heraus weggebracht werden, mein Körper war willenlos, ließ das alles mit sich geschehen.

Mein Gelenke gaben nach, ich hätte mich so gern hingekniet, nach etwas Weißem, Essbarem – mir fiel das Wort nicht ein – gesucht, nicht Salz, nein, ich war kein Rehbock, der am Salz lecken musste, es war das Gegenteil oder etwas anderes, meine Gier steigerte sich, Panik und diese Gier, wie bei einem …

Wir müssen nach vorn blicken.

Ich begriff nur, dass das Vitalij sagte.

Nach vorn blicken.

Ich versuchte seinen Blick zu fixieren, er schaute ständig weg von mir.

Es schüttelt ihn am ganzen Leib, sagte eine Frauenstimme.

Sprach sie von mir? Das erklärte alles. Die Panik ... wie bei einem ... oder im Krieg?

Lockere dein Gebiss, ließ sich da eine Stimme vernehmen, die ich kannte.

Mensch, wie hieß er? Er stand zwei Meter über mir, sah aus wie Iwo, der ...

Jensi!

Er hielt mir eine kleine Tüte über die Nase, ließ den Inhalt in meinen Mund rieseln ... war er wieder auf Coke? Teilte er seine letzten Vorräte mit mir?

# LITERATUR


S. 9

Du weißt, dass euer Franz Josef Strauß 1941 hier war, genau hier, nicht in diesem Café, aber in der Stadt.

Vgl. Bogdan Musial: *Konterrevolutionäre Elemente sind zu erschießen*, Propyläen, Berlin-München 2001, S. 155.

S. 110

Ich musste an den ollen Krüger denken, als deutscher Soldat im Osten Träger einer unerbittlichen Idee.

Vgl. Klaus-Michael Mallmann / Andrej Angrick / Jürgen Matthäus / Martin Cüppers (Hg.): *Die „Ereignismeldungen UdSSR" 1941. Dokumente der Einsatzgruppen in der Sowjetunion*, Wissenschaftliche Buchgesellschaft, Darmstadt 2011, Ereignismeldung 645.

S. 139

Stets zu erschießen sind Frauen, die …

Vgl. Hannes Heer (Hg.): *„Stets zu erschießen sind Frauen, die in der Roten Armee dienen". Geständnisse deutscher Kriegsgefangener über ihren Einsatz an der Ostfront,* Hamburger Edition, Hamburg 2010, S. 10.

S. 140

Kristalle bilden sich aus dem Blut der Erschossenen, rote Beeren, die wie winzige Lämpchen leuchten.

Vgl. Paul Hübner: *Lappland Tagebuch 1941*, Ried Verlag, Kandern 1985, S. 152.

S. 166
Was, wenn er vermint ist? gab ich zu bedenken. – Der olle Krüger hätte gewiss eine Einheimische hinübergeschickt, die ihre Kleiderschürze hochhalten musste bis über die Knie. Die ließ er durchwaten, Pech, wenn es sie zerreißt, Pech, wenn sie es unbeschadet übersteht, es gibt solche Schicksale.

Vgl. Petra Bopp: *Fremde im Visier. Fotoalben aus dem Zweiten Weltkrieg*, Kerber Verlag, Bielefeld 2012, S. 102. (Das Foto „Die Minenprobe“ wurde zu einer Ikone des Vernichtungskriegs.)

S. 195
Keinesfalls dürfe die Nachtruhe der neben dem Gebäude untergebrachten Soldaten gestört werden. Schreie von Kindern, Heulen, Schluchzen, Aufjaulen und Gekreische hätten schon oftmals den am nächsten Tag erfolgenden Einsatz in seiner reibungsvollen Abwicklung beeinträchtigt.

Vgl. Bericht von Oberstleutnant Groscurth an den Oberbefehlshaber der 6. Armee vom 20.8.1941 über die Tötung von 90 Kindern in Bjelaja-Zerkow. In: Ernst Klee, Willi Dreßen, Volker Rieß (Hg.): *„Schöne Zeiten“. Judenmord aus der Sicht der Täter und Gaffer*, S. Fischer, Frankfurt/Main 1988, S. 132 ff.

S. 234
Was ist, oller Krüger, was willst du jetzt, wo es mir den Kopf zerreißt? Sprich deutlicher, ich kann dich nicht verstehen. Standen die Juden mit dem Gesicht zu den SS-lern aufgereiht, spritzte das Gehirn auf Wangen und Lippen? Wer soll das aushalten? Dann besser Nackenschuss, Nackenschuss. Nur durch persönliches Pflichtbewusstsein jedes einzelnen Mannes wird es gelingen, dieser Pest in kürzester Frist Herr zu werden.

Vgl. Ernst Klee, Willi Dreßen, Volker Rieß (Hg.): *„Schöne Zeiten“. Judenmord aus der Sicht der Täter und Gaffer*, S. Fischer, Frankfurt/Main 1988, S. 103 und 111.

HOLLITZER

www.hollitzer.at